La vieille dame de la librairie

J'AI LU

JEAN PIAT

Le parcours du combattant	*J'ai lu* 3028/**4**
La vieille dame de la librairie	*J'ai lu* 3278/**4**
Les plumes de paon	

Jean Piat

La vieille dame de la librairie

Éditions J'ai lu

A ma mère

Je tiens à remercier...

La Bibliothèque Royale de Belgique
Le service des Archives de Lille et de Lannoy
La Médiathèque de Roubaix
pour la documentation précieuse qu'ils ont bien voulu mettre à ma disposition.

Ma reconnaissance va également à :

Madame Madeleine Verfaillie
Monsieur André Planchet
— de Lannoy

Monsieur René Blanchard
— de Paris

Et le colonel Guy Weber
— de Bruxelles

qui m'ont ouvert si aimablement leur bibliothèque personnelle.

L'affirmation de la paix
est le plus dur des combats.

JAURÈS

Tout au monde est mêlé
d'amertume et de charme.

LA FONTAINE

1

— Et vous n'avez jamais eu envie de vous marier ?

— Si... quelquefois... le matin ! Ha ! Ha ! Ha !

Et son rire râpeux crépita comme ces vieilles crécelles que l'on agitait jadis le vendredi saint.

Mon Dieu, quelle santé elle avait...

— C'est Fontenelle qui a répondu cela, un jour, à un questionneur étourdi, me dit-elle.

— Merci pour moi...

— De toute façon... il fallait être diablement vertueux pour vivre avec moi !

Son petit œil se plissa encore davantage. Sa tête de vieille tortue (mais les tortues ont toujours l'air vieux !) s'écrasa un peu plus sur ses épaules comme pour mieux réintégrer sa carapace.

— Au fond je n'ai aimé qu'un seul être... Et puis... la liberté... la solitude...

La vieille dame remontait le temps..., sur fond de sourire indéfinissable.

Elle éclata tout d'un coup :

— Mariée... je l'ai été, mon cher petit... Trois mois ! J'avais des beaux-parents adorables... une très belle maison et une rivière à truites. Mais on n'épouse pas des beaux-parents et une rivière à truites !

Et de nouveau son rire de moulin à poivre... la tête hors de la carapace.

— Et l'amour ?

— L'amour ? Quoi « l'amour » ? Ah ! Faire l'amour ? Pouah... Comme on fait les châteaux de la Loire ou les gorges du Tarn ! Quelle corvée !... Lui n'aimait que cela. Comme tous les hommes d'ailleurs ! Peut-être parce qu'il m'aimait...

Elle se tourna un peu vers moi. L'éclairage rose fané du plafonnier bas lui donna soudain un autre visage.

— J'ai été belle, vous savez, mon petit... du moins on a voulu me le faire croire... Ça ne se voit plus beaucoup ! Ha, ha, ha !...

Elle laissait surgir les mots comme les truites de sa rivière, sautant en désordre d'une image à l'autre et les entrecoupant de ses rires enroués. Elle soupira longuement...

— Voyez-vous... j'ai voulu être une femme libre avant que le terme n'existât. Je n'ai jamais accepté de compromis. J'ai peut-être eu tort... La vie aussi, c'est l'art du possible.

— J'ai adoré cette vieille dame, me dit Pierre Bichelay. J'ai adoré son rire, sa truculence et sa santé. Et son courage, surtout. Son prodigieux appétit de vivre. Il m'a permis de retrouver le mien.

Je la connaissais depuis deux ans déjà. Mais c'était la première fois que nous dînions chez elle, ensemble, et qu'elle me parlait de tout ce qui l'avait si profondément marquée.

— C'est aussi par nos fautes que nous sommes plus vrais... « Je vous aime bien, Élise... J'ai fini par me faire à toutes vos qualités... », disait Jouhandeau à son épouse. Ha ha ha !... Je suis bête... mais j'ai beaucoup lu !

Quelle extraordinaire journée que cette journée-là... Depuis près de cinq heures nous la vivions ensemble. La promenade rituelle du Champ-de-Mars, d'abord. Et puis, ce dîner chez elle ! Et elle parlait... Et je l'écoutais... avec avidité. Et si le mot tendresse peut avoir un sens entre deux êtres que l'âge sépare à ce point et qui n'ont jamais rien vécu en commun... je l'écoutais avec *tendresse*...

Et Pierre Bichelay en me parlant, avec cette émotion singulière, d'une vieille dame rencontrée deux ans plus tôt dans une librairie, répéta, presque machinalement :

— Oui... avec tendresse... avec amour même...

Et son regard rejoignit le ciel, comme s'il cherchait à y retrouver quelqu'un. Cette vieille dame avait-elle donc joué un si grand rôle dans sa vie ?

D'une voix sourde, un peu tremblante, il ajouta :

— Et pourtant... A aucun instant, ce soir-là, je n'ai compris que nous nous parlions pour la dernière fois...

Ses yeux sombres se posèrent une seconde sur les miens puis s'en détachèrent. Et il se détourna pour me cacher son désarroi.

Étrange garçon que ce Pierre Bichelay. Pudique et insolent, dur et tendre tout à la fois. Je l'avais connu quand il avait vingt-deux ans.

Célibataire convaincu, élevé par ses grands-parents, sa mère était morte en lui donnant naissance, et il n'avait jamais connu son père.

Toutes choses qui l'avaient définitivement marqué.

Dans la vie, Bichelay semblait s'efforcer inlassablement, mais avec élégance, de fortifier les barrières qui le séparaient des autres.

— Je ne demande jamais rien à personne, n'en attendant rien, disait-il. Et, bien entendu, on m'accuse d'être égoïste.

C'était un solitaire, un vrai.

De ce ton léger et ironique qui était le sien et qui parfois me choquait, il m'avait confié il y a bien longtemps :

— Je l'ai compris un matin, au petit déjeuner !

Une créature exquise auprès de qui je passais des nuits de rêve et avec laquelle je tentais de vivre — et elle n'était pas la première —, a voulu me faire « une surprise » : mes œufs coque. J'avais eu l'imprudence de lui révéler que c'était ma première joie de la journée. Pourquoi, grands dieux ? C'était gentil de sa part mais, malheureusement, ses œufs n'étaient pas pris. Je n'ai pas osé le lui dire, et cette couardise m'a agacé. Je l'ai haïe une seconde et j'en ai eu honte, bien sûr ! Haïr pour des œufs coque pas cuits, c'est excessif ! Et pourtant...

Et, en riant, il avait ajouté :

— Vous avez remarqué comme les gens qui vous aiment s'occupent de vous sans arrêt ? Mais jamais aux bonnes heures ! En outre, ils vous culpabilisent d'en être horripilés. C'est insupportable ! Non, non, vraiment... je suis fait pour vivre seul ! Et je vais vous faire un aveu : je ne m'ennuie pas avec moi.

Bien entendu, ce solitaire exigeant, cet idéaliste épris d'absolu, était tombé un jour sur « LA » femme ! Sans doute réussissait-elle mieux les œufs coque !

A trente-trois ans, Bichelay, attaché commercial dans diverses ambassades du Moyen-Orient, trop souvent écœuré d'assister sans rien pouvoir y changer au commerce des armes qui s'y abritait, avait rencontré LA GRÂCE. Celle avec qui on comprend sur-le-champ qu'on va tout partager. Celle que les poètes chantent comme « divinement blonde »...

Elle s'appelait Isabelle. Curieusement, elle était née à Lille ! Et elle avait vingt ans, en paraissant vingt-cinq...

Six mois de bonheur et de certitude.

Six mois de félicité et de complicité de tous les instants.

Pierre Bichelay devait l'épouser en avril 1981...

Quelques rafales de mitraillette, tirées au hasard, et une vie éclate !

La douce Isabelle, divinement blonde, était abattue à Beyrouth où elle s'occupait d'enfants orphelins. Tuée, trois jours avant le mariage, par ces mêmes armes que les tractations discrètes de son ambassade permettaient à la France de fournir aux nations arabes...

Face à cette tragédie atroce — atroce pour lui seul —, Pierre Bichelay avait cru devenir fou.

Il était rentré à Paris, hébété, quelques semaines plus tard.

Depuis, il appartenait au service culturel, scientifique et technique des Affaires étrangères, dans la maison mère, au Quai d'Orsay.

Mais sa vie s'était arrêtée un matin d'avril 1981, au Liban, à Beyrouth.

Est-ce une vieille dame qui l'avait ainsi fait renaître ?

Je le trouvais si émouvant, ce soir, si présent. Et pour tout dire, plus sensible, plus humain. Ce qu'il ne m'avait jamais paru être.

— J'avais pris l'habitude, me dit-il, de fouiner dans une petite librairie proche de l'Unesco que je fréquentais souvent pour des raisons professionnelles. J'y achetais en outre mes journaux quotidiens. C'est là que je l'ai rencontrée.

Et du regard, Bichelay sembla une fois encore partir à sa recherche.

— J'aime bien cette petite librairie. J'aime son ordre. J'aime son âme.

Il aimait aussi son odeur : celle des chats. La libraire en faisait vivre cinq qui sautaient avec adresse entre les rayons. Ils pissaient bien un peu partout pour marquer leur territoire. Mais ils évitaient les livres !

— Ce sont des chats érudits, épris de culture comme la libraire. Des chats distingués. Comme elle. Et j'aime bien les chats. Cultivés ou non.

Il avait été intrigué d'apercevoir, un jour, de dos,

posé sur un tabouret de cuisine, une sorte de vieux chimpanzé, emmitouflé dans d'étranges lainages, un feutre à plume, déplumé, antédiluvien sur la tête, un cabas au bras et — chose étrange — deux très beaux diamants à l'oreille. Elle sirotait son café.

— Sans sucre... disait-elle. Le sucre est l'ennemi de la femme... il augmente les coussinets d'amour et favorise les rotondités !

Elle n'avait pourtant rien à craindre des kilos superflus.

C'était sa vieille dame.

Plus tard il apprit que — c'était un rituel — cinq ou six fois par semaine, vers quatre heures, elle prenait le café (de la libraire) sagement posée sur un tabouret en causant de tout et de rien avec la maîtresse du lieu.

— Ce jour-là, me dit Bichelay, elle avait tourné la tête vers moi alors que je m'apprêtais à payer le livre que je venais de choisir.

— Jeune homme vous avez une très jolie voix... Ah !... Si j'avais vingt ans de moins... et vous trente ans de plus... je vous aurais donné une priorité. Ha ! Ha ! Ha !...

Et un rire de toucan échappé des forêts amazoniennes avait retenti dans la petite librairie.

La libraire les présenta l'un à l'autre ; Bichelay n'entendit pas le nom, comme toujours en pareil cas.

— J'étais resté interdit. Comment cette vieille dame pouvait-elle me donner un âge quelconque ? Elle était aveugle...

— C'est Germaine Lemonnier, lui dit la libraire quelques jours plus tard. Elle est un peu oubliée maintenant, mais... c'est elle qui a écrit *Lune de miel*, *Il y a belle lurette* et surtout *Sous les pavés du Nord*... C'est son meilleur livre... Ç'a été un gros succès. Le livre est sorti entre les deux guerres...

Vous n'étiez pas né... Vous savez que, sans en avoir l'air, cette vieille dame aveugle a été agent de renseignements pendant la guerre de 14-18 !

— De 14-18 ? Mais quel âge a-t-elle donc ?

— Oh ! je ne sais pas au juste. Dans les quatre-vingt-cinq, quatre-vingt-dix ! Elle dit en riant qu'elle ne le sait pas elle-même... que ses papiers ont brûlé ! Mais on racontait jadis qu'elle avait fait partie du réseau Louise de Bettignies.

— Louise de Bettignies ?

— Oui. C'était une grande résistante en 14, dans le Nord... à Lille, et...

— A Lille ! s'exclama Bichelay.

Et son ton était tel que la libraire, interloquée, sursauta et le regarda comme si elle venait de commettre une maladresse.

— Oui... pourquoi ?

— Pour rien, pour rien, répondit-il... pour rien.

— Oh ! si je vous retrouve son livre, je vous en fais cadeau.

— Volontiers, fit Bichelay d'une tout autre voix : mais comment a-t-elle pu savoir que j'étais un homme jeune ?

— A la voix.

— A la voix ?

— Oui.

— Ça alors ! Elle vit seule, malgré son infirmité ?

— Non. Avec son Mohamed.

— Son Mohamed ?

— Oui. C'est son homme à tout faire. Un Marocain. Il y a plus de vingt ans qu'il vit près d'elle.

La semaine suivante Bichelay lisait *Sous les pavés du Nord*.

— Vous verrez, lui avait dit la libraire, elle n'a jamais voulu en convenir par discrétion ou modestie, mais Juliette... c'est elle.

Dès les premières lignes, Bichelay eut un choc. Comme une blessure mal cicatrisée et qui s'ouvre à nouveau...

2

Vendredi 19 juin 1914.

Juliette était folle de joie.

Juliette venait de réussir ses examens de droit.

Juliette était amoureuse.

Juliette venait d'avoir vingt ans... (le 3 avril).

Comme une récompense due à ses succès universitaires, et en hommage rendu à cet âge de légende, ses parents lui avaient permis un voyage d'une semaine en Hollande. Seule ! Enfin... presque. Elle faisait partie d'un groupe d'étudiantes placé sous l'autorité et la protection de Monsieur l'abbé Lorthiois, curé de la paroisse Saint-Christophe de Tourcoing.

En ce vendredi de juin, Juliette part donc de Lille, où elle habite avec ses parents et un de ses frères, Michel, une belle maison bourgeoise, rue de Turenne. C'est la première fois... Elle a l'autorisation exceptionnelle de quitter le groupe à Amsterdam pour se rendre, seule, à Bruxelles !

Bruxelles, où elle retrouvera sa vieille nourrice, « Grosse Jeanne ».

Bruxelles, où ses parents viendront la chercher le dimanche 28.

Bruxelles, où elle a l'espoir de le rencontrer... LUI !

Car le choix de ce voyage collectif n'est pas tout à fait innocent. C'est Juliette qui en a été l'initiatrice. Pour justifier son détour par Bruxelles, elle a su convaincre ses parents que revoir « Grosse Jeanne », qui l'avait sauvée quand elle était bébé, les ravirait, eux aussi ! Les parents de Juliette, qui adorent leur « petite dernière », se sont laissé persuader d'autant plus facilement que ce voyage leur permettra, à eux, de rendre visite à leur fille aînée, Émilie, novice dans un couvent proche de Bruxelles, à Aerschot. D'ailleurs, on ne résiste guère à l'enthousiasme de Juliette.

— Tu nous enverras un petit mot chaque jour.

— Je vous le promets.

Et le train est parti.

Et Juliette a tenu sa promesse.

Une première carte postale est arrivée à Lille dès le mardi 23. Débordante d'allégresse.

La dernière a suivi de nombreuses autres, le samedi 27, juste avant le départ des parents pour Bruxelles.

« Mes chers parents,

« Je n'ai pas eu le temps de vous écrire tant j'ai de choses à voir ! Marken et Volendam sont des petits villages exquis, des villages de fleurs et de mer, des villages-jouets. Il fait un temps superbe. Et sur le port de Marken j'ai mangé — vous n'allez pas le croire — des harengs crus ! Dans du pain. Ils sortaient de l'eau. C'est l'habitude ici. C'est merveilleux. Et j'ai bu de la bière dans un petit café face au port, au milieu des pêcheurs ! Comme un homme ! Demain 26, je serai à Gouda pour admirer les vitraux de l'église Saint-Jean. Gros baisers. A dimanche. »

Et là, nous arrivons au petit mensonge de Juliette.

Juliette ne sera pas demain 26, à Gouda. Elle sera à Bruxelles. A Bruxelles où l'attendra — complice sans le savoir ni le vouloir — « Grosse Jeanne », ainsi appelée « grosse » parce qu'elle l'est, bien sûr, mais surtout parce qu'il aurait été déplacé que la moindre confusion pût se faire entre elle et Madame Morel, née Hutin, et également prénommée Jeanne, quand « Grosse Jeanne » travaillait chez les Hutin-Morel, avant la mort de son mari.

Donc, Jeanne, la grosse, a été chargée de mission par une courte lettre, reçue de Gand, au début du voyage : le trouver... LUI !

« Ma Jeanne,

« Je serai vendredi 26 à Bruxelles. Surtout ne dis rien à Papa et Maman. C'est une surprise. Ils doivent d'ailleurs nous rejoindre le dimanche 28. Je voudrais que tu préviennes Monsieur Albert Timmer, 4, square des Sablons, de mon arrivée. J'ai besoin de certains renseignements pour la suite de mes examens de droit. J'aimerais pouvoir le rencontrer. Je t'embrasse très affectueusement.

Juliette. »

A Bruxelles, quand elle descend du train à dix-huit heures quatorze, Juliette est rayonnante. L'aventure a un petit goût de fruit défendu qui illumine son regard. Grosse Jeanne l'attend. Elle lui tombe dans les bras. Hélas, hélas...

Grosse Jeanne lui apprend que le dénommé Albert Timmer a quitté Bruxelles la semaine précédente !

— Ne sachant pas où te joindre, je n'ai pas pu t'en prévenir...

Cruelle déception qui se lit sur le visage de Juliette.

— Qu'est-ce que tu as ? questionne Grosse Jeanne.

— Écoute, je vais tout te dire.

Et elle lui révèle la raison secrète et véritable de son voyage.

— Je l'ai rencontré il y a un mois, quand il est venu à Lille pour le mariage de Léonie.

— C'est tout ?

— Oui.

— Et parce que tu l'as vu une seule fois, il y a un mois, au mariage de ta cousine, tu as imaginé tout cela ?

— Oui.

— Eh ben...

Jeanne sourit, elle a bien du mal à paraître sévère.

— Qu'est-ce qu'il fait ?

— Qui ?

— Oh ! Juliette, ne sois pas hypocrite... Monsieur Albert Timmer.

— Il est aviateur.

— Oh ! C'est dangereux, ça ! Comment est-il ?

Juliette se tait. Mais son visage est si éloquent...

— A ce point-là ? demande Grosse Jeanne.

— A ce point-là, répond Juliette.

— Eh bien !... tu en as du toupet ! En tout cas si ça peut te rassurer, il revient le 31 juillet. C'est une bonne époque pour avoir envie de revoir Gouda et les vitraux de l'église Saint-Jean ! Et je te signale que si la Hollande est un peu trop loin... j'aurai cinquante ans le 2 août prochain. Ça te sera peut-être utile pour revenir à Bruxelles !

Et elles éclatent de rire toutes les deux en s'embrassant. Grosse Jeanne s'empare des deux valises de Juliette. Et elles sortent de la gare.

3

Le lendemain, samedi 27 juin, Juliette a surmonté sa déception. Maurice, le fils de Grosse Jeanne, les a emmenées, sa mère et elle, dans la superbe Panhard-Levassor, propriété du fils Naessens chez qui il travaille comme mécanicien.

Ils filent tous les trois dans la forêt de Soignies. Juliette goûte alors cette ivresse neuve de la vitesse. Dans la voiture découverte, l'odeur des bois lui monte à la tête, le souffle du vent lui fouette le visage. Déjà un plan s'échafaude dans son esprit pour revenir fêter à Bruxelles les cinquante ans de Grosse Jeanne, le 2 août ! Elle a ôté son chapeau, petit canotier à voilette. Jeanne maintient le sien comme elle peut, mais il ressemble présentement à une caravelle sur une mer démontée.

— Nous roulons à soixante-dix, déclare fièrement Maurice dissimulé derrière ses lunettes de mica, casquette retournée.

— Oui... Eh bien... c'est très bien comme cela ! répond sa mère.

Et Juliette éclate de rire.

Ah ! Comme la vie est belle en ce samedi de liberté, malgré l'absence d'Albert Timmer.

Furtivement, Maurice regarde Juliette assise à ses côtés. Mais Juliette grisée par la vitesse n'en a cure.

Il est joli garçon, Maurice. Et il la regarde.

Mais Juliette ne le voit pas. Elle respire la route.

Maurice sait bien que Juliette n'est pas pour lui. Il l'a su très tôt. Mais il la regarde...

Il la regarde en souriant, gauche et timide, lui, le fils du jardinier des Hutin-Morel, heureux de cette ivresse qu'il lui donne, avec, à la mémoire, les images de leurs jeux d'enfants, jadis, rue de Turenne.

Le lendemain dimanche, vers dix-huit heures, Jeanne et Juliette arrivent toutes les deux à l'hôtel Métropole où Juliette doit retrouver ses parents. Ils sont déjà attablés à la terrasse de la brasserie. C'est très exceptionnel de leur part de se montrer ainsi. Mais il fait si beau.

Embrassades. Effusions. Émotion.

— Nous arrivons d'Aerschot. Et ton père avait bien chaud, dit Maman Hutin-Morel comme pour s'excuser d'être ainsi attablés.

— Mais nous y retournerons demain avec vous, Jeanne, si vous le pouvez, ajoute M. Hutin-Morel. Émilie sera très heureuse de vous revoir.

— Comment va-t-elle ? demandent presque ensemble Grosse Jeanne et Juliette.

— Elle est rayonnante, vous verrez.

Un tout petit silence suit néanmoins l'affirmation de Mme Hutin-Morel.

Henri Hutin-Morel adore sa fille aînée. Il sait qu'il ne la reverra presque plus puisque Émilie a décidé d'entrer dans un carmel proche de Bruxelles et de se donner ainsi à Dieu pour toujours. Elle doit prononcer ses vœux définitifs en septembre.

— Elle est heureuse... C'est son idée... C'est son bonheur, dit-il.

Cette petite phrase semble lui avoir échappé, comme une justification.

— Alors, Juliette ! Parle-nous un peu de toi !

Mme Hutin-Morel chasse d'un coup le petit ange en cornette qui vient de passer.

Et soudain les rivages de la mer du Nord, les

bateaux, les polders, les digues, les petits ports, les paysages, les villages... toute la Hollande défile en images accélérées, aux yeux ébahis de Papa et Maman Hutin-Morel.

— Partout, Papa ! Partout... j'ai vu des Vermeer, en vrai !

« Demandez *Le Soir* ! Demandez *La Dernière Heure* ! »

Il est un peu plus de dix-neuf heures, les crieurs de journaux commencent leur ronde et offrent les nouvelles du jour.

« Philippe Thys, vainqueur de la première étape. Demandez *Le Soir* ! »

« Triomphe pour Philippe Thys ! »

« Philippe Thys gagne Paris-Le Havre ! Demandez *Le Patriote* ! »

— Quelle chance ! C'est lui qui a gagné le Tour l'an dernier, s'exclame Jeanne.

— Vive la Belgique ! ponctue Juliette.

M. Hutin-Morel achète *Le Soir*. Il parcourt distraitement les gros titres de la une. Et, comme le Tour de France ne l'intéresse guère, il jette un coup d'œil rapide à l'intérieur du journal.

— Mon Dieu ! murmure-t-il.

— Qu'est-ce que tu as ? demande son épouse.

— Tiens, lis.

M. Hutin-Morel lui tend le journal et lui désigne, en page trois, un simple petit encadré.

« *Attentat à Sarajevo. Le prince héritier d'Autriche-Hongrie et son épouse, la duchesse de Hohenberg, ont été assassinés à coups de pistolet par un étudiant serbe. Un nommé Princip. Le complot ne fait aucun doute. On peut néanmoins espérer que, devant ces provocations venues de toutes parts, la sagesse du vieil empereur François-Joseph aura le dernier mot.* »

— C'est la guerre dans trois mois !

— Henri... Il y a des années que tu dis cela, plaisante Jeanne Hutin-Morel.

— Tu verras...

« Demandez *Le Soir* ! La victoire de Philippe Thys ! Paa-ris-Le Havre en treize heures dix-huit minutes ! Demandez *Le Soir* ! »

— Et dire que cette nouvelle n'occupe qu'une petite place en page trois, soupire M. Hutin-Morel.

Un univers va s'effondrer. Personne ne sait encore à quel point. Le chœur des crieurs de journaux psalmodie sereinement son plain-chant :

« La victoire de Philippe Thys ! Demandez *La Dernière Heure* ! »

Et Juliette, elle, pense à Albert Timmer. Elle ne pense même qu'à lui ! A vingt ans, la victoire d'un coureur cycliste et un attentat qui vient d'avoir lieu à plus de deux mille kilomètres ne peuvent guère concerner une jeune fille amoureuse.

Ce que Juliette ignore, en ce dimanche 28 juin 1914, ainsi d'ailleurs que Grosse Jeanne, c'est qu'Albert Timmer n'est pas en Suisse pour « affaires ». Albert Timmer se trouve en Allemagne. Très exactement à Cologne. Pour y organiser un réseau de renseignements. Une antenne d'espionnage pour une éventuelle guerre future...

A Cologne, où habite Gaston Hutin-Morel, le fils aîné de la famille. Gaston vient d'épouser un an auparavant, et contre le gré de ses parents, une très jolie Allemande, Frida Harbert ! Il l'a rencontrée en Westphalie au cours d'un voyage d'étude pour y établir des usines de filatures. Frida est enceinte et doit accoucher début septembre. Chacun espère un fils. « Un beau garçon aux yeux bleus », a dit Juliette. Et comme un hommage dû à la France et pour se concilier les vœux de ses parents, Frida, devenue française par son mariage, a décidé que ce fils déjà aimé et si attendu s'appellera Franz.

Tant il est vrai qu'en ce dimanche de paix où le ciel de Bruxelles est si beau, si serein et si bleu, la famille Hutin-Morel, comme bien des familles de cette Europe-là, n'attend que d'heureux événements.

4

— Ah ! Enfin... Bonjour, monsieur Bichelay !

Pierre Bichelay sortait de l'Unesco où venait de se tenir un colloque, assez ennuyeux, sur les méfaits du néo-colonialisme. Il était entré dans sa librairie pour y acheter son journal du soir. La vieille dame était encore installée sur son perchoir.

— Vous m'avez reconnu ? demanda Bichelay.

— Oui ! A l'odeur !

Et elle éclata de rire.

— Je vous attendais.

— A l'odeur ?

Pierre Bichelay venait en effet de sortir son mouchoir...

— Oui ! Bonne, d'ailleurs.

— *HOMME* de chez Roger et Gallet, s'entendit-il bêtement répondre tant l'allégresse de cette vieille dame aveugle l'ahurissait.

— C'est possible. Mes vertus olfactives ne vont pas jusqu'à distinguer les marques d'eaux de toilette. Bichelay, c'est votre vrai nom ? questionna la vieille dame sans transition.

— Oui... Pourquoi ?

— J'ai entendu parler d'un Bichelay, jadis... en Italie, dans les années cinquante...

— Ah !

— Oui...

Et le souvenir sembla flotter un instant sur son

vieux visage ridé, comme pour rejoindre une ombre.

— Ce n'est pas moi... répondit prudemment Bichelay.

— Non, j'imagine ! Ha Ha Ha !... Il me prend pour une idiote, dit-elle en se tournant vers la libraire.

Ce petit échange se déroulait entre les sourires de Madame Lebert, la libraire, rendant la monnaie, et les clients chuchotant « je voudrais *Le Monde* » ou « *France Soir* ».

Pour tenter de faire diversion, Bichelay lui glissa très vite à l'oreille :

— J'ai commencé votre livre.

— Lequel ? Il y a trente ans que je n'écris plus !

— *Sous les pavés du Nord...*

— Mais où avez-vous trouvé cela ? Il a été édité en 1928 !

Bichelay et la libraire échangèrent un bref coup d'œil.

— Ah, je vois ! fit la vieille dame en se retournant vers madame Lebert.

Eut-elle conscience de la stupeur qu'elle venait de provoquer ? Dans le petit silence qui suivit, elle dit à Bichelay :

— Ça vous étonne, hein ?

— Quoi ?

— Que je puisse dire « je vois ».

— Mais...

— Si, si... je le sens.

— Un peu... je l'avoue.

— Ha Ha Ha !

Deux ou trois petits tours de moulin à poivre et elle enchaîna.

— ... Un de ces jours... je vous ferai un cours complet sur les aveugles !

— ... Euh... Si vous voulez...

Il ne savait que lui dire. La désinvolture de la vieille dame le stupéfiait.

— Parfait !

Elle se leva.

— Mais pas aujourd'hui... Il faut que je rentre chez moi.

Elle se tourna vers lui comme si elle voulait capter son regard.

— Vous êtes-vous déjà trouvé quelques minutes dans l'obscurité absolue ?

— Ça a dû m'arriver... oui... sûrement.

— Vous rappelez-vous alors vos sensations ?

— Plus ou moins.

— Vous n'étiez pas très à l'aise, hein ?

— Non... je n'étais pas très à l'aise...

Il ne l'était d'ailleurs pas davantage en répondant à ces questions. Il aurait préféré lui parler d'un livre où si souvent — était-ce à cause de Lille ? — le visage d'Isabelle venait se glisser aux côtés de Juliette et se fondre en lui. Mais la vieille dame semblait en être si éloignée...

— Eh bien... cela n'a aucun rapport, cher monsieur, fit-elle en pirouettant. Ah ! Voilà Mohamed. Il s'inquiétait, le pauvre.

Quelqu'un, en effet, venait d'entrer dans la librairie. Comment avait-elle pu savoir que c'était son Mohamed ? Bichelay n'osa pas lui demander si elle l'avait reconnu à l'odeur, lui aussi. C'eût été déplacé. Et d'ailleurs, il avait perdu le goût de plaisanter.

Mohamed, très belle soixantaine, les salua avec élégance et il offrit son bras à la vieille dame, qui le prit.

— Il faudra me parler de mon livre, dit-elle après avoir fait quelques pas. J'aimerais savoir ce que pense de tout cela un homme de votre génération.

— Je ne demande pas mieux, mais...

— Je ne me souviens plus très bien de ce que j'ai écrit. Alors je compte sur vous pour me rafraîchir la mémoire... reprit-elle, comme si elle ne l'avait pas entendu.

— Vous vous rappelez tout de même que c'est sur la guerre de 14-18 ?

Est-ce le ton brusque de Bichelay qui la surprit ? Elle parut ne pas apprécier la plaisanterie.

— Vous me croyez gâteuse, hein ?

Il se récria.

— Ah bon ! Mais tout de même, quand vous l'aurez achevé, ou même avant, il faudra m'en parler. Ça me fera plaisir... J'ai mis tant de temps à l'écrire.

— A ce point ?

Bichelay l'avait questionnée presque machinalement tant il cherchait à retrouver sur les traits de la vieille dame la jeunesse de Juliette.

— Oh oui ! dit-elle en riant. A ce point ! Des années et six mois.

Et sur le pas de la porte, elle ajouta :

— Écrire, c'est se souvenir, jeune homme ! N'oubliez jamais cela. Et c'est parfois douloureux.

Et elle sortit au bras de son Mohamed.

C'est alors que Bichelay vit que Mohamed boitait.

— Curieuse rencontre... cette vieille dame aveugle et ce serviteur boiteux, dit-il à la libraire.

*
* *

— Mon Dieu, comme cette phrase était bête ! me dit Pierre Bichelay. Je me demande encore pourquoi elle m'avait échappé !

Un peu interloquée, car visiblement elle trouvait la réplique choquante — et elle avait raison —, la bonne Mme Lebert qui, par instants, prenait les airs d'une franciscaine de Sainte-Marie-des-Anges, laissa tomber avec indulgence :

— Oui... C'est à son pas qu'elle le reconnaît ! Il a sauté sur une mine en 44, en Italie... C'est un héros, cet homme-là.

— Il y a des instants où l'on regrette d'avoir parlé

trop vite. J'en vivais un, murmura Pierre Bichelay. Il ne me restait qu'à sortir. Ce que je fis.

Bichelay habitait à deux pas de la librairie. Il décida de rentrer chez lui. Dans la rue, il aperçut ce couple étrange qui avançait à petits pas comptés. Mohamed lui avait offert son bras gauche et ils longeaient tous deux le trottoir de l'avenue. Comme il allait dans la même direction, il les suivit quelques instants.

— On descend... deux pas.

Mohamed indiquait à la vieille dame d'une voix grave et douce les obstacles à éviter. Elle se laissait guider, confiante comme un enfant bien sage, par cet ange gardien protecteur, au visage de bronze. Ils traversèrent la rue.

— Et maintenant, on remonte...

Et ils franchirent le trottoir.

Bichelay les laissa s'éloigner.

L'admirable monument des Invalides dominait de sa grâce et de sa puissance leurs silhouettes frêles et semblait protéger leur démarche fragile de son immuable sérénité.

Le soleil rosissait l'ocre des pierres et faisait éclater l'or du dôme.

C'était la beauté au quotidien.

Bichelay songea alors le cœur un peu serré que cette vieille dame, elle, ne la voyait pas.

5

— Papa, pourquoi as-tu dit que la guerre allait éclater dans trois mois ?

— Oh ! Ce sont des problèmes bien compliqués pour une jeune fille, ma chérie, répondit Mme Hutin-Morel.

Le train roulait vers Lille. Il traversait la plaine des Flandres. Des clochers surgissaient de loin en loin, au hasard des villages. Les blés ondulaient sous la caresse du vent. Le temps était toujours radieux.

Henri Hutin-Morel était resté silencieux depuis le départ de Bruxelles. Pensait-il à sa fille Émilie ? Grosse Jeanne avait été très émue en les quittant sur le quai de la gare. Elle leur avait dit au revoir comme s'ils ne devaient jamais plus se revoir. Et d'ailleurs...

— L'Allemagne veut la guerre, ma petite fille. Et depuis longtemps déjà. Elle va charger l'Autriche de s'occuper de cela... en prenant le prétexte de cet attentat ! Quand je pense que le journal le relatait en page trois... comme un événement sans importance.

— Henri... C'était un journal belge... La Belgique est neutre.

— Crois-tu qu'à Paris on soit plus inquiet ? Il y a beaucoup de Français inconscients. Ou d'autres, revanchards, qui songent à 70, à l'Alsace, à la Lorraine, et qui voudraient en découdre. Tu crois que c'est si innocent cette loi de trois ans ?

— Quelle loi de trois ans ?

— Une loi nouvelle, ma chère, qui fixe la durée du service militaire à trois ans depuis l'an dernier !

— Heureusement que Gaston a fini le sien et que Michel est réformé.

— Jeanne ! Voyons !

Ils se turent tous deux. Quelques instants plus tard Henri Hutin-Morel murmura comme pour lui-même :

— Ce sont ces deux guerres dans les Balkans qui sont inquiétantes... C'est une poudrière... ces Balkans...

— Mais, Henri, c'était l'année dernière, ces Balkans ! Quand nous étions en début mai à Paris, cette année... les gens n'avaient pas l'air inquiet !

— Ça aussi c'est inquiétant, répondit Henri Hutin-Morel.

Les jours qui suivirent furent des jours ordinaires.

Ou presque.

La vie des Hutin-Morel avait repris son rythme habituel. Lille vivait loin de tout souci. M. Hutin-Morel allait à son usine. La filature tournait « à plein », comme le disait Mme Hutin-Morel. Elle traduisait ainsi la satisfaction de son mari.

Juliette, en revanche, vivait un petit drame de conscience. En ce mois de juillet, un article de *La Semaine religieuse* — revue à laquelle la famille Hutin-Morel était abonnée —, « LE TANGO, DANSE INDÉCENTE », n'avait pas manqué de la laisser songeuse : « *Cette danse, d'importation étrangère, est, de par sa nature lascive, offensante pour la morale ! Nous la condamnons. Les personnes chrétiennes ne peuvent y prendre part. Les confesseurs devront agir en conséquence dans l'administration du sacrement de pénitence.* »

Pauvre petite Juliette qui venait de découvrir cette danse lascive au mariage de sa cousine Léonie, dans les bras musclés d'Albert Timmer ! Pécher ou s'abstenir ? Pour l'heure, Juliette se change les idées en préparant un mémoire sur la *Propriété foncière dans la Russie des tsars, après les émeutes de 1905.*

Fin juillet, une longue lettre de leur fils Gaston arrive chez les Hutin-Morel, rue de Turenne. Elle est datée du 16. Elle provient de Cologne. Gaston leur fait part de ses inquiétudes. Et avec beaucoup de pudeur, car il n'ignore pas leur désapprobation à propos de son mariage, il leur donne, vers la fin de sa lettre, des nouvelles de Frida, son épouse. « Elle est allongée depuis plus de trois semaines déjà et doit le rester impérativement jusqu'à son accouchement. »

— Mon Dieu ! C'est comme si Dieu réprouvait ce mariage lui aussi ! murmure Jeanne Hutin-Morel en soupirant.

Son mari ne répond rien. Que pourrait-il répondre d'ailleurs ? Il songe à ce qu'écrit Gaston : « Dans *La Gazette* de Cologne, on a reproduit un article de Jean Jaurès faisant allusion à un éventuel raz de marée en Belgique. »

— A quoi penses-tu ? lui demande Jeanne Hutin-Morel.

— A cette ruée sur la Belgique, répond Henri, en songeant à Émilie.

Il ressent aussi l'angoisse qui s'exprime dans la lettre de son fils aîné. Il sait que Gaston est un homme énergique, courageux et fort. Il a créé en un an, à Cologne, une usine de tissus. Il s'occupe aussi de remettre en marche une industrie sucrière en Rhénanie. Même si sa passion pour Frida a perturbé leurs relations, Henri Hutin-Morel reste un père fier de son fils. Et il sait bien aussi que son épouse partage profondément ses sentiments. L'inquiétude que Gaston exprime tout au long de sa lettre n'est pas sans motifs.

« La jeunesse allemande est convaincue de la guerre. Elle l'attend. Elle s'y est formidablement préparée. L'Allemagne, mes chers parents, c'est soixante-cinq millions d'habitants depuis le dernier recensement de 1911. On l'oublie trop. C'est la deuxième flotte du monde. C'est la première industrie chimique. L'Allemagne, c'est le dynamisme commercial. Ici, la plupart des gens parlent une ou deux langues étrangères. L'empereur vient de dégager un milliard de marks pour accroître la puissance militaire de son pays. Je ne crois pas qu'en France on soit conscient de tout cela. Je suis très inquiet. Et je ne sais pas très bien quoi faire. Je suis contraint de rester ici, à Cologne, à cause de Frida. Je sais que vous n'avez pas approuvé mon mariage. Ses parents non plus d'ailleurs. Comme si l'Allemagne et la France ne pouvaient avoir que des enfants ennemis. Mais, si vous connaissiez la force de notre union, je suis sûr que vous en comprendriez l'importance.

« Je vous embrasse, mes chers parents, de toute mon affection filiale. Frida se joint à moi. Je ne sais pas quand nous nous reverrons. Mais bientôt je l'espère.

Gaston. »

Les inquiétudes de Gaston vont se justifier très vite.

En trois jours.

Le soir du 28 juillet, *L'Écho du Nord* titre :

L'AUTRICHE VIENT DE DÉCLARER LA GUERRE À LA SERBIE.

— La Serbie a pourtant accepté les termes de l'ultimatum ! s'exclame Henri Hutin-Morel.

Le 31 juillet, *L'Écho du Nord* titre à la une, pleine page :

ULTIMATUM DE L'ALLEMAGNE À LA FRANCE.

Le 1er août, *L'Écho du Nord* titre :

LA MOBILISATION N'EST PAS LA GUERRE,
précise le ministre Viviani.

Certes, mais elle est tout de même décrétée, cette mobilisation, et la guerre éclatera deux jours plus tard.

Ce même 1er août, vers midi, Michel Hutin-Morel arrive chez ses parents à Lille. Il semble très bouleversé. Il revient de Paris. Son père l'y a envoyé en mission : trouver les meilleurs emplacements possibles pour créer un magasin de tissus en gros. Henri Hutin-Morel voudrait y présenter les modèles de lainages et de cotonnades sortis de ses usines. Michel en prendrait la responsabilité. Pour l'heure, Michel n'est guère préoccupé de rendre compte de sa mission.

— Jaurès a été assassiné hier soir à Paris ! dit-il.

Michel tient à la main un exemplaire du *Petit Parisien*.

Son père le lui arrache des mains. Et lit à haute voix :

« *C'est à 21 heures 30, au café du Croissant, que l'assassinat de Jaurès a été commis. Le fondateur de "L'Humanité" dînait en compagnie de quelques amis. Il a été frappé à bout portant de deux balles de revolver qui lui ont fracassé le crâne. Il est mort quelques instants plus tard sans avoir pu prononcer une seule parole.* »

— C'est horrible, dit Mme Hutin-Morel.

« *L'assassin est un nommé Vilain,* reprend Henri Hutin-Morel. *Il a été arrêté aussitôt. La foule qui s'était massée devant le café a accompagné l'ambulance immédiatement appelée en criant : "Vive Jaurès !" A quoi une autre partie de cette foule a répondu : "Vive la France !"* »

— Il semble que l'heure n'appartienne plus aux pacifistes, dit gravement M. Hutin-Morel.

— L'Allemagne veut sa guerre. Elle va l'avoir !

Et dans la voix de son fils Michel elle sent une telle exaltation et une telle violence que Mme Hutin-Morel en reste stupéfaite.

— Mais, Michel, dit-elle...

— Quoi ?

Michel semble la défier.

— ... Rien... rien.

Au dernier moment, Mme Hutin-Morel a retenu la suite de sa phrase : « Tu es réformé. » Le regard farouche de Michel l'en a empêchée.

Ils restent silencieux tous les quatre pendant de longues secondes. Le père, la mère, Juliette et Michel. Comme si des images de malheur défilaient déjà dans leurs mémoires. Et pourtant, en ce 1er août 1914, personne ne sait rien encore de cette guerre. Celle de 1870 est déjà si loin...

Personne ne peut imaginer que ce conflit européen va devenir mondial.

Personne ne peut imaginer que des trônes vont s'effondrer, des révolutions éclater, des régimes pourrir. Personne ne peut encore imaginer que ce conflit, qui aurait pu — qui aurait dû — être évité, va causer la mort de vingt millions d'êtres et la défaite de l'Europe.

— Il faut dîner, dit doucement Jeanne Hutin-Morel... Il est tard déjà...

Sournoisement, la guerre est entrée en elle. Elle s'est emparée d'elle comme la pieuvre de sa proie. Elle l'enserre, l'envahit et, déjà, l'étouffe.

Jeanne Hutin-Morel ne le sait pas. Elle ne peut pas le savoir. Mais cette angoisse sourde qui s'insinue soudain en elle, c'est la guerre.

Elle ne sait pas, elle ne peut pas savoir que sa famille, déjà dispersée, va se disloquer. A cause de la guerre. Elle est agitée d'un long tremblement en cette souriante journée du 1er août, comme le premier tremblement de toutes les mères. Parce que la guerre a pénétré en elle.

Sa fille Émilie est en Belgique. Gaston en Allemagne. Et Michel va partir. C'est certain. Il le veut. Elle le voit. Elle l'a compris. Elle a surpris une telle joie, sauvage, dans le regard de Michel il y a quelques minutes. Cette joie, c'est la joie de la guerre. Elle le sent. Comme s'il était naturel aux jeunes hommes d'en avoir le goût. Comme si l'intérêt du jeu, du grand jeu, était plus fort que la mort. A vingt ans, qui redoute la mort ? La mort... c'est pour les autres ! Et Michel a toujours été si difficile, si incertain dans ses choix, comme dans ses actes. Toujours si « ombrageux », comme on le dit dans la famille. Michel paraît si heureux aujourd'hui. Comme si la guerre allait l'exorciser, lui donner enfin une revanche, un espoir, un but !

Machinalement son regard croise celui de Juliette. Juliette qui, depuis quelques instants, l'observe. Juliette qui n'a que vingt ans. Mais Juliette qui a tout compris. Elle pose sa main avec douceur sur celle de sa mère.

— Il ne faut pas t'inquiéter, Maman. La mobilisation n'est pas la guerre, dit-elle. C'est dans le journal...

— Je sais, ma petite fille, je sais...

— Et puis quand bien même... dans trois mois on sera à Berlin, Maman ! N'est-ce pas... ? Papa !

Henri Hutin-Morel, soudainement rappelé à la réalité par son fils, le regarde longuement. Lui aussi a compris comme Jeanne, sa femme, que Michel semble attendre « quelque chose » de la guerre. Mais il ne dit rien. Il sourit comme si la fierté de l'homme chassait en lui l'inquiétude du père. Et pourtant...

— Je le souhaite, mon petit, je le souhaite.

Il n'est pas besoin d'en dire davantage. Les hommes et les femmes du Nord sont pudiques. Sobres dans leurs échanges comme dans leurs paroles. Les mots trompent parfois. Chacun préfère se taire. Avec l'espoir d'être ainsi mieux compris. C'est la raison du silence des quatre Hutin-Morel en cet instant.

— Allons, à table, dit Jeanne Hutin-Morel.

Et ils passent tous les quatre dans la salle à manger. Jeanne Hutin-Morel sonne.

— Louise, vous pouvez servir.

Henri Hutin-Morel dit alors le bénédicité. Chacun se signe et s'assied. On déplie la serviette soigneusement rangée dans le rond et on la met à son cou. Henri Hutin-Morel prend le pain, doré, appétissant, croustillant, à la bonne odeur de brioche chaude. Il trace la croix du Christ sur le dos rond du pain. Et il le coupe.

— Alors ? Comment était Paris ?

— Il faisait un temps superbe, répond Michel en souriant.

Le même jour, à cette même heure — mais en Allemagne il est treize heures trente —, Gaston Hutin-Morel entre brusquement dans la chambre de sa femme. Frida somnole, allongée sur son lit. Elle ouvre les yeux.

— Ça va... ?

Frida sourit gentiment. C'est la seule réponse possible à cette question un peu bête que posent tous les hommes aux heures où les femmes créent la vie.

— ... Oui... ça va... Zé dun beu long, mais ça va... Che dravaille mon vrançais.

Elle lui a dit cela en exagérant son accent délicieux. En riant.

— Quelles nouvelles ?

Elle a un peu hésité avant de poser sa question. Gaston hésite lui aussi à répondre.

— Tu peux tout me dire, tu sais.

Exquise Frida ! Allongée ainsi sur son lit, ses cheveux blonds répandus autour d'elle sur l'oreiller, le teint rose, elle ressemble vraiment à un ange. Elle est LA femme. Elle est SA femme. Et Gaston la regarde. Et soudain le silence de son mari l'inquiète.

— Dis...

Et Gaston dit :

— L'Allemagne vient d'adresser un ultimatum à la Russie !

Gaston n'a pas osé parler de l'ultimatum de l'Allemagne à la France.

Ils se taisent tous les deux. Frida détourne un peu son regard. Gaston s'assied avec précaution au pied du lit.

— C'est la guerre, tu crois ?

— Oh ! ma chérie... comment te dire... Je le crains... oui.

— ... La visite de Poincaré en Russie n'a rien arrangé...

— ... Sans doute pas...

Frida se tourne vers Gaston. Il se penche vers elle. Il l'embrasse du regard avec une tendresse infinie. Il lui caresse le front.

— Ne t'inquiète pas, va...

Frida sent les larmes monter, doucement. Elle les contient. Elle se sent si impuissante à cette minute-là, si impuissante.

— Qu'allons-nous faire ? Qu'allons-nous devenir ?

— Pour l'heure... nous attendons un petit enfant, mon amour. C'est tout. On se débrouillera, va.

— Tu crois ?

— Mais oui.

Et dans le silence souriant de Gaston, Frida puise un peu de réconfort.

Gaston n'ose pas lui dire ce qu'il a lu dans le journal de Cologne, où on ironise sur la visite du président de la République à Saint-Pétersbourg : « M. Poincaré vient de resserrer les liens entre la France et la Russie. Et il est rentré à Paris. *Nous aussi, nous y entrerons !* Rappelons-nous la parole de notre empereur bien-aimé : "Si nous ne frappons pas tout de suite... la situation deviendra pire. Peuple allemand, notre mission est claire : NACH PARIS !" »

Gaston n'ose pas lui dire non plus qu'il craint d'être expulsé, ou arrêté.

— Nous n'aurions pas dû nous rencontrer, dit-elle.

— C'est vrai... Mais j'ai pensé un jour qu'il était indispensable d'unir la France et l'Allemagne. Et je le pense encore bien davantage aujourd'hui. Je t'aime. Et j'aime l'Allemagne, répond Gaston toujours souriant.

Et Frida lui rend son sourire.

Ce même soir, à la gare de Cologne, Albert Timmer, dont la classe n'est pas mobilisable « immédiatement et sans délai » mais qui, lui, est appelé à d'autres tâches, prend le train pour Bruxelles, après avoir participé quelques jours plus tôt à un meeting aérien. Il suit ainsi les ordres reçus. Il sait la guerre imminente. Son gouvernement l'en a averti. Il a reçu un télégramme codé avec l'indication de quitter Cologne sans retard. Le dépôt « Huiles et Graisses » qu'il a été chargé de monter à Cologne est en place. Prêt à fonctionner. Prêt à rendre service. Et il en rendra ! Pour l'heure, Albert Timmer doit rallier Rotterdam pour y recevoir de nouvelles instructions. Mais, prudence oblige, il part d'abord pour Bruxelles, en chemin de fer. Une voiture plus discrète l'emmènera ensuite à Rotterdam. La liaison sera ainsi assurée. Mais pourquoi a-t-il gardé dans son portefeuille une photographie dérobée discrètement au mariage de Léonie Van Laerde, où l'on voit très distinctement le visage souriant de sa cousine, Mlle Juliette Hutin-Morel ? Il n'a évidemment pas pensé au pouvoir magique d'une photo, en achevant à la hâte ses préparatifs de départ. Il a eu tort...

Ce soir, le lieutenant Beyer, futur as de l'armée allemande, l'a accompagné à la gare de Cologne.

Pour le surveiller ? Albert, sur le marchepied du wagon, ne semble pas s'en inquiéter beaucoup.

— J'espère vous revoir, dit Beyer.

— ... Quand ? répond Timmer.

— Je ne sais pas... mais je l'espère...

— Nous ne sommes pas dans le secret des dieux... mais je l'espère aussi.

Ils se serrent la main. Albert regagne son compartiment. Il abaisse la glace.

— Au revoir, dit le Français.

— Adieu, dit l'Allemand.

Étrange fraternité, dont ils ne sont dupes ni l'un ni l'autre. Dans un nuage de fumée, le train s'ébranle. Il est dix-huit heures quatre.

Il était temps.

Le 2 août, l'Allemagne envahit et occupe le Luxembourg (pour, dit le communiqué allemand, « préserver sa neutralité »). Ce même jour, elle adresse un ultimatum à la Belgique. La Belgique le repousse.

Le 3, l'Allemagne déclare la guerre à la France et se rue sur la Belgique. Et, tout de suite, c'est l'horreur.

Grosse Jeanne ne fêtera pas son anniversaire avec Juliette à Bruxelles.

Le 4, l'Angleterre déclare la guerre à l'Allemagne.

Le jeu des alliances a joué. La guerre fraîche et joyeuse éclate de partout.

Et comme pour mieux affirmer cette fraîcheur et cet élan joyeux, des cartes postales — en couleurs — sont distribuées partout en France.

Sur la partie gauche, on peut admirer une jeune Alsacienne attachée par le poignet à un méchant soldat allemand et pleurant dans un mouchoir sa liberté perdue.

Sur la partie droite, la même Alsacienne, souriante cette fois, se blottit dans les bras protecteurs d'un beau soldat français. La carte ne porte qu'une date : 1914 ! et un mot : ENFIN ! Sur le sol, un poteau frontière arraché indique le chemin du REICH...

On peut admirer aussi, sur d'autres cartes postales toujours en couleurs, le roi des Belges, Albert 1er, un pied sur la Loire et la tête à Ostende, faisant un rempart de son corps à l'envahisseur allemand. Autour de ses reins flotte un drapeau aux couleurs franco-belges fraternellement mêlées. Si par hasard ce roi ignore encore ce que la France attend de lui, il sait désormais ce qu'il lui reste à faire.

« *A Paris, à la gare de l'Est, on crie "Vive la France! Vive l'armée!" Les trains emmènent les mobilisés, fleur au fusil. Et ce n'est pas une clause de style. C'est une réalité...* », relate *L'Écho du Nord.*

« *Des femmes pleurent, des hommes chantent. "On les aura!"* »

Juliette et ses parents l'ignorent, mais, à Berlin, le spectacle est identique. L'enthousiasme est le même.

Une jeunesse ivre de conquête, d'aventure et de gloire parcourt les rues au chant joyeux de l'hymne impérial.

L'empereur a montré le chemin : « Deutschland über alles ! »

Le « Nach Paris » est si bien préparé ! Et depuis si longtemps ! L'Allemagne a distribué, elle aussi, ses cartes postales, en noir et blanc (en Allemagne, on économise !). Imprimées depuis quelques mois elles montrent, déjà, le défilé des troupes, fifres et tambours en tête, dans les villes conquises par l'armée victorieuse du Kaiser Wilhelm !

Une rose à la bouche, chacun sait où il va en défiant la mort.

La première grande guerre civile européenne va se déchaîner.

A Lille, Henri Hutin-Morel est effondré.

Si, aux heures simples de la paix, la vie paraît parfois s'écouler avec trop de lenteur, les journées qui vont suivre vont permettre à Juliette de comprendre avec quelle violence la guerre en précipite le cours.

La ruée sur la Belgique — annoncée prémonitoirement par Jaurès — n'est pas une simple image.

En moins de vingt jours la Belgique est foudroyée. Cette Belgique, qui n'a pas voulu la guerre, tente de résister de toute sa fureur et de toutes ses forces. Mais ses moyens sont faibles. La Belgique n'est pas préparée à la brutalité injuste de cette invasion.

Le 7 août au matin, Léonie Van Laerde, née Morel, cousine de Juliette et nièce d'Henri Hutin-Morel, téléphone d'Anvers pour prendre des nouvelles de « tout le monde ». Elle a eu « du mal » à obtenir la communication. On parle de Lille, de la guerre...

— Et de Gaston ? Vous avez des nouvelles ?

Elle aime bien son cousin Gaston, Léonie.

— Non. Aucune, répond Henri Hutin-Morel. A part une lettre du 16 juillet. Je ne sais pas quand nous pourrons en avoir. Je dois voir le préfet très bientôt.

— Et Michel ?

— Il va bien, dit-il d'un ton neutre en regardant son fils. Et il ajoute aussitôt : Juliette et ta tante aussi.

Michel a levé la tête : Henri Hutin-Morel ne tient pas à en dire davantage devant lui.

— Et toi ?

— Alfred a pu me téléphoner hier, de Liège. Il est parti le premier jour. Il est lieutenant, tu sais.

— Je sais, répond Henri Hutin-Morel en regardant, un peu interloqué, la brusque sortie de Michel.

— Allô ! Oncle Henri ? Tu es toujours là ?

— Oui, oui, oui.

— Alfred s'est engagé avec son auto ! L'armée belge manque de véhicules. Alors ils acceptent les hommes et les automobiles ! Il m'a dit que son arrivée à Liège avait été extraordinaire. Toutes les maisons étaient pavoisées. Les gens étaient enthousiastes.

Tout au long du grand boulevard, ils applaudissaient les soldats en leur jetant des fleurs. Il paraît qu'entre Welkenraedt et Liège, on a fait quelques prisonniers il y a deux jours. Des uhlans. Il semblerait que les Allemands se rendent en masse.

Et très gentiment Léonie ajoute pour rassurer Henri Hutin-Morel :

— Tu sais, oncle Henri, je comprends que tu sois soucieux pour Gaston, mais je ne crois pas que cette guerre soit très longue. Alfred est avec la 15e brigade et l'arrivée des Français va permettre...

Subitement, la communication est coupée. Pourquoi ?

Henri Hutin-Morel ne saura jamais ce que l'arrivée des Français devait permettre à la 15e brigade belge.

— C'est coupé ? demande Juliette.

— Oui.

— Il faut rappeler... non ?

— C'est inutile, ma petite fille.

Et le regard de son père indique à Juliette « qu'en ce moment, il est préférable de se taire sur la guerre ». A cause de Michel.

— Ton père a raison, Juliette. Léonie est si bavarde depuis qu'elle possède le téléphone, conclut Jeanne Hutin-Morel.

Ce que n'a pas pu dire, n'a pas voulu dire Henri Hutin-Morel, c'est que son fils Michel s'est présenté dès le 4 août à la Citadelle de Lille. Il n'avait pas averti ses parents. Il est parti très tôt, ce matin-là. La file des volontaires s'étire, déjà très longue, dans la cour de la caserne, devant le bureau de recrutement. Il a fini par entrer dans le bureau. A quelques mètres du médecin major, un homme d'une trentaine d'années, un peu malingre, le précède. Sans le vouloir, Michel entend la conversation.

— C'est pas possible, mon vieux.

— Mon capitaine, je vous en supplie. Je veux partir.

— Mais mon vieux, l'avis des médecins est formel. Vous ne tiendrez pas le coup ! On fait des marches de trente kilomètres ! Parfois quarante ! Avec un sac, arme et munitions compris, ça vous fait une vingtaine de kilos à porter ! Faut pouvoir le faire !

Michel a sursauté. Il sait bien, lui, qu'il a été réformé il y a cinq ans. Pour cause de rhumatismes articulaires. Et surtout, il sait bien que son pied droit, déformé, l'oblige parfois à boiter quand le temps est humide... Si on ne le prenait pas ?

— Au suivant !

L'homme se retire. Et il pleure.

Comme s'il venait de subir la pire humiliation. Il pleure sans même chercher à se dissimuler.

Pour Michel et pour les hommes derrière lui, pour les officiers médecins aussi, c'est une image déchirante, pitoyable. Un homme pleure parce qu'on ne l'a pas admis à mourir. Michel le regarde partir, bouleversé.

— Suivant !

Michel montre ses papiers. Le capitaine les examine attentivement. Après un temps, il l'interroge, l'air embarrassé.

— Hutin-Morel ? Des usines ?

— Oui.

— Mon frère travaillait chez vous. Il a été rappelé hier. Émile Dubreucq. Mais vous, je ne sais pas si...

— Ah oui, dit Michel très vite, je le connais. Il est à la teinture.

— Exact. Écoutez, monsieur Hutin-Morel, dit le capitaine médecin, je ne peux rien décider comme ça... Il faut repasser devant la commission de réforme.

— Ah !

— Oui. Revenez en fin de journée.

Pourquoi le capitaine a-t-il l'air si mal à l'aise, en lui parlant ? se demande encore Michel...

En fin de journée, il revient à la Citadelle. Les

médecins, nombreux, se sont réunis. Michel est refusé. Il ne partira pas.

Le choc est atroce.

Il n'entend même pas les explications courtoises du major.

— Dans trois mois la guerre sera finie, mon petit. Si par hasard elle durait davantage, vous pourriez vous représenter...

Dans le couloir qui longe le bureau et qui n'est séparé de cette pièce que par un mur de toile hâtivement bâti sur des cadres de bois, Michel entend, malheureusement, un autre propos :

— Tout Hutin-Morel qu'il est... s'il croit qu'on va gagner la guerre avec des mal foutus...

La sentence le coupe en deux.

Il rentre chez lui et s'enfonce dans le silence. Personne, jamais, ne saura l'en tirer.

Ni son père. Ni sa mère.

Ni Juliette.

Seul, dans sa chambre, pendant des heures entières, Michel semble attendre quelque chose.

Ce que n'a pas dit, ce que n'a pas pu dire Léonie Van Laerde à la famille Hutin-Morel — car elle l'ignore absolument — c'est qu'Alfred Van Laerde, son mari, n'a pas connu qu'une arrivée triomphale à Liège.

Dans la nuit du 5 août, sous une pluie battante et des orages épouvantables, après une marche forcée épuisante, son régiment s'est heurté aux troupes allemandes. Exactement à Sart-Tilman, au sud de Liège. Trois assauts successifs, horribles. On se bat même au couteau. Les Allemands enfoncent les positions belges puis finissent par se replier. Les shrapnels pleuvent de partout. Miraculeusement Alfred n'est pas atteint. Soudain, dans le bruit épouvantable de la mitraille, Alfred entend un hurlement indescriptible. Il se retourne et il voit son ami Théo Van de Kerkhove la bouche grande ouverte, qui semble l'appeler. Théo qui le regarde avec terreur. Mais pourquoi s'est-il agenouillé ? Pourquoi le regarde-t-il ainsi ? Alfred se précipite pour lui porter secours. C'est bien inutile. Théo Van de Kerkhove vient d'être déchiqueté, scié par un obus. Ses jambes sont en bouillie. Son corps n'est plus qu'un amas sanglant. Alfred reste hébété de longues secondes, à regarder le visage en sang et les yeux, surtout... les yeux horrifiés de Théo Van de Kerkhove, injurié par la mort. Des yeux de mort vivant qui ne comprend pas et qui, déjà, interroge. Il faut que des hommes l'arrachent de là.

— Venez, mon lieutenant, venez, il n'y a plus rien à faire maintenant.

Quatre jours auparavant, Théo et Alfred embrassaient leurs épouses et montaient en voiture comme on part en croisade, légers et rassurants, pour défendre l'honneur de leur Belgique à eux.

Le 9 août, un peu avant midi, Louise, la servante des Hutin-Morel, entre précipitamment dans la chambre de Juliette. Elle n'a même pas frappé tant elle est bouleversée.

— Mademoiselle... Mademoiselle... Il faut venir tout de suite.

— Mais Louise, pourquoi ? Je travaille, et on va dîner.

— Oh ! Mademoiselle...

Et Louise s'effondre en pleurant.

— Mais qu'est-ce qu'il y a, Louise ? Louise ! Répondez-moi.

Louise tente de s'expliquer entre deux hoquets.

— Mademoiselle, il faut venir. Il faut venir tout de suite avec moi à l'usine. Mademoiselle... votre père... c'est horrible !

Juliette se lève d'un bond. Elle descend l'escalier à toute vitesse. Elle prend un chapeau, arrache son sac au passage sur la petite table de l'entrée.

Quelques instants plus tard, elles arrivent toutes

les deux à l'usine. Dans la cour, des ouvriers discutent entre eux. Ils se taisent en les voyant. Juliette entre dans l'usine. Assis, ou plutôt affaissé sur un tabouret, au milieu de l'atelier principal, Juliette aperçoit son père. Ce n'est donc pas lui qui... Les métiers sont arrêtés. Le silence est total. Juliette s'approche.

— Papa... Qu'est-ce que tu as... Qu'est-ce qu'il y a ?

Le visage d'Henri Hutin-Morel est ravagé. Il pleure. C'est la première fois que Juliette voit pleurer son père. Elle en est bouleversée. Henri Hutin-Morel lève les yeux vers sa fille.

— Papa...

Elle se met à genoux, près de lui. Elle l'entoure de ses bras.

— Papa... Dis-moi.

— Ma petite fille...

Et son père ne dit rien d'autre. Il ne peut rien dire d'autre. Il reste prostré, hébété, ne sachant que répéter « ma petite fille, ma petite fille », comme les seuls mots qui lui resteraient encore à l'esprit.

Juliette se tourne vers les ouvriers qui font cercle autour d'eux, cherchant à savoir. Elle les interroge du regard, revient vers son père. Puis vers eux.

— Mais qu'est-ce qu'il y a ?... Répondez-moi !

Personne ne répond. Personne ne veut répondre. Personne ne peut répondre.

Avec une tendresse infinie, Juliette caresse le visage de son père.

— Papa... Dis-moi.

Et Henri Hutin-Morel parvient enfin à murmurer en sanglotant :

— Ma petite fille... Michel... un accident...

Henri Hutin-Morel ne peut pas en dire plus. Mais d'ailleurs, est-ce nécessaire...

Le cœur de Juliette se met à battre avec une violence inouïe.

— Papa... il n'est pas...

Le regard de son père ne lui permet pas de douter.

Elle sent qu'elle va hurler. Elle ne le veut pas. Elle ne le doit pas. Elle se prend le visage à deux mains. Pour ne pas crier. Quelqu'un lui touche l'épaule et lui effleure le coude de la main. C'est Étienne Lepoutre, l'homme de confiance de son père, son plus proche collaborateur. Étienne Lepoutre, l'ami le plus fidèle de la famille Hutin-Morel.

— Venez, Juliette. Venez...

Il l'entraîne doucement vers son bureau en la tenant dans ses bras.

— Où est Maman ?

— Dans le bureau de Michel.

— Je veux la voir.

Étienne Lepoutre semble hésiter un instant.

— ... Venez.

Juliette se dirige d'un pas ferme dans les couloirs vers le bureau de son frère. De loin, elle aperçoit sur une civière Michel allongé comme un gisant. Les mains jointes. Agenouillée près de lui et qui semble le veiller, sa mère. Mains jointes elle aussi. Sa mère qui a vieilli d'un seul coup. Sa mère qui est méconnaissable. Sa mère qui prie. De toute sa ferveur.

Juliette s'agenouille elle aussi, près de sa mère. Mais Jeanne Hutin-Morel ne semble pas s'en apercevoir. C'est la première fois que Juliette voit un mort. Et ce mort, c'est son frère. Elle regarde ce visage de cire pour essayer de comprendre.

— Que s'est-il donc passé ?

Elle remarque sur le veston de son frère, épinglé au revers, un petit papier. Elle ne distingue pas ce qui y est écrit. Henri Hutin-Morel les rejoint. Il prend sa femme dans ses bras et lui caresse doucement le visage en embrassant ses larmes. C'est la première fois que Juliette voit pleurer ses parents. C'est la première fois que la mort la cerne. Des infirmiers arrivent et le docteur Leman, ami de la famille. Étienne Lepoutre entraîne Juliette et ses parents dans un bureau voisin.

Jeanne et Henri Hutin-Morel s'assoient.

Un infirmier vient apporter le petit papier épinglé sur le revers du veston de Michel et que Juliette a vu il y a un instant. Et comme il hésite, ne sachant à qui le remettre, Juliette lui fait un signe. Elle peut alors y lire ce qui est écrit. Elle remarque à quel point l'écriture est ferme.

« *J'ai voulu mourir à la guerre.*

La guerre n'a pas voulu de moi. »

Ainsi donc Michel se serait... Mon Dieu ! Mais pourquoi ? Pourquoi ? La question heurte son esprit, son amour de la vie, sa logique, sa logique de femme de vingt ans. Pourquoi, pourquoi ? Juliette sait bien que son frère a toujours été très fragile et exalté aussi. Que c'était un être sombre, taciturne, « renfermé ». Qu'il a souffert terriblement de son échec aux examens de médecine — « je suis un raté ! » disait-il —, mais de là à... Michel se confiait si souvent à elle. Depuis cinq jours, il s'est tu, c'est vrai... mais...

Ce n'est pas possible que le refus de son engagement ait pu conduire Michel à se suicider ! Quelle horreur, mon Dieu ! Quelle horreur... pour Papa ! Et Maman...

Elle surprend le regard d'Étienne Lepoutre posé sur elle. Étienne qui semble lire sur le visage de Juliette tout ce qui se bouscule en elle à cet instant. Étienne qui l'aime comme il aimerait sa propre fille et qui, très tendrement, lui fait signe de laisser ses parents seuls. Elle le rejoint dans le couloir.

— Étienne, comment...

Et Étienne révèle à Juliette qu'au cours d'une visite de routine avec un des contremaîtres de l'usine, Émile Deldicq, c'est son père qui a découvert Michel...

— Mon Dieu ! C'est horrible, murmure Juliette. Pauvre Papa ! Et... où était... Michel ?

— Dans la réserve à tissus.

— Qu'est-ce qui s'était passé ?

Étienne Lepoutre ne répond pas.

— Étienne, comment mon frère est-il mort ?

Étienne ne répond toujours pas.

— Étienne... j'ai le droit de savoir. Je vous en supplie...

Et Juliette le questionne avec tant d'angoisse et tant de rigueur à la fois qu'il se sent obligé de répondre.

— Pendu, ma petite fille...

Et la voix d'Étienne se brise.

— Pendu !

— Ho !

Un cri rauque, vite étouffé, s'échappe de la poitrine de Juliette. Du cœur, du corps de Juliette. Un cri d'amour et de détresse et de refus.

— Mon Dieu... Papa !

Et, par Étienne, elle apprend que c'est son père lui-même qui a pris Michel dans ses bras pour le « dépendre », comme le dit Étienne, pendant qu'Émile Deldicq appelait du secours. Mais il n'y avait plus rien à faire. Michel était déjà froid.

Vraisemblablement Michel était venu à l'usine dans la nuit. Il avait attendu que la ronde de sécurité s'éloigne et...

— A une poutrelle. Il avait bien calculé son coup... le pauvre.

Un instant plus tard, Juliette sort. Elle a besoin d'être seule. Les ouvriers s'écartent avec respect en la laissant passer. Et Juliette marche dans la rue, elle marche droit devant elle, sans savoir où elle va. Elle marche comme un automate. Et tout naturellement ses pas la ramènent chez elle. Rue de Turenne.

Comme si la maison devenait sa seule protection, maintenant que Michel n'est plus.

Le soir, en montant se coucher, Juliette s'arrête une seconde devant la porte de la chambre de Michel. Elle l'ouvre. Elle a besoin d'entrer. Michel est là, sur le lit. Dans son dernier costume. Les mains jointes tenant un chapelet. Juliette aperçoit une lettre posée sur la table de nuit. Sur l'enveloppe, deux mots : « Pour Juliette ».

Elle l'ouvre. C'est le dernier message de son frère, sa dernière confidence.

« Ma petite sœur chérie,

« Nous ne nous reverrons jamais. Je ne supporte pas d'être ainsi inutile. J'ai tout raté. »

— Mon Dieu ! pourquoi inutile ? dit Juliette à haute voix.

« Je t'avais parlé un jour, il y a longtemps, d'un copain que j'avais connu en math élém chez les "jés" à Antoing, en 1908. C'était un type épatant. Il écrivait de très beaux poèmes. Le hasard m'en a fait retrouver un que j'avais recopié à l'époque. Je t'en fais cadeau. Garde-le toujours... en mémoire de moi.

« Je t'embrasse, ma petite Juliette chérie, de tout mon cœur, si fraternel.

« Je te dois le meilleur de ma vie. »

Et Juliette lit à grand-peine à travers ses larmes le papier un peu froissé que lui lègue son frère. Des mots épars lui sautent à la tête.

« *Quand je devrais mourir, j'aimerais que ce soit*
Sur un champ de bataille...
... J'aimerais que ce soit pour mourir sans regret
Un soir où je verrais la gloire à mon chevet
Me montrer la patrie en fête... »

En bas de page, Michel a recopié un nom, que Juliette ne connaît pas : Charles de Lugale.

Juliette tient un instant le papier froissé sur son cœur. Et, soudain, elle s'agenouille et se met à prier elle aussi pour l'âme de son frère.

Dans la chambre de ses parents, presque au même instant, Henri et Jeanne Hutin-Morel relisent le très court message que leur fils leur a adressé.

« A vous, mes parents chéris,

« Je demande pardon. Personne n'est responsable.

Moi seul ai décidé. Je pars heureux. Je ne pouvais plus vivre ainsi. »

Et Michel a souligné avec énergie la phrase : « Personne n'est responsable. »

A sa sœur Émilie, Michel a écrit aussi. La lettre est sur le bureau d'Henri Hutin-Morel.

« A toi, sœur chérie, si près de Dieu et que je veux rejoindre afin qu'Il me pardonne. Ceci est mon message ultime. Je ne supporte plus le poids de mes échecs.

« Ma sœur infiniment chérie, prie pour moi et pardonne-moi. »

Quatre jours plus tard, au lendemain de l'enterrement de Michel, que l'Église a refusé d'accueillir, Henri Hutin-Morel décide de porter lui-même ce message de Michel à Émilie en son couvent d'Aerschot.

6

Pierre Bichelay a voulu mourir lui aussi. Au lendemain de Beyrouth.

Il n'a dû la vie qu'à la visite surprise de son chef de mission.

Hôpital de Damas, lavage d'estomac... promesse qu'on ne recommencera plus, etc.

La seconde fois, c'est à Paris. Un an plus tard. Comme pour un anniversaire.

Celui d'Isabelle...

Là encore, le hasard seul l'a sauvé.

... Sa femme de ménage qui revient ce samedi-là, car elle a oublié ses clés chez lui le matin même ! Elle le découvre inanimé et sanglant dans sa baignoire, les veines ouvertes.

Elle hurle.

A dix minutes près, le départ était réussi.

Depuis, Bichelay s'est efforcé de vivre.

Mais le suicide et les raisons qui y poussent, il connaît.

Pendant de longs mois, Pierre Bichelay a vécu une étrange complicité avec la mort, même si elle n'a pas voulu de lui.

— Comment des hommes ont-ils pu se tuer parce qu'ils n'étaient pas admis à « mourir à la guerre » ?... se demande-t-il avec émotion.

C'est une attitude tellement éloignée de la dérision et du scepticisme contemporains. De cette léthargie politique et morale qui, si souvent, le choque.

Exaltation d'un instant ? Circonstances d'exception ?

Pierre Bichelay, qui a assisté, dans le secret des chancelleries, aux impostures de la guerre plus qu'à l'héroïsme des hommes, s'interroge longuement. Et comme il brûle depuis quelques heures de parler de son livre à la vieille dame, il l'appelle au téléphone.

— N'en doutez pas, répond-elle, après quelques échanges de courtoisie. Je n'ai rien inventé. Il y a eu de nombreux cas semblables. Croyez-moi, ajoute-t-elle, on ne sait plus très bien de nos jours ce qu'a été la société française au début du siècle.

« "Mère patrie" est un terme alors plein de signification. La religion y a sa part, bien sûr. Et très grande... Mais il y a autre chose. Dans cette France-là, consacrée depuis Louis XIII à la Sainte Vierge, je vous le rappelle, le sentiment d'avoir à défendre sa mère, en défendant la patrie, est presque une évidence.

Bichelay, que le mot « mère » ne laisse jamais indifférent, s'étonne.

— Malgré Combes et la séparation de l'Église et de l'État ?

— Oui. Ou peut-être même « à cause » ! Pour bien montrer à cet ancien curé, repenti de la soutane, la sottise de cette querelle-là ! Église ou pas Église... la vie spirituelle tient une place considérable au cœur de chacun. Chacun s'y réfère d'instinct. C'est ce qu'on ne saisit plus très bien maintenant. On vit sa foi presque naïvement. Songez qu'à la Noël de 1914, le très sérieux magazine *L'Illustration* représente en double page couleurs le général Joffre sur le champ de bataille en houppelande de Père Noël ! On le voit dominer de tout son embonpoint des soldats endormis, fusils en faisceaux, sur fond de ciel étoilé !

« Et la légende dit : "Lui aussi leur apporte des

cadeaux : c'est — faites des étoiles qui scintillent au ciel d'hiver — des croix de guerre !" Et, au-dessous, le *Notre Père qui êtes aux cieux* est devenu *Notre Joffre qui êtes au feu* !

— On ne manque pas d'humour en 1914 !

— Mais ce n'est pas de l'humour ! Croyez-le bien. Personne ne rit ! C'est très sérieux, dit la vieille dame. Vous avez interrompu ma prière mais elle continue par :

"... *que votre nom soit glorifié,*
Que la victoire arrive
Ne nous laissez pas succomber à la teutonisation..."

« Pas mal, non ? De nos jours, où le gendarme a remplacé le curé, avec peut-être moins d'efficacité, cela prête à rire. Mais, au fond, je me demande si...

Pierre Bichelay écoute alors en souriant une longue diatribe sur « l'Église en veston » qui, à force de s'interroger sur Jésus et le sens de son message, a fait perdre à beaucoup le chemin naturel de la foi.

— Et quant à la patrie, dit-elle, les tueries des guerres engendrent de telles lassitudes qu'il est bien normal que les jeunes hommes soient, de nos jours, de moins en moins spartiates et de plus en plus sceptiques sur l'utilité de mourir pour elle.

— C'est la révélation de toutes les impostures qui use les consciences civiques, dit Bichelay.

— Oui. Au point que je me demande si les femmes qui ont pris la place des hommes partis à la guerre dès 1914 ne vont pas un jour les remplacer aussi au combat... A part le poids du paquetage... elles ont des vertus intactes pour y faire face et un courage tout neuf.

Bichelay ne répond pas. L'image d'Isabelle, à Beyrouth, morte pour un conflit qu'elle ne comprenait pas, celle des voitures piégées, des exécutions sommaires, cette tragédie appelée terrorisme où les femmes ont leur part, l'assaillent soudain.

— Vous êtes toujours là ? demande la vieille dame.

— Oui... Oui, je réfléchissais, répond Bichelay.

— A quoi ?

— En vous écoutant, je pensais... à ma grand-mère, répond-il comme pour éloigner l'ombre d'Isabelle qui l'assaille à nouveau.

— J'eusse préféré vous rappeler madame votre mère, lui dit suavement la vieille dame en éclatant de son rire si particulier.

Bichelay n'a pas l'esprit à marivauder. Il lui répond, presque brutal :

— Je n'ai pas connu ma mère.

Le rire de la vieille dame s'arrête aussitôt comme si, triste privilège des aveugles, elle devinait en ún éclair le passé entier de l'homme qui lui téléphone.

— Pardon, dit-elle, après un petit temps.

— Non. C'est moi. Je vous ai répondu si brutalement...

— Aucune importance... Parlez-moi de votre grand-mère.

— Quand j'avais une dizaine d'années, elle m'avait raconté — et je n'y avais pas compris grand-chose — la mort d'un chirurgien à l'entrée des Allemands, à Paris, en 1940.

— Je l'ai connu. Il s'appelait Thierry de Martel et il était médecin-chef à l'hôpital américain de Neuilly.

— Vous savez alors qu'il s'est suicidé le 14 juin 40 ?

— Oui. C'était un premier geste de résistance...

— Sublime, non ? Quelle leçon exemplaire !

— Oui.

— C'est un peu votre Michel.

— Un peu...

— Est-ce que ce n'est pas plus noble que de tuer anonymement pour affirmer un droit à la vie et à la liberté ? Même si c'est moins efficace.

— Vous savez que Martel n'a pas été le seul, précise la vieille dame, sans répondre. Une quinzaine de Français se sont sacrifiés ce jour-là... à Paris.

— Pourquoi ne parle-t-on jamais d'eux ?

— Ah ! ça...

La vieille dame aveugle esquisse au téléphone un geste vague.

— La France n'est pas le pays des samouraïs, dit-elle. Elle est elle-même. C'est tout. Mais si vous saviez comme je suis touchée de sentir votre intérêt pour mon vieux livre. J'ai l'impression qu'il vous « interpelle », comme on le dit si bien de nos jours. Même si, dans l'horreur, on a fait mieux depuis...

— Oui... répond Bichelay. Je le lis avec beaucoup d'émotion.

— Alors... continuez ! Et n'hésitez jamais à me téléphoner, cher monsieur Bichelay. J'aurai toujours grand plaisir à vous entendre. Vous avez une si jolie voix...

7

Après la mort de Michel, les jours succèdent aux jours, chez les Hutin-Morel.

Ils les vivent dans l'indifférence. Comme engourdis par le malheur qui les broie.

Juliette s'est remise à travailler. Mais elle a bien du mal à s'intéresser à la Russie des tsars et à se concentrer sur son mémoire.

Henri Hutin-Morel, lui, n'est pas retourné à l'usine. C'est au-dessus de ses forces. Il en a laissé la responsabilité à Étienne Lepoutre qui a toute sa confiance. Henri Hutin-Morel est emmuré dans son chagrin. Il fait presque peur. Lui qui déjà parlait bien peu n'a plus rien dit depuis la mort de son fils. Il semble absent de lui-même. Sa fille Juliette, pour qui il a toujours eu toutes les indulgences, ne parvient pas à le sortir de ce mutisme. Jeanne, son épouse, non plus. Elle attend. Et elle prie.

Juliette s'efforce de son mieux de recueillir le silence et le désespoir de ses parents. Mais chaque heure passée semble très lourde à chacun.

Et pourtant les événements se précipitent. La guerre se déchaîne. Les mauvaises nouvelles s'accumulent en ce mois d'août 1914.

Chaque jour, Louise raconte avec beaucoup de précautions ce qui se dit dans les rues de Lille et ce qu'on peut lire dans les journaux. Juliette l'écoute, mais Jeanne et Henri Hutin-Morel ne lui prêtent guère d'attention. A peine un regard, parfois une réaction, c'est tout. Mais, ce matin, il est sept heures et demie, Louise sert le café du déjeuner et les tartines...

— On dit que Liège est pris.

Henri Hutin-Morel repose brusquement sa tasse.

— Vous êtes sûre ?

Louise est toute surprise. C'est la première fois depuis plusieurs jours que Henri Hutin-Morel réagit ainsi aux événements qu'elle leur fait connaître.

— Ben... c'est dans le journal.

— Où est-il ?

— Ah... mais je ne l'ai pas acheté, Monsieur... J'ai lu le titre en allant chercher le pain ce matin, c'est tout. « Liège serait aux mains des Allemands. » Alors...

— Allez me le chercher, Louise.

La nouvelle est exacte. Le 19 août, les Allemands sont entrés dans Liège. Dans Liège où, dès le 7, Ludendorff en tête, ils avaient déjà fait une petite incursion « pour voir »... Dans Liège où, le 5, Alfred Van Laerde et son ami Théo étaient accueillis, toutes fenêtres pavoisées, avec la 15e brigade croulant sous les fleurs et les ovations.

Liège a résisté héroïquement. Liège vient de créer sa légende : « Liège, la cité ardente. » Mais Liège, où les places fortes qui entourent la ville ont été arrachées une à une par « la puissance de feu de l'armée allemande après des combats acharnés dont celui de Sart-Tilman », disent les journaux, vient de cesser le combat.

— Voilà, Monsieur.

Louise vient d'apporter *L'Écho du Nord*. Henri Hutin-Morel s'empare rapidement du journal. Il le parcourt fébrilement. Page un ! Page deux ! Page trois !

Page un : « Les Allemands sont à Liège. »

Page deux : « Loncin, le dernier bastion, est tombé le 15 à 17 h 20.

Page trois...

Quelques secondes de lecture et Henri Hutin-Morel se lève avec une brusquerie surprenante.

— Je reviens, dit-il à sa femme.

Juliette et sa mère se regardent interloquées toutes les deux. Le comportement d'Henri Hutin-Morel est étrange depuis quelques jours. Mais cette brusquerie soudaine étonne son épouse.

— Henri... que se passe-t-il ?

Mais Henri Hutin-Morel est déjà parvenu au premier étage.

— Rien, rien... Ne t'inquiète pas... !

Et il entre dans son bureau.

C'est Louise qui rompt le silence.

— Monsieur a dû voir ce qu'on dit sur la Belgique. Il y a déjà tellement de réfugiés à Lille ! Ils racontent des horreurs ! Que les Allemands tuent les enfants, qu'ils violent les femmes. Et Louise se signe rapidement : Mon Dieu !

— Louise, il ne faut pas écouter tout ce que les gens rapportent...

Vingt minutes plus tard, Henri Hutin-Morel redescend précipitamment l'escalier. Il tient sa serviette à la main.

— Où vas-tu, Henri ? demande Jeanne Hutin-Morel à la porte de la salle à manger.

Henri Hutin-Morel semble à ce moment-là seulement s'apercevoir de la présence de sa femme et de Juliette. Il s'arrête un peu interdit.

— Je... je vais à l'usine, dit-il après un petit moment d'hésitation.

— Ah !

— Oui.

Et il les regarde toutes les deux longuement, gravement. Et il les prend dans ses bras, l'une après l'autre, avec infiniment d'amour.

Pourquoi Jeanne a-t-elle le sentiment que son mari l'embrasse avec plus de tendresse qu'il n'en a jamais manifesté ? Simple impression ? Peut-être. Mais il est pourtant bien vrai que, jamais, Henri

Hutin-Morel, catholique fervent — presque bigot —, homme de devoir, de courage et de pudeur, homme qui a horreur des « grandes démonstrations » comme il le dit lui-même, n'a jamais tenu sa femme sur son cœur avec tant d'émotion. Il trace même le signe de la croix sur son front et sur celui de Juliette, avant de partir.

Sur le seuil de la porte, Henri Hutin-Morel se retourne et il les regarde encore longuement, comme s'il les voyait pour la dernière fois.

— Je vous aime, vous savez... dit-il.

— Papa !

Juliette a un élan vers son père.

— Mais, Henri... je le sais, lui répond simplement Jeanne.

Ils restent ainsi tous les trois embrassés sans pouvoir prononcer une parole de plus. Comme prisonniers de leur émotion soudaine.

Et Henri Hutin-Morel sort.

Juliette et sa mère restent seules, désemparées.

— Qu'est-ce qu'il a ?... murmure Jeanne Hutin-Morel comme pour elle-même. Qu'est-ce qu'il a ?

Juliette grimpe l'escalier quatre à quatre. Elle entre dans le bureau de son père pour y prendre le journal qui a, semble-t-il, provoqué son brusque départ. Elle ne le trouve pas. Son père l'a emporté. Dans sa précipitation, Juliette ne remarque pas le petit désordre inhabituel qui règne sur le bureau et le papier à lettres qui n'a pas été remis à sa place.

— Je vais travailler dans ma chambre, dit-elle du haut de l'escalier.

— Oui, ma chérie... va.

Jeanne Hutin-Morel est restée immobile. Elle se sent tout à coup très seule dans ce hall vide. Une angoisse qu'elle ne parvient pas à maîtriser s'empare brutalement d'elle.

Elle se met à trembler.

En arrivant à l'usine, Henri Hutin-Morel a appelé Étienne Lepoutre. Étienne, qui vit à ses côtés depuis la création de l'usine, il y a maintenant vingt-huit ans. Étienne qui est un peu son frère de travail.

— Étienne, je pars.

— Où ?

Henri Hutin-Morel hésite un instant.

— En Belgique.

— En Belgique ? Pour quoi faire ? Tu es fou !

— Tiens, lis.

Et Henri Hutin-Morel lui tend *L'Écho du Nord*.

— Je l'ai lu, dit Étienne, en prenant le journal.

— La page trois aussi ?

Le ton brusque d'Henri étonne alors Étienne Lepoutre. Il ouvre le journal et il lit : « *Les atrocités allemandes.* »

« *Prenant le prétexte de tireurs soi-disant isolés et qu'ils appellent des francs-tireurs, alors que l'armée belge se replie en ordre vers la mer et qu'il ne reste plus un seul soldat dans les villages, les Allemands tuent, brûlent, détruisent et violent* », dit le journal.

Suit alors une longue liste des horreurs que commet l'armée allemande dans les villages de Heist, Averbode, Westmeerbeeke, Diest et bien d'autres encore. Mais c'est la ligne suivante qui soudain retient l'attention d'Étienne :

« *La vallée qui joint Aerschot à Diest...* »

Étienne lève les yeux sur Henri Hutin-Morel qui guette sa réaction.

— Tu as lu ?

— Non, mais... je crois comprendre.

— Lis.

« *Pendant la retraite de l'armée belge sur Anvers, la vallée qui joint Aerschot à Diest a été le théâtre d'une série de combats violents. A Aerschot, les Allemands sont entrés dans la ville. Ils ont incendié les maisons, sans raison. Ils ont fait sortir de chez eux quelques habitants de la rue du Marteau et les ont fusillés. Pour faire un exemple, ont-ils dit...* »

Étienne lève alors les yeux vers Henri Hutin-Morel. Il repose le journal.

— Tu comprends maintenant pourquoi je veux partir ? Je n'ai aucune nouvelle d'Émilie. Ce n'est pas normal. Et puis... surtout... ajoute Henri Hutin-Morel, j'ai besoin de la voir. J'ai besoin de lui expliquer... Michel.

— Mais, Henri, proteste faiblement Étienne, tu ne peux pas partir comme ça ! Et ta femme ? Et Juliette ?

— Je leur ai écrit. Elles vont recevoir la lettre demain...

Et Henri Hutin-Morel ajoute :

— Je n'ai pas peur pour elles. Juliette n'a que vingt ans mais c'est un caractère, Juliette... Une force. Elle saura protéger sa mère. Non... je n'ai pas peur pour elles, répète-t-il machinalement.

Son regard se pose un instant sur celui si inquiet et si loyal d'Étienne. Leurs yeux se voilent. Henri sent monter en lui des larmes qu'il ne cherche pas à retenir.

— Je te les confie quand même, murmure-t-il. Et sa voix se brise. Je te les confie...

— Tu pars tout de suite ?

— Oui.

— Comment ?

— J'ai un train pour Gand.

— ... Et après ?

— Après... On verra... Je te confie l'usine aussi, ajoute Henri avec un pauvre sourire...

Les deux hommes s'étreignent un long moment.

— Tu sais... je serai de retour dans deux ou trois jours, quatre au plus...

Et Henri Hutin-Morel, après un dernier regard, quitte son bureau, le laissant à Étienne Lepoutre.

Ce même jour, à midi, Étienne demande à voir Jeanne Hutin-Morel. Il lui raconte la visite de son mari à l'usine. Il lui explique le besoin profond qu'il

Henri Hutin-Morel et Jeanne, sa femme, étaient sortis tous les deux très émus de cette visite à l'évêque de Lille. Ils s'étaient ensuite rendus ensemble au cimetière pour se recueillir sur la tombe de leur fils et prier. De loin ils avaient aperçu Juliette. Juliette qui s'était agenouillée face à la petite croix provisoire et qui semblait renouer avec son frère une conversation interrompue. Tant il est vrai que la mort n'éloigne pas et ne sépare pas si vite l'âme des êtres qui se sont aimés.

Henri Hutin-Morel et son épouse ont respecté le recueillement de Juliette. Quand elle a fait son signe de croix — un signe de croix très lent, comme si elle voulait adresser à son frère un au revoir prolongé d'un geste de la main — ils se sont approchés. Juliette les a regardés. Elle n'était pas triste. Elle les a embrassés. Et, sans se dire un seul mot, unis par la présence de ce fils et de ce frère, face à cette petite croix très humble plantée dans la terre sèche de ce mois d'août si chaud, tous les trois ont prié avec force pour l'âme de Michel.

Henri Hutin-Morel est parti depuis vingt-quatre heures déjà. Malgré la guerre, la poste fonctionne admirablement : sa lettre arrive le lendemain de son départ. Comme il l'avait prévu. Malgré sa brièveté, elle bouleverse Jeanne.

« Ma chère femme si aimée,

« J'ai besoin de partir. J'ai besoin de rencontrer Émilie. Auprès d'elle et par elle, même peu de temps, je crois pouvoir retrouver ma raison et comprendre que Dieu est Amour.

« Michel est mort parce que je n'ai pas su lui parler. Michel est mort parce qu'il n'a pas su entendre une autre voix que la sienne. Il s'est soudain senti seul sur la terre et il a, un instant, perdu sa foi.

« Pardonne-moi ma chère femme de n'avoir pas su te garder notre enfant. Ne te fais aucun autre souci

— Attention ! Le train va cntrer en gare...

— Si le train s'arrête, je le prends, se dit Henri Hutin-Morel. Du moins j'essaye...

Le train s'arrête. Pour faire de l'eau. Pendant qu'on tourne le manchon d'alimentation pour remplir la locomotive, Henri parcourt le convoi. D'un wagon, deux cheminots débarquent des caisses de toutes sortes et des bicyclettes. Henri se précipite vers eux.

— Je pourrais monter ?

— Pourquoi ? Vous êtes fou ?

— Je veux voir ma fille. Je vous en supplie.

Il y a une telle détresse dans les yeux d'Henri Hutin-Morel que les deux cheminots hésitent.

— Ben... Vous allez où ?

— Entre Louvain et Malines.

Henri Hutin-Morel n'a pas voulu parler de couvent.

— Vous n'y arriverez pas.

— Si je peux déjà aller jusqu'à... Alost... ou Termonde.

Les deux hommes se regardent.

— Termonde... Mon pauvre monsieur, vous n'êtes pas au bout de vos peines. Ça flambe ! Attendez un jour ou deux... Ça va peut-être s'arranger.

— Elle est gravement malade, dit Henri.

Il a menti spontanément, sans réfléchir. Il veut tellement voir Émilie.

— Bon, ben allez, montez. Mais nous... on veut rien savoir.

Trois quarts d'heure plus tard la voie est libre. Le train démarre. Henri Hutin-Morel a réussi à se faire une petite place entre d'énormes caisses de bois, des balles de coton et... des machines à coudre. Il s'assoupit même, terrassé par la fatigue. Arrêt brutal. Henri regarde sa montre. Trois heures du matin. L'attente commence, en rase campagne. Il entend le bruit d'un bombardement. Au loin les éclairs des obus zèbrent le ciel très noir. Il aperçoit aussi un rougeoiement insolite vers l'ouest. C'est un village qui brûle. Lequel ? Henri ne saurait le dire. Enfin le jour se lève, peu à peu. Et le train repart. En passant en gare d'Alost, le train s'arrête à nouveau. Henri jette un coup d'œil à travers la meurtrière. Les Allemands sont là ! Des uhlans à cheval. Henri se terre au fond de son wagon. Et il attend. Les minutes passent. La porte à glissière s'ouvre soudain avec fracas. Ce sont les convoyeurs belges du train.

— Faut partir tout de suite.

— Mais...

— Tout de suite. Si les Allemands vous prennent, ils vous fusillent.

— Partir où ?

— N'importe où. Mais vous risquez d'être fusillé et nous avec. C'est ce qu'ils ont fait hier en gare de Ternat. Faut sortir de la gare tout de suite.

Henri saute sur le ballast opposé au quai. Il fait maintenant grand jour et il part, tenant toujours à la main sa serviette. Elle contient entre autres objets son rasoir, son savon et — ô ironie — une chemise de nuit ! Henri traverse les voies avec les deux cheminots qui l'ont accompagné pour l'aider à sortir. Chacun redoute le « Halt ! » qui signifierait pour Henri la fin de l'aventure. Par miracle un train surgit dans l'autre sens qui les masque aux regards. Ils arrivent enfin dans la petite rue qui longe la gare, côté opposé...

— Merci.

— De rien. Bonne chance.

Les trois hommes se quittent sans autre commentaire.

A cent mètres il y a un estaminet, le *Café de l'Étoile*. Avec l'espoir d'être guidé par elle, Henri Hutin-Morel décide d'y boire un café. En entrant, Henri a un recul tellement l'estaminet est enfumé. Et surtout, surtout, il est plein d'Allemands ! Pas question de ressortir. Ce serait suspect. Henri s'approche du comptoir, les conversations s'arrêtent un peu, les « Ach ! la la », les « Gut gut » s'espacent. Henri a le sentiment qu'on ne regarde que lui.

— Je peux avoir un café ? dit-il en assurant sa voix.

— Bien sûr, monsieur Paul ! Et le cabaretier lui fait un clin d'œil. Avec un petit « schnick » comme d'habitude ? dit-il en éclatant de rire.

— Euh... non, euh... pas ce matin... répond Henri totalement abasourdi.

Est-ce qu'on le confondrait avec quelqu'un ?

Le cabaretier se penche vers Henri en lui servant le café.

— Vous allez où comme ça ? demande-t-il à voix basse.

— Vers Aerschot.

— Comment ? Y a plus de trains.

— Je ne sais pas, dit Henri.

— Faut pas rester ici comme ça trop longtemps. Les Allemands sont partout.

Et soudain le cabaretier éclate de rire à nouveau :

— Ha ! Je vais vous le montrer si vous voulez. Venez avec moi.

Et le cabaretier emmène Henri dans l'arrière-boutique.

— Vous avez des sous ?

— Bien sûr.

— Du belge ou du français ?

— Les deux.

— Bon. Vous savez conduire une charrette à cheval ?

— Ben...

— Ma nièce vous donnera un coup de main. Le tout c'est de sortir de la ville. Après... elle prendra les guides, dit-il en considérant un peu ironique l'aspect bourgeois et cossu de l'homme qu'il a devant lui. Elle doit aller livrer des légumes à Lebbeke, et de la paille. Elle a une bicyclette. Elle va vous la vendre. Vous prendrez les petits chemins et à Dieu vat !

— Merci, dit Henri.

L'homme appella sa nièce.

— Faut lui changer de vêtements, dit-il à sa nièce.

— Pourquoi ? demande Henri.

— A défaut d'avoir l'air d'un paysan, vous aurez au moins le costume !

Et le cabaretier éclate de rire.

Henri monte au premier étage. Quelques instants plus tard, il en redescend déguisé en paysan, et tenant toujours sa serviette !

— C'est votre nièce maintenant, dit l'homme en empochant l'argent d'Henri Hutin-Morel. Elle s'appelle Émilie.

Henri en reste bouche bée.

— Émilie ? murmure-t-il stupéfait.

— Oui. Pourquoi ?

— Ma fille aussi s'appelle Émilie.

— Ah ? dit l'homme.

— Oui... C'est un bien beau nom. N'est-ce pas ? dit-il en se tournant vers la nièce.

— Moi, j'aime pas, dit la nièce d'un air peu engageant.

— Oui, bon... Allez ! Passez par le jardin, dit l'homme, et... bonne chance.

Et Henri s'installe sur la carriole, avec à ses côtés cette fausse nièce qui possède le même prénom que sa fille. Un prénom qu'elle n'aime pas...

— Et youp'hue ! dit la nièce.

Henri fouette le vieux cheval qui démarre avec lenteur.

Sur la route, ils croisent à tout moment des carrioles de réfugiés. Convois sinistres où se mêlent vieillards et enfants. Des femmes aussi, portant leurs bébés ou les poussant à pied dans des brouettes, pauvres landaus de fortune ! Ils croisent des Allemands aussi.

Soudain deux soldats les arrêtent. Deux « Militarische Polizei » avec plaque de cuivre sur la poitrine.

— Wo gehen Sie ?

— Lebbeke, répond Émilie.
— Warum ?
— Gemusemarkt, dit-elle.
— Und du ? demande l'Allemand en désignant Henri.
Émilie ne le laisse pas répondre.
— Mein Unkel... Krank.
— Ach ! Gut.
Et les deux Allemands s'éloignent.
— Vous comprenez l'allemand ? demande timidement Henri.
— Un peu... Je parle flamand.
— Qu'est-ce que vous leur avez dit ?
— Qu'on allait au marché... que vous étiez mon oncle... Et que vous étiez malade ! Vous êtes tellement pâle...
Henri ne relève pas. Il sait qu'il a eu peur.
— Vous n'allez pas quitter la Belgique ? demande-t-il quelques minutes plus tard.
Émilie se retourne vers lui. Elle le regarde étonnée. Comme si Henri venait de dire une grossièreté. Et elle lui jette tout naturellement, avec brusquerie :
— Non.
— Pourquoi ?
— Ici c'est chez nous. Ailleurs, c'est chez les autres. J'aime pas les autres ! répond l'étrange Émilie.
Un peu avant Lebbeke, elle arrête la charrette.
— Faut descendre ici, dit-elle. Allez ! Prenez la bicyclette.
— Elle ne va pas trop vous manquer ? dit Henri.
— Vous l'avez achetée. Elle est à vous, répond simplement Émilie.
Et comme si elle voulait soudain s'adoucir un peu :
— J'espère que ça vous aidera, dit-elle.
En grimpant sur l'engin, Henri pense soudain que, deux mois auparavant, par un dimanche d'été resplendissant, on criait dans les rues de Bruxelles :

« Philippe Thys a gagné Paris-Le Havre ! Demandez *Le Soir* ! » C'était le 28 juin. On venait d'assassiner un archiduc dans une ville reculée de Bosnie. Un cataclysme allait s'abattre sur le monde et le transformer à jamais.

Pourquoi Henri pense-t-il à ce dimanche de juin en enfourchant cette dérisoire bicyclette ?

Peut-être parce que l'horreur qu'il vit et qu'il voit depuis quelque temps ne peut être rachetée que par un sens profond de l'absurde.

Henri Hutin-Morel fait un petit signe à sa fausse nièce. Elle le lui rend, presque amicale, presque souriante. Ils se regardent quelques secondes. Comme deux êtres familiers se séparant avec peine. Et Henri, soudain, démarre en zigzaguant. Cinquante-quatre ans et une pratique peu renouvelée de la bicyclette ne le rendent pas très habile.

— Bonne route ! lui crie Émilie en pensant déjà qu'il n'ira pas très loin.

Henri n'ose pas se retourner. Et de dos il lui crie :

— Merci !

Henri Hutin-Morel se retrouve seul sur la route. Il a accroché tant bien que mal sa serviette sur le guidon et il pédale...

Henri Hutin-Morel pédale comme il le peut sur cette route sinueuse et plate. Il pédale de toute l'ardeur de sa détresse vers une Émilie dont l'image peu à peu s'impose à lui. Un visage lumineux danse et sautille sur la route, comme pour mieux l'entraîner et mieux l'encourager.

— Donne-moi la force d'arriver jusqu'à toi, murmure-t-il.

Il réalise tout d'un coup qu'il n'a rien mangé depuis le modeste repas de Courtrai dans l'attente d'un train. Mais il n'a d'autre solution que de continuer à rouler. Le soleil est déjà haut quand il aperçoit, de loin, une ferme. Une ferme d'où s'échappe un nuage de fumée. En s'approchant un peu plus, Henri Hutin-Morel voit que les murs sont noircis, les bois calcinés. Il met pied à terre. Il pose sa bicyclette le long d'un muret. Et il entre dans la cour. Elle est vide. La porte est ouverte. Il frappe. Seul le silence lui répond. Un silence lourd, écrasant, presque insupportable. Il fait quelques pas hésitants dans le couloir de la ferme. De grosses mouches bourdonnent autour de lui comme si elles voulaient l'attaquer. Henri sent soudain une odeur bizarre, une odeur fade, une odeur de chair brûlée. Comme si...

Il tourne la tête vers la pièce principale, à droite. Ce qu'il voit alors le remplit d'horreur. Près de la table et qui semble dormir calmement, un chien dont la tête écrasée n'est plus qu'une bouillie sanglante. Près de la cheminée où les bûches achèvent de se consumer, un homme étendu, face contre terre, baigne dans son sang. Curieusement, ses pieds sont nus. Et ils sont noirs, comme si...

— Mon Dieu... quelle abomination !... Ce n'est pas possible, murmure Henri.

Et pourtant, il est visible qu'on a brûlé les pieds de cet homme. Comme l'ont fait jadis les « chauffeurs » de 93 sous la Terreur.

Une plainte sourde, une sorte d'appel étrange, le fait se retourner. Dans une encoignure de la pièce, près de la fenêtre, Henri découvre alors une pauvre vieille femme qui se balance, debout, le visage tuméfié, les yeux hagards et qui le regarde en geignant. Henri fait un pas vers elle.

— Madame... N'ayez pas peur... N'ayez pas peur... Vous avez mal ? lui dit-il très doucement.

Mais la vieille continue à geindre.

— Madame... Dites-moi si vous avez mal... madame... n'ayez pas peur... Répondez-moi...

— Elle ne le peut plus. Elle est devenue folle.

Henri se retourne brusquement. Il aperçoit alors trois jeunes femmes et un très jeune homme sur le pas de la porte. Presque un enfant... C'est lui qui vient de lui répondre. Il ne les avait pas entendus.

— C'est pas la peine, monsieur. On ne peut plus rien pour elle.

— Que s'est-il passé ? demande Henri d'une voix blanche, à peine audible.

— Les Allemands sont venus, dit simplement la plus grande des jeunes femmes. Et elle ajoute : Ils voulaient boire. De la goutte.

— Et alors ?

— Ben... ils la leur ont donnée. Voilà le résultat !

Le jeune homme reprend :

— Ils prétendaient qu'on avait tiré sur eux et qu'il y avait un soldat qui se cachait dans la maison. Le vieux a répondu que non, qu'y avait pas de soldat. Alors ils sont devenus fous furieux. Ils ont attrapé le vieux. Ils l'ont ligoté. Le chien gueulait. Ils lui ont écrasé la tête à coups de crosse. Alors la vieille s'est mise à hurler. Ils lui ont tapé dessus. Et ils l'ont jetée à terre. Et puis ils l'ont ligotée aussi, à cette chaise-là.

Et le jeune homme désigne une chaise, derrière une maie.

— Et, sous les yeux de la vieille, ils ont commencé à brûler les pieds du vieux. Moi, j'étais là-haut, terrorisé. Je voyais tout par les fentes du plancher. J'osais pas bouger. Je ne pouvais rien faire. J'ai fini par sauter doucement par la fenêtre. Derrière la cour, c'est pas haut. Et il y a la petite cahute des cabinets. J'ai couru tant que j'ai pu vers l'étang. J'entendais le vieux monsieur qui hurlait, qui hurlait... et la femme aussi. C'était horrible... C'est à cause qu'ils criaient comme ça que les Allemands m'ont pas entendu, ajoute le jeune homme. Je me suis couché dans l'étang et j'ai attendu. Au moins une heure. Et puis tout d'un coup j'ai entendu qu'ils tiraient et puis j'ai vu les flammes. Ils mettaient le feu partout. Et ils sont partis.

Et le gosse s'effondre en pleurant.

— Je suis un salaud, monsieur, je suis un salaud, mais je pouvais rien faire, j'étais tout seul.

— Il était quelle heure ? lui demande très gentiment Henri.

— J'sais pas, pt'être... huit heures.

— Ils étaient combien ?

— Deux, lui répond le jeune homme.

— Il ne faut pas vous sentir coupable, mon petit... Il ne faut pas... Ce n'est pas vous... Mon Dieu ! Comment vous appelez-vous ?

Une des jeunes femmes répond alors pour lui.

— C'est Léon. Léon Timmerman, le neveu du garçon de ferme qui est parti à la guerre.

— Qu'est-ce que je peux faire pour vous ? demande Henri en les regardant tous les trois.

— Oh ! rien, monsieur, rien, répond-elle. On attend... C'est tout. Le maire a été arrêté. Il ne peut pas venir. Ils l'ont enfermé.

— Le maire de quel village ?

— De Zemst. Là aussi il y a eu des dégâts. C'est pillé partout, et brûlé aussi. Mais... La jeune femme regarde Henri : Vous êtes français, monsieur ? Faut vous en aller. Faut pas rester ici. Faut partir, monsieur, faut partir tout de suite. Nous on va s'occuper de tout.

Henri regarde la vieille dame qui semble avoir tout entendu. Et qui les regarde aussi. Et qui ne manifeste rien. Comme si elle était morte déjà. D'ailleurs, que pourrait-elle dire ? Il est sans doute préférable que la raison l'ait abandonnée.

Henri regarde aussi le chien, et il regarde l'homme.

Les mouches continuent leur ronde bourdonnante autour d'eux.

Le soleil entre dans la pièce comme pour effacer la laideur. Comme si la nature voulait affirmer son éternelle pureté et témoigner de sa présence et de sa beauté devant ce spectacle hideux.

Henri porte la main à son front comme pour chasser cette image. Et d'un seul coup, il s'effondre.

Quand il reprend ses esprits, il est dans la cour,

assis contre un mur. Les trois femmes et le jeune homme sont penchés sur lui.

— Ça va mieux ? dit l'une d'elles.

— Oui, oui, répond Henri. Je vous demande pardon. C'est stupide de s'évanouir comme ça. Mais... je n'ai rien mangé depuis hier soir et...

— Si vous voulez, je peux vous emmener. Ma maison est à deux kilomètres... Ça ira ? demande la plus grande des trois.

— Je ne veux pas vous déranger, dit Henri.

— Y a pas de dérangement. Je suis toute seule avec mon père. Mes quatre frères sont partis à la guerre. Y a à manger à la maison.

Henri lui sourit. Tant de gentillesse après tant d'horreur l'émeut. Comme la guerre est étrange qui montre tous les visages. Celui, atroce, de la haine et celui, exemplaire, de la fraternité. Intimement, constamment mêlés.

— Je veux bien, dit Henri.

Et ils partent tous les deux comme pour se délivrer de la honte et de l'ignominie, en pédalant sur leurs bicyclettes.

— Je m'appelle Jeanne, dit la fille, Jeanne Schottyman.

— Jeanne ? dit Henri stupéfait.

— Oui, lui répond-elle. Pourquoi ?

— Pour rien.

Et Henri Hutin-Morel continue à pédaler avec cette Jeanne vigoureuse et saine qui le mène, blonde fille des Flandres, sur cette plaine sans fin, au milieu des blés...

Et pour la première fois, pendant quelques instants, il ne ressent plus cette angoisse qui l'écrase depuis la mort de Michel. Comme si cette Jeanne-là avait, elle aussi, le pouvoir de le protéger.

— Moi, je m'appelle Henri, dit-il. J'habite Lille.

— Ah ? C'est beau, Lille.

— Oui... c'est beau, dit Henri. C'est beau...

Dix minutes plus tard, dix minutes pendant lesquelles la guerre les a un peu quittés, ils arrivent à la ferme.

— Le père est aux champs, dit la fille... J'ai du lard et des œufs, du fromage et du pain... Ça va ?

— Bien sûr, répond Henri.

— Après... si vous voulez... vous pouvez dormir... Dans la grange. Vaut mieux pas rouler de jour... Vous allez où ?

— Je vais voir ma fille... Près d'Aerschot.

— Aerschot ? dit Jeanne.

— Oui... Pourquoi ? demande Henri.

Jeanne hésite un peu avant de répondre.

— Pour rien... pour rien. Je vais couper le lard.

Elle n'en dira pas plus. Henri le sent. Elle a hésité avant de répondre. Pourquoi ? Mais Henri renonce à la questionner davantage. Il sait qu'elle ne dira rien.

Jeanne s'est tue parce qu'elle n'a pas voulu dire ce qu'on raconte sur Aerschot.

— Après tout... c'est pt'être pas vrai ! a-t-elle dit à son père.

Jeanne n'a pas voulu dire qu'à Aerschot une jeune fille de la chaussée de Louvain a été violée, sous les yeux de son père ligoté, par une douzaine d'Allemands. Elle n'a pas voulu dire que le revolver braqué sur elle avait fini par avoir raison de sa résistance. Elle n'a pas voulu dire non plus que le beau-frère de cette jeune fille, ligoté comme son propre père, a assisté, lui, au viol de sa femme après qu'on eut assassiné ses deux enfants. On l'a fusillé, lui, pour qu'il ne puisse jamais rien raconter.

Non, Jeanne n'a rien voulu dire parce que...

Il verra bien assez tôt.

Henri ne saura jamais ce que le silence de Jeanne lui a caché. Et c'est mieux ainsi.

Après s'être restauré, Henri a voulu repartir. Mais le père l'en a empêché.

— Pas maintenant. Faut me croire, pas maintenant. Y a des patrouilles d'Allemands partout... A cause des réfugiés, et des Belges aussi qui tirent en reculant... Y a des moments où ils sont comme fous... Tous... Vaut mieux partir à la nuit. C'est la pleine lune et il fait beau. Vous pourrez rouler sans lumière. Je vous dirai par où passer.

Henri Hutin-Morel s'est rendu à toutes ces raisons.

Avant de s'endormir dans la grange sur de la paille, Henri Hutin-Morel, industriel à Lille, pense soudain à l'affiche qu'il a lue, pendant sa longue attente, dans la gare de Courtrai, sous la signature du général Emmerich, commandant l'armée allemande : « Je donne des garanties formelles à la population belge qu'elle n'aura rien à souffrir des horreurs de la guerre. »

C'est cette même affiche que chacun pouvait lire dans toutes les villes de Belgique. Elle expliquait dans un français approximatif les raisons de l'invasion du territoire belge. « C'est à mon grand regret que les troupes allemandes se voient forcées de franchir la frontière de la Belgique. Elles agissent sous la contrainte d'une nécessité inévitable, la neutralité de la Belgique ayant été déjà violée par des officiers français qui, sous un déguisement, "aient" *(sic)* traversé le territoire belge en automobile pour pénétrer en Allemagne. »

Vers neuf heures du soir, Henri se mit en route. Sa serviette toujours accrochée au guidon, il adressa à Jeanne et à son père un dernier geste d'adieu. Après ces quelques heures de paix, il les quittait comme on quitte de vieux amis. Tant il est vrai que la guerre crée des situations d'exception, à la mesure même de son horreur.

— C'est peut-être pourquoi les hommes vont à la guerre, pensa Henri Hutin-Morel. Et il continua à pédaler, tout zigzaguant, sur son chemin de terre éclairé par la lune.

Vers onze heures, il entend un bruit sourd et lointain. Est-ce le canon ou l'orage ?

Il n'a pas à attendre bien longtemps pour connaître la réponse. C'est le canon et l'orage. Avec une brutalité soudaine, la pluie s'abat sur lui. En moins d'une minute, il est trempé jusqu'aux os. Par grâce, il aperçoit à deux cents mètres à peu près une sorte de grand bâtiment, moitié cabane, moitié ferme. Un bâtiment de bois très haut, aux planches disjointes comme le sont ceux où l'on conserve le tabac pour laisser sécher les feuilles. Il y entre pour s'abriter. Ce qu'il voit alors dépasse en abjection tout ce qu'il est permis d'imaginer.

A une sorte de crochet de fer, un jeune soldat — belge sans doute, mais il ne porte plus qu'une chemise déchirée — est suspendu comme une bête. Horriblement mutilé. De ses plaies le sang coule encore. Henri Hutin-Morel en reste pétrifié. Hagard, il veut alors se détourner et il entend soudain un hurlement inhumain. Un cri de femme qu'on tue. Il lève les yeux. Il aperçoit une échelle. Il veut y monter. Mais il sent qu'on la renverse. En même temps que deux hommes se jettent sur lui. A demi étranglé par un bras qui lui enserre la gorge, Henri Hutin-Morel comprend en une seconde qu'il va mourir.

De toutes les forces de son corps, de toute son âme, de tout son désir d'exister et de vivre pour rejoindre Émilie, il lutte. Il se débat. Il lutte dans l'orage et la pluie. Contre ces deux Allemands qui veulent sa mort. Ils sont jeunes. Plus jeunes que lui. Mais Henri lutte sourdement, sans un mot, sans un cri, il lutte encore et il se bat. Quelque chose soudain lui arrache le ventre, le traverse. Une brûlure atroce l'envahit, le déchire et le blesse. Henri se plie en deux, courbé par la douleur. L'un des hommes vient de lui enfoncer sa baïonnette dans le ventre. Henri fait quelques pas en arrière et il tombe. Il tombe en regardant le ciel. Il tombe sous les éclairs, comme tombent les hommes sous la colère de Dieu ! Les deux Allemands bondissent alors sur lui et par trois fois s'acharnent à le tuer ! Ils le lâchent enfin et s'échappent en grognant. Ils remontent à cheval et partent au galop.

L'orage se déchaîne alors. La pluie redouble. Le tonnerre éclate avec une violence inouïe comme pour châtier la folie des hommes.

Henri essaie de se relever. Il n'y parvient pas. Il voudrait crier. Aucun son ne s'échappe de sa gorge. Et d'ailleurs, crier, dans quel but ? Pour appeler qui ? Henri Hutin-Morel offre sa mort à Dieu. Et il pense à sa femme. Sa femme qui, peut-être, lui est apparue une dernière fois il y a deux heures à peine, sous forme d'un prénom. Comme pour mieux l'aider à suivre le chemin périlleux qu'il a choisi lui-même. Il ignorait alors qu'il allait à la mort. Henri Hutin-Morel sait que la pensée bientôt va le quitter, que le temps est compté. Alors il se met à prier. De toute la force de sa foi. Les mots s'échappent de sa bouche sans être prononcés, comme de son corps s'échappent son sang, ses larmes et sa souffrance.

Henri Hutin-Morel va rester ainsi jusqu'au petit matin, ruisselant de pluie et de sang, les yeux ouverts et regardant le ciel comme pour lui rendre grâce de le bénir ainsi.

Et quand, plus tard, des hommes alertés par une jeune femme que d'autres hommes ont humiliée et souillée, découvriront le corps exsangue d'Henri Hutin-Morel, ils ne comprendront pas pourquoi ce mort aux mains fines portait un costume de paysan. Ils ne comprendront pas non plus pourquoi ce paysan roulait sur une bicyclette de dame avec, accrochée au guidon, une serviette de cuir noir marquée aux initiales H.H.M.

Une serviette qui, à leur grande stupéfaction, contient une chemise de nuit, un savon, deux brosses — à dents et à cheveux —, un tube de pâte dentifrice et une petite boîte rectangulaire sur laquelle ils peuvent lire :

« Le rasoir de sûreté Gillette

« assure une protection parfaite... »

8

Tout vient soudain de se déchirer dans le cœur de Pierre Bichelay.

La mort de ce père le bouleverse tant elle ressemble à la mort d'Isabelle.

Trois ans déjà...

Bichelay ne se savait pas encore si fragile, si vulnérable.

Isabelle est morte, elle aussi, foudroyée, sans comprendre.

Elle est morte en se vidant de son sang sur un pavé sale, dans la poussière et les gravats, seule, au milieu des cris, des hurlements des autres, sans secours, sans aide, et sans pitié.

Comme le père de Juliette.

A-t-elle pu prier ? Bichelay en doute.

La mort ne lui en a pas laissé le temps.

Et c'est peut-être mieux ainsi.

Si Dieu existe, Il a pardonné.

Isabelle est morte à vingt ans d'avoir trop aimé les enfants...

Elle est morte, et Pierre Bichelay l'a tenue longtemps enlacée comme s'il espérait la garder et ainsi l'arracher au néant.

Né en 1948, Pierre Bichelay — et c'est heureux — n'a jamais connu la guerre; le gâchis monstrueux de la guerre.

Il n'a approché sa hideuse réalité que ce matin-là, d'avril, à Beyrouth.

Il n'a pas non plus connu l'invasion. Ce sentiment étrange d'être volé d'une part de sa terre, d'une part de soi-même. Cette terre qu'on prend parfois dans les mains, grasse ou sèche, et qu'on va défendre instinctivement, presque spirituellement, de toute sa foi. Au-delà de la lassitude et jusqu'à la mort, contre ceux qui la foulent parce que « c'est ainsi ».

Il n'a pas connu les cortèges lamentables de ceux qui ont tout quitté, tout perdu, et qui fuient pour ne pas affronter le désastre et la peur.

Il n'a pas connu les aubes sales qui annoncent un nouveau jour d'angoisse.

Il n'a pas connu les nuits où l'on se désespère d'attendre, dans le silence lourd des heures qui n'en finissent plus, un être qui ne reviendra pas.

Il n'a pas connu le courage quotidien des hommes à la guerre, leur charité et leurs lâchetés aussi.

Pour Pierre Bichelay, comme pour ceux de sa génération, la Première Guerre mondiale, c'est loin, très loin...

Bien souvent même, il a ri avec eux des caricatures de certains humoristes évoquant « les anciens de Verdun », « les poilus de 14 », devenus réacs, râleurs, souvent pétainistes et parfois « collabos » ! Même s'il a réalisé que ces hommes-là, dont il est facile de rire puisqu'ils ne sont plus là, ont cru eux aussi à leurs idéaux et les ont défendus de toute leur espérance.

Petit maillon d'une longue chaîne de morts, ils ont accepté le sacrifice de leur vie, les mutilations, l'humiliation, pour que « ceux d'après » vivent dans un monde meilleur, au nom de deux seigneurs si souvent maltraités : LE DROIT ET LA LIBERTÉ.

Pierre Bichelay ne sait rien, dans sa chair, de l'orgueil piétiné.

Il ne sait rien de la force aveugle.

Pierre Bichelay a vu des images. Il n'a vu que des images...

Trop d'images de toutes les guerres du monde finissent par banaliser les réalités les plus abjectes.

Même celles des cadavres amoncelés. Même celles des visages hagards. Même celles des enfants qui hurlent leur terreur, dans les rues, au milieu des ruines, ou sur des routes de désolation. Elles ont si souvent servi...

L'homme est un animal qui rit.

Son pouvoir le plus réel est peut-être d'oublier.

Et les tueries se passent si souvent chez les autres.

Les distances sont abolies. Mais l'indifférence, elle, continue d'éloigner toujours davantage.

Pierre Bichelay n'a compris la guerre et n'en a ressenti l'ignominie qu'à travers la mort d'Isabelle.

Il n'a éprouvé de révolte qu'après le bref coup de téléphone qui avertit, le trajet intolérable et si long qui rapproche de la réalité ignoble qu'on refuse.

Il n'a connu le désespoir, la déraison, la minute vécue où tout bascule, que devant le corps inerte d'Isabelle. En regardant le visage gris, le visage de craie d'Isabelle.

Ce matin d'avril-là, Pierre Bichelay a hurlé comme un animal blessé sa détresse et sa haine.

C'est peut-être pourquoi, à cette minute précise, en lisant le livre de cette vieille dame aveugle, en suivant la vie et le sort de tous ces êtres qu'elle décrit et qui meurent de la guerre, Pierre Bichelay se souvient...

9

Henri Hutin-Morel est mort sans comprendre, par une nuit d'orage, dans la boue et la pluie, vidé de son sang comme un porc, sur une route banale des Flandres au milieu des blés, pour avoir tenté de revoir sa fille Émilie et se recueillir avec elle sur la mort de Michel.

Henri Hutin-Morel est mort inutilement. Il ne l'aurait sans doute pas revue...

Le couvent d'Émilie, très isolé dans la campagne, se trouvait menacé par la guerre. Dès le début de la ruée allemande, la mère supérieure a jugé que, par prudence et pour une meilleure sécurité de chacun, il était peut-être préférable de se réfugier en ville. Tout naturellement, le couvent s'est transporté à Louvain...

Sous la protection de l'université catholique libre, dont l'influence est alors considérable, les religieuses s'installent dans une très belle maison proche de la collégiale Saint-Pierre. C'est en raison de cette installation et de ce déménagement que les Hutin-Morel n'ont pas eu de nouvelles, à Lille, de leur fille.

Très vite, les religieuses apprennent ce qui s'est passé à Aerschot ! Elles apprennent aussi ce qui s'est passé à Andenne, à Tamines et dans bien d'autres lieux.

A Tamines, par exemple, petit village de mineurs proche de Charleroi, et peut-être pour se venger des pertes qu'ils viennent de subir — pourtant Charleroi a été un désastre pour l'armée française —, les Allemands rassemblent tous les hommes valides vers six heures du soir sur la grand-place, près du pont de la Sambre. Ils sont plus de cinq cents. Le plus jeune a treize ans. Le plus âgé, quatre-vingt-cinq. A sept heures, un officier vient leur lire une sorte d'avertissement auquel ils ne comprennent pas grand-chose. Sinon qu'aussitôt après la fusillade commence. Quand elle s'arrête, l'officier hurle :

— Ceux qui sont tombés par ruse ou ceux qui ne sont que blessés auront la vie sauve à condition qu'ils se relèvent !

A peine sont-ils debout qu'une mitrailleuse entre en action et les fauche ! On achèvera les mourants à coups de baïonnette. Le lendemain, on fait venir d'autres hommes, d'un autre village, pour enterrer les morts.

Ce sont ces Allemands-là qui, le 19 août 1914, entrent dans Louvain, ville ouverte. Ceux-là ou d'autres...

Les habitants sont terrorisés.

Et pourtant, à part la traditionnelle prise d'otages, la contribution en argent — non moins traditionnelle — imposées à la ville, tout se passe très bien. En quelques jours, Louvain semble s'installer dans l'occupation. Les soldats vont au café et distribuent des bonbons aux enfants. Chacun s'efforce de se rassurer.

Tout va très vite se gâter.

Le 25 au soir, un engagement en rase campagne entre troupes belges et allemandes tourne mal pour les Allemands. Ils se replient en désordre vers Louvain. Les sentinelles allemandes qui gardent la ville croient à une contre-attaque belge. Et tout naturellement ils tirent. Et ils laissent de nombreux compatriotes, pris entre deux feux, morts sur le terrain.

Aussitôt le commandement, afin de dissimuler cette énorme bévue, accuse les habitants de Louvain d'être les auteurs de cette tuerie. Moins d'une heure plus tard, le bourgmestre et le vice-recteur de l'université sont fusillés. On fait évacuer toute la ville et immédiatement les incendies éclatent. L'antique bâtiment des halles, devenu le siège de l'université, flambe. Il abrite une bibliothèque célèbre dans le monde entier. Une bibliothèque de cent cinquante mille volumes, dont trois cents incunables. Une bibliothèque qui brûle et dont il ne restera presque rien...

La collégiale Saint-Pierre flambe à son tour. Les religieuses prient dans leur chapelle. Les soldats enfoncent les portes des maisons où des gens se sont obstinés à rester. Ils y mettent le feu au moyen de grenades incendiaires et tirent sur tous ceux qui tentent alors de sortir. De nombreux habitants réfugiés dans les caves sont brûlés vifs. D'autres, atteints par les coups de feu au moment de sortir du brasier, hurlent leur douleur, dans la nuit rougeoyante des incendies.

La très belle maison proche de la collégiale Saint-Pierre qui abrite le couvent d'Émilie n'est pas épargnée. Folles de terreur, les religieuses se sont enfuies en désordre dans les rues, pour éviter de mourir par le feu. Beaucoup mourront sous les balles. Émilie court droit devant elle, échevelée, à peine vêtue d'une chemise de bure comme une pénitente, avec aux pieds des sandales de toile. Un groupe d'hommes et de femmes se forme spontanément comme pour mieux se rassurer d'être en nombre. Dans ce groupe, un prêtre et Émilie... Près de l'hôtel de ville, ils vont être cernés par des patrouilles allemandes. Aussitôt arrêtés, ils sont emmenés, à pied, vers Campenhout, petit village tout proche. On les enferme dans l'église. A quatre heures du matin, la porte s'ouvre. Un officier crie aux captifs que le moment est venu pour eux de se confesser : ils vont être fusillés une demi-heure plus tard ! Pour quel crime ? se demande Émilie. Ils sont une cinquantaine environ qui, les uns après les autres, s'agenouillent spontanément entre les colonnes de pierre, ne trouvant un peu d'espérance que dans le regard du prêtre et celui d'Émilie. Une prière collective s'élève et résonne sous les voûtes comme un chant funèbre, à peine murmuré. Trente minutes plus tard, très exactement, la porte s'ouvre. On les relâche. Sont-ils sauvés ? Non. On les emmène sous bonne garde en direction de Malines. Entre les rangées de maisons en feu, des cadavres carbonisés gisent sur les trottoirs. Troupeau lamentable, ils traversent le faubourg d'Hérent et parviennent à la gare. Là, ils s'arrêtent et attendent. Des ordres brefs ! Ils sont ramenés vers l'abbaye du Mont-César. Face à l'abbaye, on les fait s'agenouiller, tous. Et on les couche en joue. Un commandement sec. Quelques secondes d'horreur... Les officiers éclatent de rire. C'était une aimable plaisanterie. Ce ne sera pas pour cette fois-ci. Retour à Hérent ! Toujours à la gare et toujours dans la nuit. Avec la menace habituelle : « Si l'un de vous tente de s'échapper, tout le monde sera fusillé ! » Il se met à pleuvoir. Chacun s'abrite comme il le peut dans la gare minuscule. L'aube se lève. Un soldat apporte un peu de pain et un cruchon d'eau en recommandant à quelques-uns de se taire et d'être prudents parce qu'il lui est défendu de faire ce qu'il fait. Émilie donne ce pain à une vieille dame. A six heures du matin, nouveau départ !

Ils vont errer ainsi, de village en village, sous la pluie, sans nourriture et sans eau, suivant l'ordre reçu, et sans jamais savoir pourquoi ! Enfin, ils se retrouvent à Louvain. Il est sept heures du soir !

On les groupe sur la grand-place, debout, au milieu des monuments qui flambent. A bout de forces, beaucoup s'effondrent sur le pavé. Combien de temps restent-ils ainsi prostrés ? Émilie ne saurait le dire. Enfin on leur apporte de quoi boire et de quoi manger. Puis on les emmène presque aussitôt à la gare de Louvain. On les entasse à cinquante dans un seul wagon à bestiaux, sale et souillé d'ordures. D'autres sont déjà parqués dans d'autres wagons : Hommes 36 à 38. Chevaux (en long) : 8. La nuit se passe ainsi. Pèlerins de la mort, ils attendent, en priant, que leur dernière heure arrive. Au petit matin, le train se met en marche. A travers la meurtrière, Émilie aperçoit la gare en flammes de Tirlemont. Puis c'est Liège. Et c'est Düren. Et enfin, ô stupeur, c'est Cologne ! Pourquoi les a-t-on amenés ainsi jusqu'à Cologne ? se demande Émilie. Personne ne le saura jamais. Mais, pour Émilie, Cologne, c'est la ville qu'habitent son frère Gaston et sa belle-sœur Frida. Curieusement, elle en ressent une sorte de protection.

— Mon Dieu, que sont-ils devenus eux aussi ? se demande-t-elle.

Soudain, les portes des wagons s'ouvrent avec fracas. Le train est arrêté à cent mètres de la gare environ. Un peu d'air frais pénètre et dissipe légèrement l'horrible odeur qui flottait à l'intérieur. C'est déjà une délivrance. Sur le ballast, des uhlans à cheval hurlent des ordres qu'Émilie ne comprend pas.

— Interdiction de descendre, lui glisse un vieil homme à l'oreille.

Saurait-on déjà qui ils sont ? Peut-être. Car, derrière les barrières qui précèdent la gare, des gens, des femmes surtout, s'arrêtent et les menacent du poing. On leur crie des injures aussi. Pourquoi ?

Le train reste là, comme si on voulait les exposer à cette meute hurlante et aux jets de pierres qu'on leur lance.

Et soudain il se passe une chose extraordinaire. Une femme jeune, belle, malgré l'épouvantable voyage qui a altéré ses traits, vient de se glisser près d'Émilie. Elle pleure en regardant cette foule, comme pour la défier. Elle pleure et les vociferations redoublent. La jeune femme se tourne alors vers un vieillard et lui murmure quelques mots qu'Émilie n'entend pas.

Et le vieillard lui tend un bébé.

Elle le donne alors à Émilie. Comme si elle avait compris qu'Émilie porte en elle une espérance inviolable et sacrée.

— Tiens ! Montre-leur, dit-elle.

Émilie prend le bébé entre les mains et le montre à la foule.

En un instant les cris s'apaisent. La foule se tait. Et soudain elle comprend pourquoi cette jeune femme pleurait en lui donnant son enfant. L'enfant est mort.

Éperdue, Émilie se tourne vers elle comme pour l'interroger...

— Le prêtre l'a béni cette nuit, dit-elle. Bénis-le, toi aussi.

Et le regard de la jeune femme est si désespéré, si grave et si beau à la fois que, lentement, Émilie trace une croix sur le front du bébé en murmurant :

— Seigneur, Père céleste qui êtes Dieu...

Et dans le silence écrasant de cet instant d'exception, face à cette foule agressive qui s'est tue, monte une prière que chacun répète avec Émilie.

« Jésus, éclat de lumière éternelle, ayez pitié de nous.

« Jésus, père des siècles à venir, ayez pitié de nous. »

Soudain des ordres claquent. Les uhlans referment les portes. Le train repart. Et il repart dans l'autre sens, s'éloignant de Cologne. Tandis que s'élève encore la supplique :

« Jésus, source de bonté infinie, ayez pitié de nous... »

Si, à cette minute, Émilie n'avait pas tenu un enfant dans ses bras, si elle n'avait pas tenté d'apporter un peu de la paix et de la grâce divine qui vivaient en elle à une jeune femme qui, elle, avait bercé toute une nuit un enfant mort dans ses bras, elle aurait pu apercevoir son frère Gaston, les mains entravées, qui marchait entre quatre soldats à cheval vers la forteresse de Cologne. Son frère qui s'était évadé de la prison où il était interné. Son frère qui avait voulu voir son fils, son petit Franz, qui venait de naître le 15 août, un peu avant terme. Son frère, qui avait été dénoncé et repris. Son frère, qui, lui aussi, comme sa sœur Émilie, marchait vers son destin.

10

— Mademoiselle ! Ils arrivent ! Ils arrivent ! Mademoiselle ! Venez vite. Les Allemands sont là !

Louise vient d'entrer comme une folle dans la maison de la rue de Turenne. Juliette sort en trombe de son bureau. Elle dégringole l'escalier quatre à quatre.

— Quoi ! Qu'est-ce que vous dites ! Ce n'est pas possible !

— Si, mademoiselle. Je vous le jure. C'est vrai ! Les Allemands sont là...

Juliette reste soudain sans voix. La nouvelle lui paraît tellement extravagante qu'elle ne parvient pas à articuler autre chose que :

— Les... sont...

— Oui ! lui répond Louise, pas beaucoup plus assurée.

Et déjà elle regarde Juliette comme si elle n'attendait plus que d'elle seule son propre salut.

— Où est maman ?

— A l'usine, avec M. Lepoutre.

Les Allemands à Lille ? Juliette ne parvient pas à y croire. On a bien signalé, dans les journaux du 22 et du 23 août, quelques escarmouches à Cysoing, à Baisieux, et même à Lannoy où habitaient ses grands-parents Morel jusqu'à leur mort. Mais il ne s'agissait que d'avant-gardes isolées...

Et d'ailleurs, ce même 23 août, à Lille, Juliette et sa mère sont allées voir passer en fin d'après-midi un convoi de prisonniers allemands. Ils arrivaient par la rue de Tournai. Et on les emmenait sous bonne garde à la gare. Alors ?

— Où sont-ils ?

— Sur la grand-place.

— Allons voir.

— Ah ! non ! ! Et le ton de Louise n'admet pas de réplique. Allez-y si vous voulez, mademoiselle, mais moi je reste ici.

— Alors attendez-moi, Louise. Et si maman revient, prévenez-la que je suis allée à la grand-place, mais surtout, surtout, qu'elle ne s'angoisse pas, je reviens immédiatement.

Un bruit de clé dans la porte. C'est Mme Hutin-Morel qui revient de l'usine. Elle est blême. Son visage est décomposé.

— Tu connais la nouvelle ? dit-elle, haletante.

— Oui, répond Juliette, je sais. Je vais aller voir.

— Reste ! Tu es folle !

Et la voix de Mme Hutin-Morel a retenti dans cette entrée sinistre et froide, au carrelage de faïence, qui ouvre sur le grand salon.

— Maman ! Qu'est-ce que tu as ?

Juliette prend tendrement sa mère dans ses bras.

— Je n'en peux plus ! dit-elle, sourdement.

Et Mme Hutin-Morel s'assied dans un des fauteuils de l'entrée. Louise se retire discrètement.

— Être ainsi sans nouvelles de ton père depuis... J'espérais tant qu'Étienne saurait quelque chose... mais rien ! Pas un mot... Pas un coup de téléphone... Rien. J'ai peur... Tu comprends, Juliette ? J'ai peur. Elle lève sur sa fille des yeux pleins de larmes. J'ai peur tout le temps. Où est-il ? Mon Dieu, où est-il ?

— Les lignes sont peut-être coupées, dit Juliette sans trop y croire.

Elle aussi a peur. Elle aussi se demande pourquoi depuis quarante-huit heures son père ne donne aucun signe de vie. Il est parti depuis six jours déjà.

Et Émilie ? Émilie non plus n'a donné aucune nouvelle. Où sont-ils, tous les deux ?

— Maman... Laisse-moi aller à la grand-place... Je voudrais voir... Me rendre compte.

Jeanne Hutin-Morel sent en Juliette une telle détermination, une telle force aussi, qu'elle y puise un peu d'apaisement.

— Je viens avec toi, dit-elle.

Elles partent toutes les deux et remontent la rue Nationale, presque en courant. La rue est vide. Elles passent, sans la regarder, devant une affiche qui est un appel du maire à la population civile. Elles la connaissent presque par cœur, comme la plupart des Lillois. Elles ont été stupéfaites d'ailleurs d'apprendre, le 25, que Lille était déclarée ville ouverte ! Que la garnison de vingt-cinq mille hommes avait été évacuée ! Alors que, le 23 août, la place forte avait été renforcée ! Avec trois cents canons prêts à tirer !

L'affiche, datée du 24 août, dit :

« L'heure est profondément angoissante. La proximité de la frontière nous expose à voir l'ennemi fouler momentanément notre sol. Nous n'avons plus le droit de défendre notre ville, déclarée ville ouverte...

« L'épreuve sera cruelle à vos cœurs de patriotes mais, au nom de vos femmes et de vos enfants, je vous conjure de la supporter avec stoïcisme...

« Tout acte d'agression provenant de la population civile l'exposerait à de sanglantes représailles. Il y aurait lâcheté, et non courage, à se livrer à toute manifestation de violence inutile...

« Ce n'est que le silence, le calme et la dignité que nous puissions opposer à l'envahisseur... »

En marchant si vite vers la grand-place, Juliette et Jeanne Hutin-Morel n'ont pas remarqué qu'à côté de cette affiche, une autre, presque semblable, a été apposée le jour même : elle est révélatrice.

« Notre ville est isolée de tout. Plus de chemin de fer. Plus de téléphone. Plus de télégraphe. Plus de poste. En conséquence, méfiez-vous de toutes les fausses nouvelles qui tendraient à vous faire perdre le sang-froid, le calme et la résignation (!) dont vous avez plus que jamais besoin. La situation n'a pas changé ; l'ennemi occupe toujours une portion très rapprochée de notre territoire... »

C'était daté du 26 août 1914.

En débouchant de la rue Nationale, tout essoufflées, Jeanne et Juliette Hutin-Morel arrivent Grand-Place. Elle est presque totalement envahie par une foule silencieuse et figée. Extraordinaire spectacle que cette foule muette ! Les deux femmes en ressentent immédiatement l'inquiétante singularité.

— Mais où sont les Allemands ?

Juliette a posé la question autant à elle-même qu'à sa mère. Et c'est bien vrai qu'on ne voit que la foule de Lille sur cette grand-place !

— Ah ! si... là-bas ! chuchote-t-elle.

— Où ? murmure sa mère.

— Au fond de la place !

Aidée par la convergence des regards, Jeanne Hutin-Morel aperçoit alors deux hommes à cheval. Un peu masqués par la « Déesse », sublime guerrière de Lille installée tout en haut d'une colonne de bronze fabriquée avec les canons de 1792 pris aux Autrichiens (!), Jeanne Hutin-Morel ne les distingue pas bien.

— Ils n'ont pas de casque à pointe, dit Juliette.

— Ce sont des uhlans ! lui glisse un jeune garçon à ses côtés. Vous avez vu leurs lances et leurs shakos ?

— Oui.

Juliette veut se faufiler pour s'approcher.

— Où vas-tu ?

— Je voudrais les voir de plus près.

— Tu es folle ! proteste sa mère.

— Mais maman... c'est sans danger !

— Qu'en sais-tu ?

— Ils sont deux !

Effectivement, les Allemands ne sont que deux !

Deux qui semblent deviser calmement face à cette multitude silencieuse. Foule qui obéit sans doute au mot d'ordre et au message de son maire.

— Reste ici, supplie Jeanne Hutin-Morel.

— Je fais le tour par la gauche et le petit passage, et je reviens, murmure Juliette.

— Alors je viens avec toi.

— Je peux venir aussi ? demande le jeune garçon.

— Si vous voulez.

Le petit groupe se met en marche avec précaution. Parvenu très près des deux soldats, Juliette les regarde. Elle devrait les haïr puisqu'ils sont « l'ennemi », responsables sans le savoir et sans l'avoir voulu de la mort de son frère.

Elle ne le peut pas.

Elle ne voit à cette minute-là que deux hommes jeunes. C'est tout.

L'un des deux, gradé, se tient très droit en observant la foule. Il porte avec élégance une cape grise qui retombe sur la croupe de son cheval. Dans sa main, tout de même, un revolver. Et il a le doigt sur la détente...

Machinalement, Juliette s'approche encore et surprend tout à coup leurs propos.

Elle en reste ahurie.

— Schöne Stadt... dit le gradé. Nicht wahr ?

— Jawohl... Herr Hauptmann.

— C'est un capitaine, murmure Juliette au jeune garçon. Il trouve que la ville est belle.

— Vous comprenez l'allemand ? demande-t-il, stupéfait.

— Oui, très bien, répond Juliette.

— Oh ! ben ça...

Le jeune garçon la regarde alors avec une telle admiration qu'en d'autres circonstances Juliette en aurait été sûrement attendrie.

— Wo ist das Theater... weisst du das ?

— Nein... Entschuldigung... Herr Hauptmann. Ich weiss es nicht.

— Ach ! Du... Dumkopf...

— Qu'est-ce qu'ils disent ? chuchote Mme Hutin-Morel.

— Le gradé allemand demande à l'autre où est le théâtre !

— Quoi ?

— Oui maman, il demande où est le théâtre.

— Mais ce n'est pas possible ! Pourquoi le théâtre ?

— Mais je ne sais pas, maman.

— Il se préoccupe du théâtre dans un moment pareil ?

— C'est possible, maman. Et comme l'autre lui a répondu qu'il ne le savait pas, il se fait traiter d'imbécile.

— Allons-nous-en, dit Mme Hutin-Morel.

— Ich frage mich, warum diese Leute uns so anstarren ! ! !

— Ich weiss nicht... Herr Hauptmann.

— Du weisst nie etwas !

— Une seconde, maman... Ils se demandent pourquoi nous les regardons comme ça.

— Justement. Partons. On ne sait jamais.

— ... Ich glaube Sie haben Angst vor uns... Herr Hauptmann.

— Ah ! tu vois, le petit vient de dire au gradé qu'il croyait que nous avions peur, murmure encore Juliette. Il ne faut pas le leur montrer, maman.

— Sie haben unrecht !... Wenn Sie nur wüssten, wie weit wir beide von unserer Armee sind ! ! ! Also komm !

Le capitaine éperonne légèrement son cheval en toisant la foule qui s'écarte, toujours aussi silencieuse. En passant près de Juliette, l'Allemand la regarde avec une sorte de sourire, comme on regarde une proie. Les deux hommes traversent la place au pas tranquille de leurs chevaux. Ils remontent la rue Nationale comme pour se diriger vers l'hôtel de ville. A peine ont-ils disparu que le silence éclate. De la foule qui se disperse, les commentaires s'élèvent. La peur peu à peu se dissipe. Un vieil homme s'approche de Juliette et la questionne.

— Qu'est-ce qu'ils ont dit en partant ?

— Qu'on n'avait pas de raison d'avoir peur. Que l'armée allemande était encore très loin.

— De Lille ?

— Je ne sais pas. Ils n'ont pas précisé, répond Juliette.

Cette ahurissante incursion de deux soldats allemands dans une ville de deux cent mille habitants va durer trois jours !

Trois jours pendant lesquels ces deux hommes, installés à l'hôtel de ville, s'érigeront en maîtres absolus de la ville.

Après quoi, le capitaine von Oppel (c'est le nom de l'officier) déclarera au maire de la ville, M. Delesalle, qu'il est contraint de quitter Lille pour une tournée d'inspection, mais qu'il espère y revenir très vite car la ville lui est apparue extrêmement accueillante...

Le départ, à regret, de ces deux Allemands eut donc lieu le 29 août 1914. Peut-être le régiment de Herr Hauptmann von Oppel avait-il un rendez-vous urgent, non loin de Paris, avec les taxis de la Marne...

Lille ne devait plus jamais entendre parler du capitaine von Oppel et de son ordonnance.

Deux jours plus tard, on pouvait voir sur les murs de Lille un autre avertissement :

SUPRÊME APPEL À LA POPULATION LILLOISE

« Dans le cas où des cavaliers allemands, quelque réduit qu'en soit le nombre, feraient une incursion sur le territoire de notre ville, nous rappelons qu'aucun civil n'a le droit de leur adresser aucune injure ni provocation, sous peine de fournir un prétexte à des représailles sanglantes.

« Les lois de la guerre sont formelles à cet égard.

« Une fois de plus, nous vous supplions de rentrer chez vous et de garder tout votre sang-froid ! Méfiez-vous des agents provocateurs. »

Cette affiche est signée du maire, du sénateur, de deux députés et des conseillers d'arrondissement.

Elle n'est pas inutile, car, le 2 septembre, un petit détachement de uhlans revient à Lille, occupe quelques instants la mairie, lève une contribution de guerre, s'approvisionne en vivres et demande son chemin pour quitter la ville. Comme si, sûrs d'eux-mêmes et du sang-froid requis des habitants, les Allemands étaient venus visiter de plus près, suivant le conseil du Hauptmann von Oppel, cette « Schöne Stadt » afin de le renseigner sur l'emplacement exact du « Schönes Theater » !

Le 3 septembre, Juliette est dans sa chambre. Il est un peu moins de dix-neuf heures. Le souper est prévu, comme d'habitude, pour dix-neuf heures trente. Afin de tromper son attente et pour lutter contre une anxiété affreuse qui la dévore ce jour-là et qu'elle ne maîtrise plus, Juliette lit *L'Écho du Nord*. Malheureusement elle est tombée sur un article qui la choque. Il est fait reproche à l'opinion de s'être émue excessivement de la prise de Bruxelles ! Et pour rassurer cette même opinion, on lui explique que partout ailleurs les armées allemandes sont tenues en échec...

On lui explique aussi que, depuis le début de la guerre, les troupes françaises ont « arraché de haute lutte la ligne de crête des Vosges », qu'en Lorraine, si les succès sont, certes, inégaux... cette inégalité-là aussi était prévue ! Et pour mieux étayer sa démonstration, le commentateur ajoute : « Sur une telle longueur de front il n'est pas possible d'être vainqueur partout ! »

— Certes, mais pour l'instant il semble bien que nous ne soyons vainqueurs nulle part, pense avec raison Juliette.

Elle poursuit sa lecture et tente de comprendre pourquoi « la retraite momentanée de l'armée française est due à un vigoureux mouvement en avant » !

Elle a aussi bien du mal à réaliser que cette « retraite momentanée en avant » ne constitue qu'un « épisode d'une lutte qui entraînera nécessairement de nombreuses alternances de flux et de reflux ». Et elle s'interroge aussi sur le sens et la subtilité de cette conclusion : « D'ores et déjà ce repli est un grand succès défensif. »

Sans le savoir, et bien que l'expression ne soit pas encore passée dans le vocabulaire, Juliette est déjà victime du « bourrage de crâne ».

Soudain elle entend un cri affreux. Un hurlement même. Inhumain.

— Maman !

Juliette bondit dans l'escalier. Elle se précipite au salon. Mme Hutin-Morel est debout, face à Étienne Lepoutre. Son visage est enfoui, écrasé dans ses mains comme pour s'empêcher de hurler à nouveau. Étienne Lepoutre, maladroit et protecteur, la tient par les épaules. Juliette ne referme même pas la porte. Elle a compris. Et Jeanne Hutin-Morel, sans même l'avoir regardée, sait que sa fille est là.

— Juliette, Juliette, Juliette ! gémit-elle en secouant la tête dans tous les sens, comme pour tenter de repousser une vérité atroce. Juliette... ton père... ton père...

Elle n'achève pas. Juliette sent tout à coup les murs du salon tournoyer autour d'elle. Tout vacille. Sa mère s'effondre sur le sol et le martèle de ses poings.

— Maman !

Étienne et Juliette se précipitent. Juliette prend sa mère dans ses bras, la serre de toutes ses forces avec un soin et une tendresse infinis, l'assied dans le fauteuil le plus proche, en lui tenant les mains :

— Maman, maman... maman chérie...

Peu à peu, liées par leur seul amour, et déjà ne

faisant plus qu'une, elles s'apaisent l'une et l'autre et pleurent en silence, le corps secoué de sanglots. Étienne reste debout, lourd de sa peine d'homme, sans pouvoir dire un seul mot. Pour lui, c'est une amitié de trente années qui s'est brisée, mais pour Jeanne..., pense-t-il, pour Jeanne..., quel drame abominable... après Michel.

Étienne Lepoutre est un homme simple, un homme au cœur immensément tendre, et il pleure lui aussi, accablé de ce qui accable Jeanne.

Et il se tait. Que pourrait-il dire d'ailleurs qui atténuerait sa détresse ?

Raconter à Jeanne comment une serviette de cuir noir, marquée aux initiales H.H.M., lui a été rapportée à l'usine par un fraudeur habitué à passer la frontière et qui venait de la part d'une certaine Jeanne Schottyman ?

Révéler à Juliette, selon le récit de cet homme, l'assassinat ignoble de son père agonisant seul sur une route de pluie dans la boue et le sang ?

Non. Étienne Lepoutre se tait. Tout à l'heure il a parlé. Oui, il a parlé, et il a menti. Il a préféré mentir...

Juliette, comme sa mère, ne connaîtra jamais qu'une seule vérité.

Henri Hutin-Morel est mort, tué par une balle perdue, pour avoir tenté de protéger une jeune fille du viol sauvage de deux Allemands.

Étienne Lepoutre a même été au-delà de ce mensonge...

Il a assuré à Jeanne que son époux avait pu rencontrer Émilie. Une Émilie forte de sa foi qui, dans la sérénité lumineuse de son couvent, avait réussi à rendre à son père un peu de paix et à lui faire accepter la mort de leur fils Michel.

En disant cela, Étienne Lepoutre était en accord avec sa conscience, certain d'avoir accompli au mieux son devoir.

11

— Allô !

Pierre Bichelay sursaute, arraché d'un coup à sa rêverie et il éloigne son téléphone de cinquante centimètres.

— Allô ! Monsieur Bichelay ? répète la voix de stentor en grésillant dans l'appareil.

— Oui...

— C'est vous ?

— Euh... oui.

— C'est moi ! La vieille dame de la librairie.

— Oui... Je vous avais reconnue.

— A quoi ?

— A la voix !

— Ah, ah, ah, ah, ah !

Et un rire de macaque enroué retentit dans l'appareil, si fort que Pierre Bichelay, qui avait rapproché son écouteur, est contraint de l'éloigner à nouveau.

— Monsieur Bichelay, vous me direz ce que vous voudrez, mais depuis votre récent coup de téléphone, je ne peux pas me défendre d'éprouver pour vous une sympathie grandissante. Et ce n'est pas seulement à cause de votre lecture si attentive de mon livre...

Occupé à rédiger d'importantes notices sur les poètes de la francophonie, Bichelay sourit et s'interrompt aussitôt.

— C'est une déclaration ? demande-t-il.

— C'est une déclaration, répond la vieille dame. A mon âge, c'est permis. Non ?

— Certes. Eh bien... moi aussi !

— Quoi, vous aussi ?

— Je vous découvre à mesure que je vous lis et je vous trouve...

— Vous avez fini mon livre ?

Et, en posant cette question, la voix de la vieille dame est devenue si jeune que Bichelay a l'impression d'être interrogé par Juliette.

— Non, pas encore. J'ai été obligé de vous délaisser...

— Mais qu'est-ce que vous faites ? A quoi employez-vous vos loisirs ?

— J'ai un gros travail urgent, répond Bichelay. Et puis je ne vous lis pas comme on lit un livre ordinaire...

— En sautant des lignes ?

— En sautant des lignes, oui. Comme vous le disiez vous-même à propos de l'écriture... lire aussi c'est... se souvenir. Et c'est parfois aussi douloureux... Votre livre me fait reculer dans le temps.

— Allons bon ! Pourquoi ?

— Parce que...

Bichelay n'a pas le goût des confidences. Il se refuse à la curiosité de la vieille dame. Il n'a pas envie de lui ouvrir son dossier intime.

— Je pensais, en vous lisant, à quel point les peuples et les êtres sont tragiquement victimes des erreurs de ceux qui les dirigent...

— A quel propos ?

— A propos des morts ! Je suis ahuri de voir à quel point l'invasion de 1914 est oubliée en 1940. La concentration des troupes françaises, par exemple, entre la Suisse et les Ardennes, ressemble étrangement à la ligne Maginot, si inutile en 1940 entre les mêmes frontières. Non ? L'impréparation, la négligence... Comme si on avait voulu inciter les Allemands à repasser, à chaque fois, par la Belgique.

C'est troublant... Qui sommes-nous donc, nous, Français ?

La vieille dame ne répond pas tout de suite. Comme si elle réfléchissait à la question que pose Bichelay.

— Savez-vous, dit-elle, qu'en ces deux occasions le gouvernement français s'est réfugié à Bordeaux ? En 14 et en 40. Et qu'à chaque fois il avait table ouverte au « Chapon fin » ! En 14 et en 40. C'est rigolo, ça ! Non ? C'est à se demander si on leur avait servi le même menu...

— Oui. Ce serait drôle si on ne pensait pas à l'immense cortège des morts qui n'y étaient pas invités.

— Oh ! comme vous êtes grave, tout à coup...

— Cela m'arrive, dit Bichelay. Je suis triste de constater que la France, qui aurait pu, par sa culture, être la conscience du monde, n'a jamais joué aucun rôle, sur ce plan.

— C'est mon livre qui vous fait cet effet ?

— Peut-être...

— C'est flatteur !

— N'est-ce pas ? Et ces affiches lamentables aussi... qui appellent au calme et à la dignité. Ce sont les mêmes mots, les mêmes exhortations que ceux du régime de Vichy après « la paix dans l'honneur » du maréchal Pétain...

— Vous n'étiez pas né !

— Non, mais j'ai lu.

— Eh bien, moi, j'ai relu, dit la vieille dame.

Comme si elle voulait changer de sujet.

— Relu ?

— Oui. Mon livre. A cause de vous

Bichelay se demande s'il a bien entendu.

— Ça vous épate, ça ! Hein ?

— Euh... un peu.

— Non ! Rassurez-vous, dit-elle en riant, c'est Mohamed qui me l'a relu.

— Et alors ?

— Je me suis endormie !

— Ce n'est pas possible, se récrie Bichelay. Endormie ?

— Oui ! Mais ce n'est pas pour vous vanter les mérites somnifères de mon livre que je vous téléphonc, c'est pour vous parler de ma passion !

— Votre passion ?

— Oui. Aimez-vous la musique ?

— Oui.

— Ah, ah, ah, ah, ah, ah !

Bichelay recule à nouveau l'appareil.

— Je m'en doutais, j'en étais sûre ! La plupart des écrivains...

Bichelay l'écoute en souriant grogner sur les écrivains qui détestent la musique ou qui n'aiment que celle de leurs propres mots.

— Moi, toute ma vie, j'ai aimé la musique. Y compris le jazz ! Duke Ellington, Stan Getz... Ah !... et ce gros Noir, là, le... Armstrong !

Pierre Bichelay s'est tu, abasourdi par cette vieille dame qui s'est endormie en lisant son livre — mais est-ce si vrai ? — et qui l'appelle pour lui parler de musique et d'Armstrong alors que sa rêverie à lui le ramènerait plus volontiers à Juliette dont il aimerait lui parler.

— Cessons ce badinage, dit-elle. Connaissez-vous Lekeu ?

— Le...

— Non, pas « le » ! LEKEU ! Guillaume ! C'est un musicien belge mort en 1894 de fièvre typhoïde. Élève de César Franck et de Vincent d'Indy. Ça ne vous dit rien ?

— Non... Je ne connais pas.

— Vous n'êtes pas le seul. On le joue jeudi. Avec d'autres ! Mais, Lekeu, vous verrez, c'est très rare. Voulez-vous m'emmener jeudi au concert ? C'est Armin Jordan qui dirige.

— Jeudi ?

— Oui. C'est très audacieux de vous demander cela, je m'en rends bien compte. Mais à part l'ouverture de *Carmen* et les trompettes d'*Aïda*, Mohamed déteste la musique. Il n'aime que les marches militaires ! Et moi, depuis plus d'un mois, j'ai une envie irrésistible de musique. Ainsi, nous ferons mieux connaissance, si vous le souhaitez.

Ahuri par cette invitation insolite, Bichelay, sans même se demander pourquoi, sait déjà qu'il va accepter. La vieille dame se méprend-elle sur son silence ? Elle se croit aussitôt obligée d'ajouter :

— Non ! Je ne suis pas enceinte !

— Pardon ? demande-t-il, éberlué.

— C'est pour vous rassurer sur mon envie ! répond-elle.

Et elle éclate de rire.

— Et puis... vous me parlerez encore de mon livre, ajoute-t-elle, comme si, une fois de plus, elle devinait Bichelay. Je fais la modeste, comme cela, mais... j'adore qu'on me parle de mon livre.

Schumann, Tchaïkovski et... Lekeu...

Un homme de trente-six ans prit à son bras une vieille dame aveugle, de cinquante ans son aînée, ravissamment habillée d'une sorte de pyjama de soie bleu nuit, coiffée d'une voilette gris perle, légère, qui abritait ses cheveux blancs, et il l'emmena souper au *Fouquet's* où il avait pris soin de retenir une table parce qu'elle avait manifesté le désir de « voir du monde »...

Et ce couple extraordinaire, élégant et singulier, fit une entrée très remarquée et s'installa à la terrasse de ce lieu nouvellement historique.

On vous prend pour mon fils

— Sûrement pas ! Les gens ne sont pas si distraits, protesta Bichelay en l'aidant à s'asseoir.

— Pour quoi alors ?

Bichelay prit son ton le plus sérieux et le plus convaincant.

— La décence m'oblige à me taire.

La vieille dame éclata de son rire tonitruant.

Dix tables cessèrent aussitôt leurs conversations !

Bichelay mit le nez dans sa serviette.

— Je ne devrais pas rire aussi fort... dit-elle. On doit croire que je veux me faire remarquer.

— Mais de toute façon vous ne passez pas inaperçue, fit-il doucement.

— Comment dois-je prendre cette remarque ?

— Mais... comme un madrigal...

— On nous regarde ? demanda-t-elle, presque ingénument.

— Oui. Et on nous admire ! répondit-il à voix basse en se penchant un peu vers elle.

— Oh ! oui... faites-moi la cour... J'adore !

Pourquoi le rire de la vieille dame était-il cependant un peu différent ?

Et pourquoi Pierre Bichelay semblait-il sourire, pour la première fois depuis bien longtemps, en la regardant ?

— Champagne en apéritif, jets de houblon — c'est une chose rarissime, lui dit-elle. Ça ressemble à de petites asperges, c'est nordiste, ça dure quinze jours et en entrée, c'est admirable !

Et ils partagèrent un petit loup grillé...

Et ils parlèrent de tout. Avec passion.

Et, ensemble, ils refirent le monde. Avec la même jeunesse...

Et Bichelay la questionnait sur tout. Sur son livre, sur Juliette, sur elle. Avec une ardeur toute neuve. Elle lui avoua sa découverte du socialisme, au début de sa vie, à travers Péguy et les *Cahiers de la quinzaine*.

— Voilà un auteur bien oublié, dit-elle. Mon Dieu...

— Pourquoi les hommes déforment-ils les plus belles idées, avec le temps ?

— Vanité et intérêt... ce sont des questions sans réponse...

Il l'interrogea aussi sur sa solitude, son isolement...

— J'ai appris à vivre avec mes mains. Je n'avais plus vingt ans, ce fut très long... On ne devrait jamais dire aux enfants : « Ne touche pas ! » On devrait les y encourager, au contraire : « TOUCHE ! » C'est si important ! Comprendre et sentir avec les mains. On apprend tant de choses sur les objets et sur les êtres, avec les mains... Donnez-moi votre main.

Et Bichelay lui donna la main.

— Elle est franche, votre main, dit-elle. Rassurez-vous, je vais vous la rendre, mais j'aime bien votre main...

Et peu à peu Bichelay commença à s'ouvrir à elle. Il osa se confier. Il lui parla même de son enfance. Ce qu'il ne faisait jamais.

— J'ai été un petit garçon triste... si démuni, si seul face aux questionneurs. « Qu'est-ce qu'il fait, ton père ? »... « Où elle est ta mère ? », « Oh ! il a pas de parents »... C'était horrible. J'avais peur de tout. Et pourtant, je me battais... comme un chiffonnier... Je rentrais chez ma grand-mère en loques... et en sang parfois. Maintenant encore, il m'arrive de prier Dieu... pour ne pas me sentir inférieur à ceux que je méprise... Comme dit Baudelaire, ajouta-t-il en souriant.

— Oh ! c'est terrible cela... Pourquoi êtes-vous à ce point si blessé ? Votre voix est si claire pourtant... et si tendre aussi.

— J'ai des soirs de colère et de détresse...

— Dites-les-moi... que vous est-il arrivé ?

— Non, répondit-il. A quoi bon ?

Il ne voulait pas lui parler d'Isabelle. Pas encore...

— Un autre jour, peut-être. Mais pas ce soir... il fait si beau.

Et ils se découvrirent les mêmes indignations, les mêmes distances. Le même humour aussi et des goûts identiques.

— Vous m'avez fait connaître un très grand musicien.

— N'est-ce pas ? Oh ! comme je suis contente. S'il n'était pas mort à vingt-quatre ans, Lekeu serait, de nos jours, un grand maître.

— Son adagio est si désespéré et si chaleureux... C'est très beau.

— Oui... fit-elle. Et le violoncelle est un tel instrument ! Aux sonorités si riches, si chaudes. Pour moi, c'est comme un langage que les sons exprimeraient. C'est comme si un homme me parlait d'amour avec une belle voix grave... comme la vôtre quand vous le voulez. D'ailleurs, le violoncelle, c'est un instrument d'homme ! dit-elle d'un ton qui n'admettait pas de réplique.

— D'homme ? Pourquoi ?

— Parce qu'il le tient entre les jambes... comme une femme ! Il l'empoigne entre ses bras... comme pour lui faire l'amour ! C'est évident. Non ?

— Euh... si vous voulez, oui.

Bichelay, qui avait sur le violoncelle des idées peut-être un peu succinctes, se demanda si la vieille dame allait continuer à l'estomaquer encore longtemps comme cela.

Il l'écouta poursuivre, imperturbable, sa petite conférence sur les mérites comparés du violoncelle et de la sexualité masculine sans aucune volonté d'intervenir...

— D'ailleurs, j'ai adoré Casals, conclut-elle. Vous êtes trop jeune pour l'avoir connu, mais Casals... Mon Dieu ! Casals vous emmenait au paradis... c'était si pur... si pur...

Et sans le savoir, elle laissa passer un instant la pureté de Casals dans ses yeux morts.

— Mon Dieu... si je n'avais pas la musique, soupira-t-elle...

D'un seul coup elle semblait avoir oublié Bichelay, le *Fouquet's*, l'heure, le temps. Sa voix s'était faite plus sourde. Elle était ailleurs.

— Mélancolique, vous ? dit Bichelay.

— Pas du tout. Je serais bien ingrate. C'est une

soirée si exceptionnelle pour moi. Comme je vous en remercie. Et elle lui sourit un peu tristement : « Je vois du monde »...

Elle se pencha un peu vers lui comme pour rechercher sa main.

Cette main qui pouvait encore lui apprendre tant de choses. Il en fut presque intimidé.

— Je croyais que vous étiez un être de solitude, dit-il.

— Je suis un être de solitude.

— Alors... qu'est-ce que je fais avec vous ?

— Je me le demande, dit-elle.

Et tout à coup elle eut un petit rire de gorge si charmant, un ton de voix si jeune et si féminin à la fois en regardant Bichelay de son regard étrange, comme un regard « d'ailleurs », qu'il en fut tout attendri. Magie de l'instant ? Il se reprocha amèrement de l'avoir imaginée un jour chimpanzé.

— Comme on a dû vous aimer... lui dit-il.

Le bruit du restaurant à cette heure de la soirée montait si fort que la vieille dame n'entendit pas la phrase de Bichelay.

— Qu'avez-vous dit ?

Il haussa alors la voix.

— Que je vous trouvais exquise !

— Allons, allons, monsieur Bichelay... soyez convenable, voyons, répliqua-t-elle en minaudant avec coquetterie... On nous regarde !

Depuis le début de leur rencontre, Bichelay avait envie de lui poser une question qui, ce soir, lui brûlait les lèvres.

— C'est extraordinaire, vous parlez de tout, comme si...

Et d'un coup il réalisa à quel point cette question était peut-être déplacée. Il s'interrompit aussitôt.

— Comme si... questionna-t-elle.

Bichelay éluda.

— Non, non, non, rien, rien...

— Comme si je voyais... n'est-ce pas ?

Pris au piège, Bichelay avoua.

— ... Oui... Je... je vous demande pardon. Je ne voudrais surtout pas vous blesser.

— Non, dit-elle doucement, vous ne me blessez pas, au contraire. Si vous saviez comme les aveugles ont besoin d'être traités comme des êtres ordinaires. Je sais que mon attitude intrigue. Vous n'êtes pas le seul. Mais je vais vous répondre d'un mot, monsieur Bichelay. Et sa voix se fit plus profonde : J'AI VU, vous comprenez ? J'ai VU. Pendant soixante ans. J'ai eu le grand, l'immense bonheur de VOIR. J'en garde le souvenir. Si vous saviez comme chacun de nous devrait rendre grâce à Dieu ou à la nature, ou à tout ce qui a provoqué et fait naître la vie, d'avoir reçu le privilège d'en percevoir les images ! Même les plus cruelles. Vous m'entendez bien, monsieur Bichelay, insista-t-elle, comme si elle voyait en lui : même les plus cruelles ! Moi j'ai perdu ce privilège. Mais d'autres ne l'ont pas reçu du tout. Alors, je m'émerveille encore.

Bichelay eut tout à coup l'envie de la remercier tant le courage qu'il sentait en elle lui en apportait à lui.

— Je vais vous raconter une petite histoire. On a opéré un jour l'œil gauche d'un jeune homme aveugle de naissance. Le miracle a eu lieu : il a VU. Malheureusement, trois semaines plus tard, tout était à nouveau compromis. Ce jeune homme a simplement dit : « J'ai vécu les trois plus belles semaines de ma vie. » Et il souriait. C'est beau, non ?

Étranglé par l'émotion, Bichelay ne put rien répondre.

— Ça va ? questionna-t-elle.

Et sa voix était presque inquiète. Comme si elle voulait le consoler.

— Oui oui... ça va, ça va. Mais elle est si belle, votre histoire...

— N'est-ce pas ? Je crains que notre temps n'ait perdu un peu le goût du courage... Quand des gens devant moi se plaignent d'un rhume... je leur réponds toujours : « Soignez-vous bien... soignez-vous bien ! » dit-elle en souriant.

Ils se turent l'un et l'autre quelques instants.

D'ailleurs, Bichelay était incapable d'articuler le moindre mot. Il regardait cette vieille dame au visage de neige à voilette de dentelle, à la fois si forte et si fragile, et il se demanda quel monde occupait à cette minute sa vision et son esprit. Et surtout d'où lui venait cette extraordinaire énergie vitale qu'elle n'avait cessé de lui transmettre depuis le début de la soirée.

— J'ai un peu froid, dit-elle.

— Voulez-vous rentrer ?

— Je crois, oui... Ce serait plus raisonnable.

Anonymes tous deux dans ce lieu où chacun porte un nom, ils ne passèrent guère inaperçus en quittant le restaurant.

— Je crains un peu d'avoir attristé votre soirée...

— Comment pouvez-vous croire et dire une pareille chose ! se récria Bichelay.

— Pourtant...

— Je vous interdis cette pensée...

Le reste se perdit dans leur sortie.

Chez elle, Mohamed attendait, fidèle comme le mameluk de l'Histoire. Pierre Bichelay prit congé sur le pas de la porte.

— Il faut vous méfier des vieilles dames, monsieur Bichelay. Elles ont des instants nostalgiques... Elles éprouvent parfois tant de regrets...

— Mais elles sont parfois terriblement séduisantes, aussi...

Et il osa lui prendre les mains qu'il retint un instant dans les siennes afin qu'elle ne puisse pas douter de sa sincérité.

— Et elles réservent tant de surprises, ajouta-t-il d'une voix émue.

La vieille dame sourit et ne protesta pas.

12

Depuis un mois déjà, le malheur et le deuil se sont installés rue de Turenne. Jeanne Hutin-Morel demeure hébétée tout au long des heures, perdue dans son immense chagrin. Elle ne réagit plus. Aucun événement ne l'atteint. Parler même lui fait presque horreur. Une seule pensée la tire parfois de cette sorte de torpeur : celle de ses enfants. Qu'est devenu son fils aîné ? Aucune nouvelle de lui depuis sa lettre de juillet. Et Frida ? A-t-elle eu son bébé ? Autant de questions qui restent sans réponses. Le sort d'Émilie inquiète aussi Jeanne Hutin-Morel. Mais le mensonge d'Étienne Lepoutre a fait son œuvre et l'a un peu rassurée. D'autant qu'il y a dix jours elle a reçu une lettre de la mère supérieure du couvent. Émilie vit. Émilie est malade, mais Émilie est en vie. La lettre de la mère supérieure ne donne aucun autre détail, sinon que les habitudes du couvent ont été bouleversées par la guerre. Le repli sur Louvain a créé bien des problèmes, dit encore la supérieure qui reste peu bavarde sur le sujet, mais tout semble « être rentré dans l'ordre maintenant », affirme-t-elle. Il n'est malheureusement pas question de prononcer des vœux pour Émilie, son état de santé s'y oppose. Et, surtout, le couvent consacre toute son activité aux soins à donner aux blessés de la guerre. Mais dès que la situation le permettra, Émilie pourra « se vouer au

Seigneur comme elle le souhaite plus ardemment que jamais », conclut la supérieure. La pieuse Jeanne Hutin-Morel s'est réfugiée dans le secours de cette espérance et ne cherche pas à en savoir plus. Elle n'a même pas voulu que sa fille Juliette s'éloigne d'elle pour aller rechercher le cercueil de son père. Étienne Lepoutre s'est chargé de tout. Aidé par l'homme qui lui avait rapporté la serviette de cuir noir. Henri Hutin-Morel repose désormais à Lille, au cimetière du Sud, faubourg des Postes, dans le caveau familial, auprès de son fils Michel.

Juliette s'efforce, chaque jour, par sa présence attentive et intelligente, et sa tendresse infinie, d'atténuer comme elle le peut la détresse de sa mère. Mais elle n'a que son amour à lui donner et, comme tous les enfants pour qui les parents restent des inconnus, elle ne mesure pas tout à fait l'étendue et la profondeur du malheur qui la frappe et la détruit. Comment le pourrait-elle d'ailleurs ? Si Jeanne Hutin-Morel a perdu le goût de la vie, c'est que la vie pour Jeanne c'était Henri, et rien d'autre. Et maintenant...

Seule ! Elle est seule, Jeanne Hutin-Morel. Seule avec Juliette bien sûr, mais seule ! Horriblement seule. Alors que lui importe la victoire de la Marne ! Que lui importe la guerre qui, dit-on, va bientôt finir ! Henri ne reviendra jamais.

Car ce que Juliette ignore — et les enfants l'ignorent toujours —, c'est que Jeanne et Henri ont été des amants. Ils se sont aimés, adorés comme des amants. Ce n'est pas l'union de deux fortunes — Henri était pauvre — ou de deux familles, comme cela se pratiquait si souvent en ce temps-là ! C'est la rencontre idéale d'un homme et d'une femme. Henri et Jeanne ne se sont pas unis comme deux petits bourgeois de la fin du dix-neuvième siècle. Henri et Jeanne se sont unis comme des amants de légende. Ils se sont connus à quatre ans...

Un petit garçon à l'œil bleu, très beau et très

timide, en petit costume de marin, a rencontré, lors d'une distribution de prix à l'école Saint-Charles de Lille, une petite fille aux cheveux blonds bouclés portant une robe d'organdi — Henri l'a si souvent évoquée ! — à large ceinture de satin rose terminée par une belle cocarde dans le dos ! Le petit garçon a regardé la petite fille et a déclaré très vite, au grand amusement des familles respectives : « Ze veux me marier avec elle. » Jeanne, tout aussi timide, n'a rien dit. Mais vingt-deux ans plus tard, Henri et Jeanne ont réussi à rejoindre leur rêve d'enfance. Ils se sont « mariés ensemble ». La famille, riche, des Hutin, s'y est résignée tant la volonté de Jeanne était inflexible. Depuis cinq ans, elle en montrait la force en repoussant tous les prétendants que sa mère lui suggérait. Mme Marguerite Hutin ignorait que Jeanne et Henri s'étaient promis en secret l'un à l'autre, à dix-neuf ans, en se rencontrant un dimanche à l'église Saint-Maurice. De dimanche en dimanche, la rencontre s'était prolongée.

Henri était parti au service militaire : Jeanne l'avait attendu.

Henri lui avait promis de créer sa propre usine : Jeanne l'avait attendu.

Enfin, le 4 janvier 1886, Jeanne Hutin avait épousé Henri Morel.

Gaston, le premier fruit de leur amour, était né dix mois plus tard. Un autre petit garçon avait succédé en juillet 1888 : on l'avait baptisé Michel. Malheureusement, ce petit garçon n'avait pas vécu. C'est en souvenir de lui que le petit enfant suivant, en 1889, s'était aussi prénommé Michel. Et puis étaient venues Émilie et Juliette. Après quoi la nature s'était refusée à d'autres naissances.

Henri et Jeanne avaient continué à s'aimer avec toute l'ardeur et la grâce d'un amour ressenti aux premières heures de la vie. Henri et Jeanne avaient connu un équilibre parfait : la réussite sociale — et morale — de chacun dans le travail et les études.

— Si tu savais comme il était heureux et fier de te savoir la plus jeune bachelière de Lille !

Jeanne sanglote dans les bras de Juliette. Depuis un mois, elle a vieilli de dix ans, Jeanne Hutin-Morel. Et elle pleure. Mais elle parle, enfin...

C'est la première fois depuis un mois. Elle a trouvé Juliette en rentrant de la messe et du cimetière, et elle s'est effondrée. Depuis plus d'une heure, Juliette tient sa mère dans ses bras comme on tient un petit enfant. Quelque chose s'est modifié en elle : Juliette sait désormais que sa mère lui est confiée.

Le dimanche 4 octobre, par une très belle matinée d'automne, Juliette est dans sa chambre, seule. Soudain un orage lointain semble se déchaîner. Juliette ouvre sa fenêtre pour voir. Elle écoute plus attentivement. Plus de doute ! Ce bruit — nouveau pour elle —, ce grondement sourd... c'est le bruit du canon. Des détonations plus sèches l'accompagnent... Des tirs de fusils peut-être... Non, ce sont les claquements secs de mitrailleuses. Juliette regarde sa pendule : il est onze heures. Elle descend rapidement l'escalier pour sortir. Louise est en bas dans l'entrée qui l'attend.

— Vous avez entendu ?

— Oui, dit Juliette.

— C'est le canon ?

— Sûrement.

Elle ouvre la porte pour sortir. Étienne Lepoutre arrive à cet instant rue de Turenne.

— Où est ta mère ? dit-il à Juliette.

— Au cimetière, sûrement. Je l'ai quittée après la messe...

— Seule ?

— Oui. Elle voulait aller seule au cimetière. Je vais...

— Il faut aller la chercher tout de suite. On se bat dans Fives. C'est Paul Cordonnier, un contremaître de l'usine, qui vient de me l'apprendre.

— A Fives ? Les Allemands sont donc si près que cela ?

— Ils sont partout, ma petite fille.

Étienne s'interrompt. C'est la première fois qu'il la tutoie et l'appelle « ma petite fille ». Il en a pris conscience subitement, et se tait. Juliette en est aussi étonnée que lui. Mais, sans chercher à analyser davantage, elle en ressent aussitôt l'affectueuse protection.

— C'est donc si grave ? demande-t-elle.

— Oui, répond Étienne, c'est très grave. Je le sais par les ouvriers. Les Allemands sont à Lézenne. A Halluin, à Roubaix, à Mouvaux, à Lannoy... On nous ment depuis si longtemps, ajoute Étienne Lepoutre. On a l'impression qu'ils attendent.

— Quoi ?

— Si je savais... Allez... faut que je rentre à l'usine.

— Je vais au cimetière, dit Juliette.

Et c'est bien vrai que les Allemands sont partout aux environs de Lille en ce beau dimanche d'automne. Un beau dimanche où l'ordre règne à Lille. Un ordre à la française : strict mais flou. Méthodique mais changeant.

En tant que ville ouverte, Lille a été désarmée. En tant que ville fermée, Lille a été réarmée.

Puis, en tant que ville réouverte, Lille a été réarmée et re-désarmée !

C'est-à-dire que personne n'y comprend plus rien.

Partout règne une pagaille totale, qu'une paix apparente dissimule encore aux yeux de bien des gens.

Elle sera responsable d'atrocités inutiles.

Les forts de Lille, par exemple — Étienne vient de l'apprendre —, sont dégarnis mais abritent une énorme quantité de matériel et de munitions. Les casernes sont vides de soldats, mais pleines de leurs chevaux. Ces malheureuses bêtes hennissent de temps en temps leur soif et leur faim. Six cents chevaux seront ainsi en partie sauvés du massacre par l'initiative d'un ouvrier des usines Hutin-Morel : il les emmène, seul, à pied, jusqu'à Boulogne-sur-Mer ! Près de cent trente kilomètres de routes secondaires.

Lille est donc « sans troupes », du moins chacun le croit. Y compris le maire de la ville.

Si le canon tonne pendant que Juliette va chercher sa mère au cimetière, si on se bat dans Fives, si les Allemands attendent, comme l'a dit Étienne Lepoutre, c'est que, parvenant à Fives, banlieue de « Lille ville ouverte », les Allemands ont été surpris d'y être accueillis à coups de mitrailleuses et de fusils par plusieurs bataillons un peu disparates ! Ils appartiennent au 17e Chasseur et à un régiment de spahis algériens. Spahis qui ont défilé dans Lille deux jours plus tôt, faisant admirer à la foule leurs splendides burnous blancs doublés de rouge que, bientôt, ils vont tacher de leur sang.

C'est au milieu de cette confusion qu'a éclaté alors un inutile combat. Les Allemands, sous le commandement du général Wanschaffe, se retirent à moins de deux kilomètres, attendant leur heure et faisant donner le canon pour saluer à leur manière les spahis algériens et le 17e Chasseur !

Ils feront beaucoup mieux dans les jours qui vont suivre...

Juliette se hâte dans les rues. Elle croise des gens au regard inquiet, comme si, déjà, chacun était mystérieusement averti du drame qui se prépare.

Elle arrive enfin au cimetière. Elle marche rapidement entre les tombes et, de loin, elle aperçoit sa mère agenouillée, la tête dans les mains, qui semble prier devant le caveau de la famille Hutin-Morel. Le canon tonne toujours, mais Jeanne Hutin-Morel ne semble pas y prendre garde. Juliette s'approche à grands pas et soudain elle s'arrête. Elle n'ose plus avancer...

Sa mère vient de se coucher, bras en croix, sur la dalle de marbre, le front contre la pierre, dans une attitude extatique, comme hors du monde, semblable à ces ordinands qui attendent de l'évêque les ordres sacrés...

Jeanne Hutin-Morel reste ainsi de longues minutes. Juliette n'ose toujours pas faire un pas. Elle regarde avec stupeur cette femme qui est sa mère. Sa mère allongée sur cette dalle de pierre, la touchant de ses mains comme on caresse un être, et qui, doucement, gémit...

Juliette est bouleversée d'entendre ainsi cette longue plainte de sa mère, comme une sorte de conversation mystique qui se prolonge entre ses parents et à laquelle elle assiste, indiscrète.

Un sentiment singulier s'empare d'elle, indéfinissable, de honte et de pudeur mêlées. Le sentiment de découvrir une mère inconnue, de recevoir d'elle une image qu'une petite Juliette de vingt ans ne peut analyser, en vérité, mais qui la touche au plus profond d'elle-même.

Le canon tonne de plus en plus fort.

Le danger est là, de plus en plus réel.

Juliette se précipite alors vers cette mère si ignorée et la couvre de ses bras en lui murmurant tendrement à l'oreille, avec une émotion toute particulière, comme si un amour nouveau était né en elle pour celle qu'elle voit ainsi souffrir comme une femme :

— Maman, il faut rentrer... Il faut rentrer. Viens. On se bat près de Lille. Viens, Maman chérie... Viens.

Et Jeanne Hutin-Morel se relève enfin.

Le 8 octobre, Étienne arrive rue de Turenne.

— Roubaix est allemand, dit-il. Tourcoing aussi ! Ainsi que Lannoy...

Le 9 octobre, un avion, un Taube, lance deux bombes sur Lille. Comme le signal de départ d'une compétition particulière. Ou d'une épreuve...

Les dégâts sont importants mais ne font pas de victimes. Le bruit est énorme. Les Lillois ont compris que la guerre vient d'entrer chez eux. Il est dix heures trente minutes.

Ce même 9 octobre, une affiche de l'autorité militaire a été placardée sur les murs de la préfecture. Écrite à la main, semble-t-il. Sur une sorte de papier d'écolier. Ce qui prouve bien à quel point le sens de l'improvisation demeure une vertu bien française.

ORDRE DE L'AUTORITÉ MILITAIRE:
TOUS LES HOMMES DE 18 A 48 ANS
DOIVENT QUITTER LILLE
IMMÉDIATEMENT...
RENDEZ-VOUS PORTE DE BÉTHUNE.

Dès quatorze heures, une foule énorme se rue porte de Béthune. Des hommes vont y rester plus de quarante-huit heures. A attendre. Les premiers partis pourront s'enfuir et passer à travers les lignes allemandes, les derniers seront faits prisonniers, blessés ou tués.

Grâce à cette organisation scrupuleuse, stricte et méthodique (!), quarante mille hommes vont payer de leur liberté, de leur dignité et parfois de leur vie, l'imbécillité ou la négligence des décideurs!

Depuis le début de septembre, le préfet du Nord avait pourtant demandé des instructions à l'état-major de Boulogne au sujet des mobilisables.

Elles sont enfin envoyées le 6 octobre à Lille. Elles n'y parviennent que le 9! Au lieu d'acheminer ces instructions par auto, par estafette ou par télégramme, on les a mises à la poste! Quand le préfet les reçoit, les Allemands sont aux portes de la ville...

Le 10 octobre, les uhlans pénètrent dans Lille par le nouveau boulevard, venant de Roubaix. Un groupe se détache et arrive à la mairie, demandant à parler au maire. Le maire se présente. Il indique que la ville est ouverte. A la question qui lui est posée, il répond qu'à sa connaissance il n'y a aucun soldat français sur le territoire de sa commune. Le groupe repart ! L'entretien n'a duré que quelques minutes. Le maire va rendre compte à son préfet, M. Trépont, de la visite allemande. Et, en chemin, il rencontre des soldats français !!!

Affolé, il arrive à la préfecture, distante de quelques centaines de mètres.

— Il y a des Français à Lille ! Vous le saviez ?

— Oui ! Ils arrivent de Dunkerque ! Ils ont reçu l'ordre de résister.

— Mais ce n'est pas possible !

— Mais si !

— Qui sont-ils ?

— Des territoriaux ! Du 8e régiment et des spahis ! Des éléments du 139e et du 170e régiment d'infanterie sous les ordres du commandant de Pardieu.

— Je viens de dire aux Allemands qu'il n'y avait pas un soldat dans Lille !

Le préfet lève les bras au ciel.

— Mon vieux... Qu'est-ce que vous voulez que je vous dise... !

Le maire rentre dans sa mairie.

Dans l'après-midi, un premier accrochage se produit entre uhlans et un bataillon de chasseurs. Quelques blessés, quelques morts, surtout allemands, restent au sol. Les uhlans réagissent avec fureur. Un de leurs officiers arrive jusqu'au bureau du maire. Il lui met un revolver sur la gorge et hurle en allemand : « On m'avait dit que la ville était ouverte ! On vient de tirer sur mes hommes ! Je vous ordonne de choisir immédiatement dix otages et de me suivre à la Citadelle. Vous avez une heure pour les trouver. »

Le conseil municipal est réuni dans la salle voisine. Le maire fait part aux conseillers de l'exigence des Allemands. Tout le conseil décide alors de se rendre à la Citadelle. Entourés par des uhlans, ils arrivent à la hauteur du Champ-de-Mars. Des coups de feu éclatent ! Ce sont des soldats français du 8e territorial qui tirent. Les Allemands, sidérés, font alors demi-tour. Le maire et son conseil sont libérés. Il est seize heures quinze.

A dix-sept heures, les premiers obus tombent sur Lille. Comme le début d'un feu d'artifice. A dix-neuf heures, tout s'arrête.

Le commandant de Pardieu a reçu l'ordre de défendre la ville : il va tenter de défendre la ville.

Une ville, place forte, qui comptait, fin août, vingt-cinq mille hommes et le matériel de guerre nécessaire pour résister et qui, le 10 octobre, ne compte plus que deux mille huit cents hommes et quatre vieux canons qu'on va s'efforcer de promener partout autour de la ville, pour faire croire à un plus grand nombre...

Une ville qui a été désarmée afin d'être préservée.

Une ville qui va être gravement, et bien inutilement, détruite.

Dimanche 11 octobre. Huit heures trente.

Ce que Louise raconte ce matin est inquiétant. Jeanne Hutin-Morel et Juliette ont même renoncé à se rendre à l'église du Sacré-Cœur pour y entendre la messe. Elles ont décidé d'aller à l'église Saint-Martin, plus proche. Elles avalent à la hâte un café noir, et rien d'autre, afin de pouvoir communier, tout en écoutant Louise leur parler de la journée d'hier.

— Mon neveu, l'aîné, Émile, vous savez, leur dit-elle, le rouquin, il est allé hier à la porte de Béthune, avec ma sœur, pour répondre à l'appel de l'affiche... Mon Dieu ! Ils étaient des milliers à attendre... Alors ils sont repartis ! Ils ont voulu aller voir à la gare... Mon Dieu, la la ! On se battait rue de Béthune et rue du Molinel. Ils ont été obligés de rester au moins deux heures le nez dans le caniveau, sans bouger. Après ça, ils sont passés par la rue Nationale... Ma sœur, elle avait peur... faut voir ! Enfin, ils sont arrivés. A la gare, c'était encore pire qu'à la porte de Béthune... Une foule ! Mon Dieu ! Les gens étaient les uns sur les autres. Et il n'y avait qu'un seul train ! Un seul... Vous vous rendez compte ? Pour tous ces gens ! Ils en ont mis partout... Aux barres des portières, sur les marchepieds, sur les tampons des wagons... Y en avait même sur le toit. Et tout ce monde-là qui pleurait. Mon Dieu ! Les femmes, les mères... les jeunes et les moins jeunes. Ma sœur, elle a embrassé son Émile... Lui, il était sur le tender... par chance encore. Enfin, le train est parti. En revenant... les rues étaient désertes... Les gens s'étaient terrés... C'est le silence qui a fait peur à ma sœur. Tellement c'était lugubre... Les seuls cris qu'on entendait, c'étaient des cris de blessés... Y en a un qui l'a appelée. Elle est allée vers lui. C'était un Algérien. Mon Dieu... Son beau manteau tout blanc, fallait voir... Plein de sang... Il réclamait à boire. Ma sœur, elle avait rien à lui donner. Heureusement, un officier est arrivé sur son cheval, un Français, et deux infirmiers avec la croix rouge. L'officier lui a donné à boire, à l'Algérien..., de l'eau de sa gourde, et il l'a emmené en croupe. L'Algérien n'était blessé qu'à la jambe. Ma sœur lui a dit, à l'officier : « A la bonne heure... Au moins... vous êtes là ! » L'officier l'a regardée : « Ma pauvre femme, si vous saviez... On est trois pelés et un tondu ! »

Juliette et sa mère sont arrivées à l'église Saint-Martin à neuf heures moins cinq.

A peine le curé de Saint-Martin eut-il commencé à dire sa messe : « *Quia tu es, Deus, fortitudo mea* »... « Car toi, Dieu, Tu es ma force... », qu'éclata un premier coup de canon. Énorme ! Le curé s'arrêta. Jeanne et Juliette sursautèrent et levèrent la tête. Des femmes avaient crié. Des enfants s'étaient mis à pleurer, qu'on s'efforça de rassurer bien vite.

Ce qui surprit Juliette, c'est l'espèce de pluie qui suivit le bruit de l'explosion. Une pluie de verre brisé qui se répand sur le sol, une pluie de pierres qui tombent comme les grêlons frappant les tuiles et les vitres les soirs de grand orage, au printemps. Et la porte de l'église, aussi ! Lourde porte de bois qui se mit à trembler en faisant résonner les voûtes de l'église...

Le prêtre reprit sa messe : « *Dum affligit me inimicus, emitte lucem tuam et veritatem tuam.* » Juliette et Jeanne le rejoignirent dans le recueillement. « Dieu, envoie à mon ennemi la lumière de Ta vérité ! » Un autre obus éclata aussitôt, plus près encore. Le même bruit. La même peur, exprimée par les cris des uns et le silence angoissé des autres. Et puis un autre obus, et un autre, et un autre...

Le silence qui suivait le fracas énorme était aussi impressionnant, aussi lugubre, que cette pluie de verre et de pierres qui prolongeait l'explosion. Et le souffle aussi ! Des vitraux éclatèrent. Le prêtre s'efforça stoïquement de continuer sa messe. Sa mission de célébrer le sacrifice de Jésus se doublait soudain d'un autre devoir : rassurer par son calme tous ceux qui, comme lui, ressentaient une peur irraisonnée, irrépressible. La peur que l'on ressent quand la mort est là sans que l'on puisse voir son visage ni savoir d'où elle vient. Car personne dans cette église ne connaissait la fureur de la guerre. Mais chacun déjà commençait à en éprouver la réalité hideuse.

Jeanne Hutin-Morel et Juliette s'efforçaient de ramener leurs pensées vers la prière. Juliette se tourna vers sa mère quand elle entendit le prêtre prononcer les derniers mots du Credo : « *Et expecto resurrectionem mortuorum et vitam venturi saeculi. Amen.* » Elle vit alors que des larmes coulaient doucement sur son visage. « L'attente, l'espoir de voir les morts revenir à la vie afin de la rendre meilleure » lui semblaient-ils vains ? Juliette se demanda un instant si leur foi n'était pas soudain ébranlée. Si l'apparente injustice de la mort — la mort de Michel et la mort de son père — ne bouleversait pas leur croyance en ce Dieu de bonté dont parlait le prêtre. Sa mère pleurait-elle d'en éprouver le doute ?

Juliette posa sa main sur le prie-Dieu où reposaient celles de sa mère. Jeanne ferma les yeux. Leurs mains se rejoignirent. Comme si elles éprouvaient, l'une et l'autre, le besoin de s'unir pour mieux affirmer la force de leur credo.

Le bombardement continua durant toute la messe. Une grande partie de l'assistance communia avec une ferveur toute particulière, comme si chacun prenait soudain conscience qu'en ce dimanche de guerre et de deuil il recevait peut-être le corps du Christ pour la dernière fois. Et quand, après la communion, le prêtre en vint à la bénédiction : « *Pater et filius et spiritus sanctus* », Juliette fit le signe de la croix avec une émotion telle qu'à son tour elle ne put contenir ses larmes.

La messe était terminée. Le prêtre se tourna alors vers les fidèles. « Mes frères, mes très chers frères, dit-il, ce n'est pas un message apostolique que je voudrais vous délivrer dans les heures graves que nous vivons. C'est mon cœur que je voudrais laisser parler. La guerre est à nos portes. Elle va arriver dans nos maisons. Le canon que nous entendons depuis une heure nous le prouve. Je voudrais vous souhaiter à tous le courage nécessaire pour affronter l'épreuve. Je voudrais vous souhaiter à tous, et malgré tout, la confiance. La confiance dans nos armes, bien sûr, mais aussi la confiance en nous-mêmes, et la confiance en Dieu. N'oubliez pas, n'oubliez jamais, et je vous la rappelle, la parole de saint Jean : « *Confidite : ego vici mundum* » — « Ayez confiance, j'ai vaincu le monde. »

« Dans les ténèbres où peut-être nous allons entrer, le doute peut s'insinuer en nous, et nous laisser croire un instant à l'abandon du Christ. L'incrédulité exerce ses ravages quand l'injustice est là. Autant que l'obus qui éclate en ce moment. Mais il est vrai aussi que si la foi reste parfois silence en nous, et qu'alors le chemin apparaît sans issue, n'oubliez pas, n'oubliez jamais, que lorsque le Seigneur semble endormi au fond de la barque, à l'heure où se déchaîne la tempête, c'est alors qu'il est sur le point de manifester sa puissance et de rétablir le calme des flots. »

Juliette, en écoutant ce prêtre, se demanda s'il avait le pouvoir étrange de lire dans les âmes.

« Mes frères, mes très chers frères, hommes et femmes qui, ce matin, êtes réunis dans l'église du Christ, ici, à Saint-Martin, ayez confiance dans la force du Seigneur. Il saura vous aider à vous relever des abaissements et vous faire entrevoir, au bout de la lutte, les jours de certitude et de paix. Répétons ensemble avec saint Paul : "Je peux tout en celui qui me fortifie !" Permettez-moi aussi, avant de vous quitter, de vous citer Charles Péguy. Charles Péguy qui, hélas, vient d'être tué par l'ennemi, et que l'Église n'a pas toujours su percevoir et comprendre : "Louis de Gonzague, à qui on vient de poser la question lors d'une récréation : que feriez-vous si la fin du monde vous était annoncée pour les cinq minutes à venir, donne alors cette admirable réponse : je continuerais à jouer à la balle au chasseur". »

Le prêtre bénit à nouveau l'assistance qui l'avait écouté dans un silence sacré alors que s'enflait le bruit du canon et que redoublait cette pluie horrible, cette pluie incessante de pierres et de verre qui déchirait tout à l'heure les oreilles de Juliette.

« Que la paix du Seigneur soit toujours avec vous », ajouta encore le prêtre, et il se retira.

L'église ne se vida pas tout de suite. Chacun semblait attendre que le canon se taise. Et, en effet, le canon se tut enfin. Quelques-uns restèrent encore par prudence dans l'église et sous le porche. D'autres partirent. Quand Juliette et sa mère se trouvèrent dans la rue, c'est le nuage de poussière qui les surprit. Il pénétrait leur respiration. Elles contournèrent l'église Saint-Martin et prirent la rue d'Isly.

— Monsieur le curé a bien parlé, dit Juliette.

— Oui, très bien, répondit Jeanne Hutin-Morel.

Elles ne purent pas en dire davantage. Devant elles, à quelques centaines de mètres, deux maisons s'étaient effondrées. Elles ne formaient plus qu'un énorme amas de pierres. L'eau s'échappait à gros bouillons d'une canalisation. Jeanne et Juliette Hutin-Morel restèrent stupéfaites, n'imaginant pas que des obus pouvaient provoquer en quelques secondes de semblables destructions. C'était leur première image de guerre, à l'une et à l'autre...

— Mon Dieu, murmura Jeanne, où peuvent être les pauvres gens qui y habitaient ?

Déjà une voiture de pompiers suivie d'une ambulance s'approchait rapidement des lieux.

— Y avait personne dedans, dit un vieil homme tout proche de Jeanne. Ils étaient à la messe à Saint-Martin... Ils sont en vie mais... quel retour ! Je ne voudrais pas être à leur place.

Des gens sortaient, hagards, des caves où sans doute ils s'étaient réfugiés ; d'autres étaient penchés sur des blessés allongés sur le sol.

— Et ceux-là, grogna le vieil homme, y a toujours des curieux qui veulent voir !

Et devant le visage étonné de Juliette il expliqua :

— S'ils étaient restés tranquillement à l'abri... ils n'en seraient pas là... croyez-moi. J'ai fait 70, ma petite fille, dit-il à Juliette, eh ben, à Sedan... c'était pas beau non plus.

Il se tut un instant, comme si les souvenirs lui montaient à la tête.

— La guerre c'est pas un spectacle. Ils n'avaient qu'à rester chez eux !

Juliette et Jeanne continuèrent leur chemin. Que pouvaient-elles faire d'autre ?

En arrivant rue d'Esquerme, elles furent arrêtées par un attroupement. Un cheval était étendu sur la chaussée, secoué de légers soubresauts. Il perdait son sang en abondance d'une horrible blessure au flanc gauche. De sa bouche s'échappait une sorte de mousse blanchâtre. Un soldat était penché sur lui et lui caressait doucement l'encolure et la crinière.

— T'inquiète pas... mon vieux frère... t'inquiète pas.

La voix de l'homme s'étrangla. Il n'acheva pas. Il pleurait.

Le cheval regardait cet homme qui lui parlait, de ce regard résigné et sublime des animaux qui vont mourir en ne comprenant pas pourquoi.

— C'est horrible, dit Juliette.

— Oui. C'est horrible, répéta machinalement Jeanne Hutin-Morel.

En levant les yeux, elle venait d'apercevoir face à elle, de l'autre côté du cercle des curieux, Étienne Lepoutre qui les observait depuis quelques secondes.

Ce dimanche-là, après la messe du matin, Étienne était allé au cimetière. Il était encore tout pénétré de sa visite quand, en passant, il avait vu des gens arrêtés...

Longtemps Étienne était resté fixé sur cette image pitoyable d'un cheval mourant dans les gravats, la poussière et le sang. Il ne parvenait pas à chasser de son esprit une autre image, tant le récit atroce qu'on lui avait fait de la mort véritable d'Henri l'obsédait encore.

Il rejoignit les deux femmes.

— Je reviens du cimetière, dit-il. Tout semble calme là-bas.

— Je vais y aller, répondit Jeanne Hutin-Morel.

— Préfères-tu que je te laisse seule ? demanda Juliette.

Jeanne Hutin-Morel hésita un peu.

— Si tu le veux bien... oui, dit-elle.

Juliette embrassa sa mère. Elle la regarda s'éloigner. Longue silhouette de voiles noirs dans son manteau de drap, elle se détachait propre et nette, le dos un peu voûté et comme portant le poids d'une peine infinie, sur un ciel de désolation, semblable à une image de la mort.

Juliette eut peur soudain.

— Maman ! cria-t-elle.

Mais Jeanne Hutin-Morel était loin déjà ; très loin ; trop loin...

Elle n'entendit pas l'appel de sa fille.

Juliette la regarda quelques instants encore. Elle ne se décidait pas à partir, comme si un avertissement mystérieux la pressait de ne pas laisser sa mère s'en aller ainsi, seule...

Enfin Juliette secoua un peu la tête dans un geste familier qui ressemblait à un refus et...

— Comment va-t-elle ? demanda Étienne Lepoutre qui, lui aussi, regardait dans la même direction.

Et sa voix était tendre et d'une douceur infinie.

— Oh... répondit Juliette.

Il n'était pas nécessaire d'en dire davantage. Elle regarda Étienne, et le ciel. Ils se mirent à marcher en silence. Ils firent ainsi quelques pas et tout à coup Étienne lui dit :

— Ne t'inquiète pas... Je suis passé rue de Turenne. La maison est intacte.

Juliette s'arrêta comme frappée par la révélation.

— Ah ! c'est curieux, s'écria-t-elle, je n'y pensais pas du tout.

Les rues étaient pourtant jonchées d'éclats de verre, de tuiles, de pierres et de briques sur lesquels ils marchaient avec précaution, mais Juliette n'avait pas songé un instant que sa maison pût être écrasée. Tant la guerre était loin de son esprit.

A leur arrivée rue de Turenne, Juliette s'arrêta

— Tu n'es pas blessée ? demande Jeanne.

— Non, non, non, non.

Juliette est saisie d'un tremblement convulsif qu'elle ne parvient pas à maîtriser.

— Viens vite, on descend.

Jeanne arrache une robe de chambre, prend un bougeoir au passage avec des allumettes car l'électricité est coupée, et sort suivie de Juliette.

En descendant l'escalier qui mène à l'entrée, elles aperçoivent au loin — pas très loin — la lueur d'un incendie. Attisées par le vent, les flammes montent. On les voit très bien par les fenêtres du salon. Des flammèches s'envolent dans le ciel.

— Tu crois qu'il est prudent de descendre ? interroge Jeanne.

Juliette n'a pas le temps de répondre, Louise surgit tout à coup.

— Madame ! C'est la maison des Dubreucq qui brûle !

Si l'instant n'était pas aussi affreux à vivre, elles éclateraient de rire toutes les deux tant l'accoutrement nocturne de Louise — qu'elles n'ont pas l'habitude de fréquenter au coucher — est ridicule ! Des papillotes dans les cheveux, un bougeoir à la main, des pantoufles à pompons rouge et blanc, aux couleurs de Lille sans doute... Le tout dans une chemise de nuit rosâtre en pilou ! Vision tragiquement bouffonne, pauvre Louise !

— Faut descendre, madame ! Faut descendre tout de suite.

Déjà les trompes des pompiers mugissent. Le bruit s'intensifie encore. D'autres explosions sourdes déchirent la nuit.

— C'est le gazomètre de Wazemmes qui a sauté, explique Louise. Faut descendre, madame, j'vous assure, c'est mieux.

— Descendons, dit Jeanne.

Quelle n'est pas leur surprise, en arrivant dans la cave, de distinguer à la lueur tremblante des bougies une table, des chaises et trois grands fauteuils Voltaire. Comme pour une réception. Jeanne se tourne vers Louise. Louise lui explique :

— C'est moi qui ai arrangé ça, madame. J'ai pensé que... au cas... où ça se prolongerait.

— Vous avez très bien fait, dit Juliette.

— Mais oui, vous avez bien fait, Louise, confirme Jeanne.

Est-ce l'allure ridicule de Louise ou cette sorte d'image conviviale qui l'apaise ? Juliette, malgré le bruit infernal qui n'a pas cessé, semble plus calme. Jeanne et Juliette s'assoient alors sur les fauteuils Voltaire.

— Asseyez-vous aussi, Louise.

— Oh madame ! proteste Louise.

— Mais si, voyons ! dit Juliette, asseyez-vous, Louise.

Louise hésite encore un instant, comme si elle avait besoin que cette invitation lui soit confirmée du regard et, enfin, elle s'assied un peu à l'écart, sur le bout d'une chaise.

Toute la nuit une grêle d'obus va s'abattre sur la ville. Vers cinq heures du matin une petite accalmie permet à Juliette de s'assoupir un peu.

— Madame... vous ne voulez pas manger un petit quelque chose ? souffle Louise. J'ai mis un peu de viande froide dans un garde-manger, des œufs, du pain et du beurre. Et il y a de la bière au tonneau.

Jeanne la regarde avec un pauvre sourire.

— Non, Louise... Merci.

Une énorme explosion les fait soudain sursauter toutes les trois !

— Eh ben... c'est le bouquet, dit Louise.

Aucune d'elles ne songe à rire.

Le bombardement reprend de plus belle. De minute en minute, elles attendent la fin du tumulte. Ce n'est que vers huit heures du matin que tout va enfin cesser.

— Je crois qu'on peut remonter maintenant, dit Jeanne Hutin-Morel.

— Oui, je le crois aussi, répond Juliette.

Elles remontent toutes les trois.

— Louise, vous nous préparerez un peu de café.

— Oui, mademoiselle.

— Maman... tu vas te reposer un peu ?

— Oui... un peu... Mais je vais d'abord faire ma toilette.

A neuf heures, Étienne Lepoutre arrive rue de Turenne. Il est hagard. Son visage est décomposé. Louise s'en inquiète.

— Si vous saviez ce que j'ai vu, dit-il, ma pauvre Louise.

Hélas ! Pauvre Étienne Lepoutre ! Il n'a encore rien vu.

Louise le fait entrer au salon et lui apporte un peu de café. Juliette le rejoint.

— Comment s'est passée la nuit ? questionne Étienne.

Juliette soupire.

— On n'a pas beaucoup dormi.

— J'imagine, répond Étienne. J'ai rencontré des soldats... ils disent que jamais le commandant de Pardieu ne cédera la ville...

— Il y a beaucoup de dégâts ? demande Juliette.

— Oh la la ! Si tu voyais ça ! En tout cas, l'usine est intacte. J'en reviens. Mais Wazemmes, c'est une catastrophe ! Tout autour il n'y a plus rien... plus rien ! C'est horrible.... Horrible. Tu penses, un gazomètre !

Étienne répète plusieurs fois : « Horrible », et il se tait.

Il ne veut pas donner d'autres précisions à Juliette. A quoi bon ?

A quoi bon lui dire le sauve-qui-peut et la terreur des gens fuyant dans la nuit leurs maisons écroulées, ou s'extirpant des ruines sous lesquelles les morts, eux, ne bougeraient plus.

A quoi bon lui raconter que sur des pans de murs encore debout, accrochés à des poutres, il a vu des corps déchiquetés, lambeaux suspendus offerts comme des charognes aux oiseaux de proie.

A quoi bon lui dire surtout que, près de l'église Saint-Benoît, une femme, jeune, devenue folle, courait en portant son enfant dans les bras et hurlait — jamais Étienne n'oublierait ce hurlement de démence — « Il est vivant, il est vivant, il est vivant... ! »

Le corps de cet enfant que cette jeune femme portait ainsi dans ses bras, en hurlant sa joie folle de le savoir vivant, n'avait plus de tête.

Étienne se frotta les yeux et se passa les mains sur le front, comme pour se laver de cette vision infernale.

— Oui... la nuit a été dure, dit-il, très dure. Et ta maman... ç'a été ?

— Oui... oui. Elle est à sa toilette. Je pense qu'elle va dormir un peu. Moi aussi d'ailleurs.

— Vous n'avez pas eu trop peur ? s'inquiéta encore Étienne.

— Si, répondit Juliette. Maman, je ne sais pas, mais moi... si.

— Elle a tellement de courage, dit Étienne.

— Oui. Elle a du courage.

Ils songèrent un instant tous les deux au courage qu'avait montré Jeanne Hutin-Morel depuis plusieurs semaines.

— Mais toi aussi, tu sais.

D'un regard, Juliette remercia Étienne de lui avoir parlé de son courage à elle.

— Allez, j'y vais, dit Étienne. Je reviendrai vous voir ce soir.

Étienne sortit. Juliette monta dans sa chambre pour tenter de se reposer elle aussi.

L'espèce de trêve accordée par les Allemands ne dura que deux heures.

Vers dix heures du matin, ce lundi 12 octobre-là, le bombardement reprit de plus belle.

Juliette eut le sentiment immédiat que le bruit des explosions était plus violent encore qu'au petit matin. Elle se releva précipitamment, s'habilla à la hâte pour redescendre à la cave et frappa à la porte de la chambre de sa mère.

— Maman ?

Elle n'obtint aucune réponse. Elle frappa à nouveau.

— Maman ! Tu n'entends pas ? Ils bombardent à nouveau !

Jeanne Hutin-Morel ne répondait toujours pas.

— Ce n'est pas possible qu'elle dorme avec un pareil vacarme, pensa Juliette.

Subitement inquiète, elle ouvrit doucement la porte. Elle jeta un coup d'œil rapide et vit que la chambre, soigneusement rangée, était vide. Machinalement, d'une voix presque enfantine, elle murmura comme pour elle-même... « Maman »... Elle referma la porte de la chambre et quelques mètres plus loin alla frapper à la porte de la salle de bains. Personne ne répondit. Elle descendit l'escalier et se heurta à Louise.

— Où est maman ?

Interloquée, Louise balbutia :

— Mais... dans sa chambre, je pense, mademoiselle.

— Non ! répliqua Juliette d'un ton inhabituel, si brusque que Louise en fut toute surprise. Comme si Juliette la rendait personnellement responsable de l'absence de sa mère.

Juliette sentait monter en elle une angoisse qu'elle ne maîtrisait pas et qu'accentuaient encore le fracas du bombardement et le crépitement sec et haché des mitrailleuses.

— Où peut-elle être ?

Juliette s'était posé la question à mi-voix, plus à elle-même qu'à Louise.

— Vous avez regardé dans la salle de bains ? demanda Louise.

— Bien sûr.

— Et dans le jardin ?

— Ah non !

Elles se précipitèrent toutes deux au jardin.

Un brouillard d'automne épais et froid se mêlait à la fumée des incendies. Il ajouta à leur peur, comme si le danger devenant invisible se révélait plus grand encore. On entendait plus distinctement le bruit de la fusillade et celui, plus sourd, des obus, et les cris aussi, les cris surtout, des cris de souffrance qui montaient comme une clameur d'enfer.

Mais Jeanne Hutin-Morel n'était pas dans le jardin.

— Peut-être à la cave ? dit Louise.

— Allons voir.

Dans la cave, les sièges, sagement rangés, et la table avec son petit napperon, semblaient attendre, comme une habitude nouvellement acquise, la visite des propriétaires... Mais Jeanne Hutin-Morel n'était pas non plus à la cave.

En remontant, Juliette fut prise soudain d'un tremblement fébrile.

— Mon Dieu ! Je sais où elle est, dit-elle à Louise. J'en suis sûre.

Louise avait peur elle aussi d'avoir deviné.

— Oh ! Vous croyez ? Ce n'est pas possible, murmura-t-elle.

— Si, sûrement.

Juliette prit à la hâte un manteau et un chapeau.

— Mais voyons, mademoiselle, vous êtes folle ! Vous n'allez pas sortir ! C'est dangereux !

La tension et le bruit étaient insupportables. Juliette était au bord de la crise de nerfs. Elle hurla :

— Ma mère est au cimetière, Louise, vous comprenez ! Au cimetière ! Vous ne croyez pas que je vais la laisser seule là-bas.

— Mais mademoiselle ! Vous n'en savez rien ! Mademoiselle... c'est de la folie ! supplia Louise.

Juliette était déjà dehors.

Méprisant le danger — elle n'en mesurait pas d'ailleurs l'exacte importance — Juliette se mit à courir droit devant elle de toute la force de sa peur. « Toi aussi, tu sais », « Toi aussi, tu sais », « Toi aussi, tu sais ». Cette réflexion récente, presque banale d'Étienne Lepoutre à propos de son courage, rythmait sa course et lui faisait du bien.

— Elle est au cimetière, se répétait-elle. Elle est au cimetière ! Elle est au cimetière.

Il était à peine à une demi-heure de marche, le cimetière. Alors en courant...

— Et puis, s'il faut mourir, que ce soit avec maman, se disait la petite Juliette de vingt ans.

Autour d'elle, dans l'épaisseur blanchâtre de la fumée, de la poussière et du brouillard mêlés, des gens surgissaient portant des paquets, des valises, ou rien, comme autant de fantômes affolés et hagards. Autant de fantômes salis par la guerre et la peur. Des chiens aboyaient en courant derrière eux. Pourquoi Juliette eut-elle le sentiment que les chiens, comme les hommes, avouaient leur colère en aboyant leur peur ?

Elle courait, Juliette...

— C'est vrai que les hommes crient quand ils ont peur.

Elle courait sans voir les squelettes des maisons écrasées dans la nuit de dimanche où quelques heures auparavant des familles entières, riches ou pauvres, heureuses ou non, mais des familles en vie, habitaient. Des familles que la guerre, en quelques instants, avait anéanties en tuant leurs souvenirs.

Elle courait, Juliette...

Elle courait sur son tapis de verre et de débris ; débris de briques, de tuiles, de pierres, en évitant les trous d'obus, sans souci de tomber, gardant son équilibre.

Soudain elle fut plaquée au sol sans comprendre pourquoi. Un homme s'était couché sur elle et l'écrasait de tout son poids. Un éclair, un sifflement aigu, un souffle puissant, et le bruit, surtout, le bruit effrayant d'une explosion si proche ! Un obus venait d'éclater et de réduire en miettes un petit kiosque, à dix mètres d'elle...

Ils restèrent ainsi quelques secondes qui parurent à Juliette de longues minutes, et l'inconnu se redressa.

— Faut pas sortir par un temps pareil ! dit-il en secouant les débris de toutes sortes et la poussière qu'il avait sur le dos et sur les épaules. C'est du 77 !

Les restes du kiosque gisaient au sol. Des morceaux de bois, des bouts de zinc, de toile goudronnée, des petites caisses éventrées de bonbons, de gâteaux et de biscuits étaient dispersés à la ronde. Une planche un peu plus longue sur laquelle était peinte une réclame pour le chocolat Delespaul-Havez ramena Juliette à la réalité.

— Je vais voir ma mère, dit-elle.

— Ah ! bon, j'comprends, fit l'homme. Mais tout de même... vous savez qu'on se bat porte d'Arras !

— Mon Dieu, maman ! se dit Juliette.

— Je me présente : sergent Timmer, du 179e régiment d'infanterie. J'assure une liaison avec la Citadelle.

Si un autre obus de 77 allemand était tombé aux pieds de Juliette, elle n'aurait pas ouvert plus grands les yeux. Elle avait le souffle coupé par cette révélation autant que par la déflagration récente. Elle éprouva même le besoin de respirer avant de pouvoir articuler un mot.

— Ce n'est pas possible, murmura-t-elle d'une voix étranglée.

— Ah si, mademoiselle, je vous le jure. Pourquoi ?

— Je connais un Timmer... dit Juliette, Albert.

— Hélas... ce n'est pas moi ! répondit l'homme.

— Vous le connaissez ?

— Non ! Pas du tout. Mais je le regrette, dit-il en

riant. Et il ajouta en clignant de l'œil : On est plusieurs, vous savez.

— Oui. Bien sûr.

Ils étaient jeunes. Et ils se souriaient en se regardant dans le brouillard, malgré l'horreur et la mort, comme si le monde avait brusquement cessé de tourner et comme si rien ne se passait autour d'eux. Comme si ce matin d'automne était un matin ordinaire où deux êtres jeunes pouvaient se parler en toute sérénité.

— Vous m'avez sauvé la vie, dit-elle.

L'homme ne répondit pas tout de suite.

— Ça en valait la peine, dit-il, toujours souriant. Après tout, mourir pour mourir, ça m'aurait bien plu que ce soit avec vous...

Et le jeune homme claqua les talons, comme à la parade.

Était-ce la gentillesse de l'échange ou l'émotion de la mort un instant entrevue, Juliette se sentit rougir.

— Allez vite voir votre mère, ajouta le jeune homme. Ce n'est pas la bonne heure pour bavarder.

— Elle est au cimetière, dit Juliette.

— Oh ! pardon.

Le jeune homme semblait navré de s'être montré aussi désinvolte.

— Sur la tombe de mon père, ajouta Juliette.

— Ah bon.

Ils se regardèrent encore un instant.

— Puis-je connaître votre nom ?

— Juliette.

Juliette !

— Oui. Juliette Hutin-Morel.

Le jeune homme répéta : « Juliette Hutin-Morel... »

— Au revoir, dit-il brusquement.

Il ramassa le vélo qu'il avait jeté au sol pour se précipiter sur Juliette, et dont le guidon était un peu tordu. Il l'enfourcha. Il eut un dernier regard vers elle et il démarra en lui lançant d'une voix claire :

— Que Dieu vous garde, Juliette Hutin-Morel !

— Vous aussi, répondit Juliette... vous surtout !

La silhouette du jeune homme s'estompa dans le brouillard et quand à son tour il répondit : « Merci ! », Juliette déjà ne le voyait plus. Il lui jeta cependant une dernière recommandation :

— Si ça recommence, couchez-vous ! Faut se méfier des éclats d'obus !

Juliette lui cria de la même voix :

— Oui ! Merci !

Et elle reprit sa course folle vers le cimetière.

Le jeune Timmer — « Tiens, au fait, je ne lui ai pas demandé son prénom », pensa Juliette — reprit, lui, le chemin de son destin.

Trois quarts d'heure plus tard, on amenait à l'infirmerie de la Citadelle le corps d'un jeune homme. Il s'appelait Jean Timmer. Et il était mort avec, dans les yeux, le visage de Juliette.

En arrivant au cimetière, allée S, 3e section, Juliette ne vit pas la silhouette noire de sa mère. L'angoisse la reprit aussitôt.

— Mais où est-elle ? se demanda Juliette, où est-elle ?

Autour d'elle le brouillard s'étirait en lambeaux, des tombes apparaissaient, longs fantômes de pierre que le bombardement avait bouleversés. Comme si un profanateur infernal avait voulu tuer les morts une seconde fois. Par bonheur celle qui abritait le repos de son père et celui de Michel n'avait pas été atteinte. Les obus sifflaient au-dessus de la tête de Juliette. Elle pensa à la recommandation de l'homme rencontré quelques instants plus tôt, ce Timmer providentiel avec qui elle n'avait vécu que quelques minutes de sa vie mais qui la lui avait sauvée. Ce Timmer dont elle ne savait même pas le prénom et qui venait, lui, de mourir à cette minute précise.

Elle se coucha donc dans les gravats entre deux monuments, véritables petites maisons chapelles, et attendit. Elle grelottait de peur et de froid. Est-ce la pensée de cet homme, son calme, son nom de Timmer et son sourire aussi ? Juliette se rassura peu à peu. L'anecdote racontée par le prêtre, la veille, à l'église Saint-Martin, lui revint à l'esprit : « Je continuerai à jouer à la balle au chasseur. » Et, tout naturellement, Juliette se mit à prier pour sa mère : « Mon Dieu, protégez-la, mon Dieu, protégez-la. » Elle implora aussi le secours de son père. De toutes ses forces et de toute la candeur de sa foi : « Papa ! Aide-nous. Aide maman à affronter et à surmonter toutes les épreuves que nous subissons et toutes celles que nous allons subir encore ! Papa, je t'appelle, papa, je te supplie : ne nous abandonne pas. »

Juliette entendit soudain un ronronnement étrange au-dessus d'elle dans le ciel. Son anxiété la reprit.

— Que se passe-t-il encore ?

Elle devait apprendre plus tard, bien plus tard, qu'un aviateur, le lieutenant Ménard, avait eu l'audace de poser son avion au pied de la citadelle de Lille, sur le Champ-de-Mars, afin d'encourager la petite garnison à tenir. Il était environ midi. A son bord, et qui l'avait guidé — extraordinaire coïncidence ! —, un autre Timmer, prénommé Albert. Il voulait savoir ce qui se passait exactement à Lille et il avait eu en outre le fol espoir d'apercevoir peut-être, un instant, une certaine Juliette Hutin-Morel. La situation ne le permettait vraiment pas...

Il sembla à Juliette qu'une accalmie se produisait enfin. Que la cadence des explosions se ralentissait un peu. Était-ce l'heure ? Juliette sentit — et elle en eut presque honte — qu'elle avait un peu faim. Elle attendit quelques instants encore pour voir si vraiment le calme se confirmait. Et elle se décida à partir. Il lui fallait absolument savoir où était sa mère. Peut-être à l'usine, après tout ! Elle se reprocha de n'y avoir pas pensé. Mais oui ! C'était évident.

— Maman est allée à l'usine pour voir si elle n'a pas été atteinte par un obus. Elle n'a pas dû faire attention qu'Étienne, dans le salon, était venu nous donner des nouvelles lui-même.

Tout en marchant, Juliette se reprochait de s'être affolée aussi sottement.

— Juliette !

C'était sa mère qui l'appelait. Sa mère, qui s'était réfugiée dans le funérarium du cimetière en attendant la fin du bombardement, comme on attend la fin d'une averse. Sa mère qui, bien sûr, était venue au cimetière. Sa mère qui n'avait pas dormi une seconde. Sa mère qui avait quitté subrepticement la maison de la rue de Turenne pendant que Juliette et Étienne bavardaient au salon tandis que Louise, à la cuisine, préparait le repas de midi. Elles s'embrassèrent comme si elles se retrouvaient après un long voyage et décidèrent sans plus attendre, et malgré le danger toujours présent, de rentrer immédiatement rue de Turenne. La canonnade d'ailleurs diminuait un peu. On entendait surtout le tir des mitrailleuses. En revanche, le brouillard s'intensifiait, qui leur masqua les horreurs du chemin.

Après de nombreux arrêts pour se mettre à l'abri, le long des murs ou sous le porche de l'hôpital de la Charité, ou bien encore pour se coucher suivant le conseil du sergent Timmer, près du pensionnat des Dames-Bernardines, elles arrivèrent rue de Turenne. A quelques mètres de la maison, elles faillirent être écrasées par une voiture de pompiers en traversant la place Cormontaigne. Elles avaient mis deux heures pour effectuer un trajet qu'en d'autres circonstances elles accomplissaient en quarante minutes.

Louise était à moitié morte de peur. Elle était restée dans la cave, seule, toute la matinée, mais vers midi et demi, elle était courageusement remontée dans la cuisine pour préparer le dîner, en se demandant d'ailleurs si elle ne serait pas la seule à en profiter.

Elle les accueillit avec un tel soulagement et une telle émotion que Juliette et sa mère en furent touchées. Dans un élan spontané elles s'embrassèrent toutes les trois.

C'était un événement considérable. Toutes les barrières entre elles se renversaient tout à coup. Jeanne Hutin-Morel, Juliette Hutin-Morel et Louise Guyot, se sentant désormais solidaires de tout, créaient à cette minute-là, et sans le savoir, la première cellule d'une nouvelle relation sociale sans qu'il soit nécessaire d'inventer aucune loi.

Elles eussent été bien surprises de l'apprendre...

— Le dîner est prêt, vous savez ! leur dit Louise.

Il était un peu plus de treize heures trente. Le bombardement reprit. Cette fois, c'était l'artillerie lourde. Elles descendirent toutes les trois à la cave emportant quelques victuailles et leur dîner du 12 octobre, bien qu'en plein jour, se passa à la lueur des chandelles. Si l'on peut appeler dîner les quelques morceaux qu'elles se contraignirent mutuellement à avaler, malgré leur peur épouvantable.

Le vacarme était affolant.

Près de trois mille obus de gros calibre allaient tomber sur Lille cette nuit-là.

Cinquante mille Allemands investissaient la ville qu'ils avaient ordre de prendre à tout prix...

Le bombardement diabolique, où se mêlait le bruit incessant des voitures de pompiers et des ambulances, dura toute la nuit.

Pour être bien sûrs de venir à bout de la résistance des deux mille huit cents soldats qui occupaient la Citadelle, forts de leurs quatre canons de 75 face aux trois cents canons allemands, les uhlans, les hussards de la mort et les soldats du 19e corps d'armée allemand qui s'infiltraient partout, arrosaient les maisons avec du pétrole pour y lancer ensuite des grenades incendiaires...

Par les soupiraux des caves de la rue de Turenne, Jeanne Hutin-Morel, Juliette et Louise Guyot voyaient les flammes monter dans le ciel de Lille, attisées par un vent violent qui s'était à nouveau levé.

Lille était devenue une ville d'enfer, où les maisons ressemblaient à des dentelles de feu.

Dans le faubourg des Postes, entre le chemin de l'Arbrisseau et la rue du Faubourg-d'Arras, se trouvait le cimetière où reposaient Henri et Michel Hutin-Morel.

C'est dans ce faubourg que s'exercèrent les pires représailles.

Avec la bénédiction du prince de Bavière, qui, tel le Ponce Pilate de l'histoire, s'en lavera les mains, les Allemands prirent le parti, dans la nuit du 12 octobre, de tirer sur tout ce qui bougeait. Et comme la population n'avait aucune idée de ce qu'était la guerre, ils la leur dessinèrent à grands traits.

Ils chassèrent les habitants de leurs maisons à coups de crosse et de baïonnette. Puis ils brûlèrent ces maisons avec des grenades incendiaires. Mais la distraction la plus drôle, ce fut d'arroser tous les chats qu'ils pouvaient attraper — et ils en trouvèrent beaucoup — avec de l'essence ou du pétrole et d'y mettre le feu, transformant ainsi les pauvres bêtes en autant de petits brûlots...

Le lendemain il ne restait plus, dans une grande partie du faubourg des Postes, que des carcasses de maisons calcinées et un cimetière.

A l'aube, le drapeau blanc flotte sur l'église du Sacré-Cœur. Louise apprit même le lendemain que, faute de drapeau, c'était le tablier de la cuisinière de Mme Debayser qui avait servi.

La garnison s'est rendue pour éviter un massacre plus atroce encore.

A dix heures du matin, l'armée allemande défile dans les rues de Lille.

A la même heure, le prince de Bavière rend un hommage solennel au commandant de Pardieu et à sa petite troupe. Elle s'est battue comme elle l'a pu, avec les moyens que l'organisation française, « stricte mais floue », « méthodique mais changeante », lui a donnés.

Mais les Allemands savent et reconnaissent que la garnison de Lille a fait preuve d'un courage surhumain, plus beau encore parce que inutile...

Ils tiennent à le saluer.

Le défilé des troupes allemandes va durer sept heures.

Juliette Hutin-Morel le regarde longtemps à travers les volets fermés de sa chambre.

Jeanne, elle, pleure dans la sienne.

L'une pleurait. L'autre rageait. Jeanne pleurait le désastre et la mort d'Henri et de Michel. Juliette sentait monter en elle une fureur sacrée.

Comme si le martèlement des talons d'acier sur le sol de sa ville fortifiait sa volonté, Juliette, sans même se l'avouer, décida, tandis qu'elle regardait passer les chevaux harnachés, les officiers en cape grise et cette parade où s'affirmait une force incroyable, de défier un jour cette force, de forger sa propre victoire en restant un être de liberté ou en aidant les autres à la reconquérir.

Le lendemain, vers onze heures, Juliette parcourt les rues de Lille, seule.

Partout, à cinq cents mètres de la rue de Turenne et jusqu'à la gare, c'est le même spectacle de desolation. Et déjà les Allemands se font photographier sur les ruines encore fumantes.

Juliette sent une haine irrésistible l'envahir. Elle ne la perdra jamais.

Les rues sont silencieuses et vides. Comme si un vent de mort avait balayé la ville. Dans le centre, anéanti, seuls le théâtre et une partie de la grand-place sont miraculeusement épargnés. Certains incendies ne seront maîtrisés qu'après six jours de lutte, faute de moyens.

Arrivée rue Faidherbe, Juliette s'entend appeler.

— Mademoiselle ! Mademoiselle !

Elle se retourne, surprise. C'est Louise qui court vers elle. Juliette se précipite dans la même direction et rejoint Louise.

— Mademoiselle !

Louise est blême, incapable de dire autre chose que « Mademoiselle ». Juliette comprend immédiatement.

— C'est maman ?

— Oui.

— Il lui est arrivé quelque chose ?

— Oh...

Et Louise s'effondre en pleurant dans les bras de Juliette. Elle parvient à dire tout de même :

— Venez, mademoiselle. Venez. Elle est à la maison...

Elles se mettent à courir toutes les deux au milieu des ruines sinistres de la rue Faidherbe. Elles passent devant la vieille Bourse, encore intacte, prennent la rue Nationale, toujours en courant. Elles arrivent enfin rue de Turenne. A ce moment, un officier allemand sort de la maison. Il les regarde un instant et comprend immédiatement qui elles sont et ce qu'elles viennent faire en accourant si vite. Il s'incline devant Juliette et lui demande avec un horrible accent :

— Fou... être fille... Matame ?

Et du regard, il désigne le premier étage où se trouve la chambre de Jeanne Hutin-Morel.

— Oui, dit Juliette, dont l'anxiété redouble.

— Che zuis tésolé... Matemeuselle, tésolé... Peaucoup tésolé. Es ist eben Krieg... Zé la guerre !

Il claque les talons et part en remontant la rue. Juliette n'oubliera jamais son visage.

Dans la chambre, Jeanne Hutin-Morel est allongée sur son lit. Elle a rejoint Henri dans la mort. Un pansement lui entoure la tête et lui cache l'œil gauche. Elle tient un crucifix dans ses mains croisées. Louise lui a laissé la robe noire sale qu'elle avait mise le matin pour aller au cimetière, seule. Étienne est debout à gauche du lit et regarde Juliette...

Et Louise raconte, en sanglotant...

— C'est une sœur de l'hôpital de la Charité qui m'a tout dit. En arrivant au coin de la rue Batine, juste avant l'entrée du cimetière, des Allemands délogeaient des gens dans une maison. Ils cherchaient des soldats français en civil qui s'y étaient réfugiés. Alors les gens ont lâché leurs chiens sur les Allemands. On a tiré aussi des coups de feu d'une autre maison, à ce qu'ont dit les Allemands. Ils ont tiré eux aussi... Personne n'a vraiment vu ce qui s'est passé... C'est arrivé si vite... les Allemands criaient... Madame a reçu une balle et...

Et Louise s'effondre en pleurant, incapable d'achever.

— Ils l'ont conduite à la Charité. Mais c'était déjà trop tard. Elle avait été tuée sur le coup, ajoute Étienne la voix tremblante de colère et de chagrin.

Juliette reste droite dans la chambre. Raidie par la douleur. Sans un mot. Sans une larme. Elle regarde intensément sa mère comme pour mieux fixer dans sa mémoire son visage de mort.

Une petite Juliette de vingt ans meurt elle aussi à cette minute-là. Une autre Juliette est en train de naître. Une Juliette qui entre d'un coup dans la guerre et dans la solitude.

Son chagrin n'était qu'à elle. Il n'appartenait à personne. Elle se tourna vers Louise et vers Étienne et d'un petit regard bref leur demanda de la laisser seule. Ce qu'ils firent.

Elle eut tout de même le temps de voir, et ne s'en

étonna pas, l'immense peine muette d'Étienne Lepoutre.

Elle en comprendrait un jour la véritable raison.

Une de ces raisons, c'est que Jeanne Hutin-Morel n'est pas morte comme l'a dit Louise.

Jeanne Hutin-Morel a été assassinée. Et Étienne le sait. Assassinée froidement. Pour l'exemple. Elle a été collée au mur et abattue par l'officier qui commandait l'opération. Juliette finira un jour par connaître cet officier. Pour l'heure, il a semblé préférable à Étienne de laisser croire à un accident.

L'autre raison que Juliette apprendra bien plus tard c'est que, en secret, Étienne a toujours aimé Jeanne Hutin-Morel.

Toute la nuit Juliette a veillé sa mère, seule.

Elle a prié longtemps à côté d'elle, à genoux. Puis elle s'est assise dans un petit fauteuil bas, sans la quitter des yeux. Elle ne pleure pas, Juliette. Elle regarde sa mère. La mort ne l'effraie pas. La mort de sa mère...

Elle se relève. Elle embrasse le front froid, la joue froide de sa mère. Comme pour répondre à un appel. Un appel qu'elle ressent, qu'elle entend. Juliette a le sentiment qu'ainsi leurs âmes se rejoignent. Elle est convaincue que les morts ne partent pas si vite. Que les âmes ne s'envolent pas si vite. Elles restent quelque temps dans l'enveloppe charnelle, les âmes. Et les morts savent que les vivants restent auprès d'eux et les veillent comme pour les protéger de la peur de n'être plus. Avant de les appeler, par la prière. Et les morts répondent à l'appel des vivants. Juliette en est sûre. Ils répondent à leur appel avant d'être rejoints par ceux qui étaient les vivants et qui sont devenus les morts. Dans le royaume des cieux. Juliette a toujours été sensible à cette image du royaume des cieux. Elle l'a toujours trouvée très belle. Pourquoi n'y aurait-il pas là un rendez-vous de l'esprit qui expliquerait la continuité du monde, l'évolution des hommes ? Un rendez-vous dans l'éternité des cieux, pour l'éternité des Hommes. Le vrai royaume des Hommes dans les cieux...

Juliette se rassied dans le petit fauteuil. Les souvenirs montent... Comme si sa mère voulait la consoler en la prenant dans les souvenirs plutôt que dans les bras. Comme si sa mère lui disait : « Tu te souviens ? » Oui. Elle se souvient, Juliette. Elle se souvient de leurs fous rires, par exemple, qui parfois agaçaient tant les frères et Émilie, et même papa... Des fous rires de complicité pour rien. Comme maman était drôle avec ses : « Ah ! mon Dieu !... »

Oui, les « Ah ! mon Dieu ! » que sa mère poussait si souvent, pour un oui ou pour un non, d'une voix suraiguë. Et qui faisaient sursauter tout le monde.

— Ah ! mon Dieu !

Et après que la raison de ce « Ah ! mon Dieu ! » eut été donnée et que chacun eut repris sa tâche ou le cours de sa pensée c'était, entre elles, le fou rire irrésistible qui agaçait tant les autres et troublait le silence retrouvé du salon, ou la promenade dominicale le long de la Deûle, les après-midi chauds de juin.

Oh ! et les crabes...

— C'est maman qui m'apprenait à soulever les crabes sur la petite plage de Bray-Dunes, proche de Dunkerque, où nous allions parfois passer quelques jours d'été. Elle leur chantait des chansons : « Je t'ai rencontré simplement » ou « Le p'tit cœur de Ninon » d'une voix très douce, très tendre, et elle me disait : « Tu vois, tu leur prends le dos entre le pouce et l'index... tu les soulèves... tu leur chantes ta chanson et ils battent des pinces tellement ils sont heureux... Et voilà ! »

Oh ! oui... les crabes... Les crabes qui faisaient bravo avec leurs pinces.

Au petit matin Juliette s'est endormie.

Quand elle ouvre les yeux, il est huit heures passées. Le jour se lève, les bougies sont éteintes. De l'autre côté du lit, Louise, à genoux, égrène son chapelet. Étienne Lepoutre, au pied du lit, le dos un peu voûté, regarde Jeanne. Le visage d'Étienne est marqué par la fatigue et le chagrin. Ni lui, ni Louise ne se sont aperçus que Juliette s'est réveillée. Elle reste ainsi quelques minutes, les yeux mi-clos, comme si elle refusait de revenir à la réalité, à la vie. Et puis elle se redresse doucement ; elle se lève. Étienne la regarde, les yeux rougis. Il les referme aussitôt avec un petit geste de la tête, comme pour s'excuser d'une émotion aussi visible. Comme s'il se sentait pris en faute. Et regrettait d'être ainsi découvert. Comme s'il avait honte de son chagrin devant Juliette. Louise aussi s'est relevée.

— J'ai fait un peu de café, murmure-t-elle.

Louise a parlé de son café d'une petite voix si triste, avec tant de peine au cœur, que Juliette sent les larmes lui monter aux yeux. Elle les retient de toute sa volonté. Ne pas pleurer surtout... Surtout ne pas pleurer !

— Merci Louise, dit-elle avec un petit sourire. Ne vous dérangez pas...

Elle se tourne vers Étienne.

— J'ai besoin de respirer... Je voudrais marcher...

— Veux-tu que je...

— Non... Je préfère être seule... vous comprenez ?

— Bien sûr...

Et Juliette sort très vite de la chambre. En posant sa question « vous comprenez ? », elle a senti sa gorge se serrer tant la détresse d'Étienne et de Louise la touche et qu'elle refuse la détresse des autres. Elle veut rester seule avec *son* chagrin. Seule avec sa mère, son image, son visage, son souvenir, ses souvenirs. Quel que soit l'amour des autres — et depuis deux mois Étienne a été exemplaire —, ils se mêlent involontairement à son chagrin, à sa solitude. Elle ne veut être troublée par personne, ni dans sa solitude, ni dans son chagrin.

Juliette s'en va par les rues de Lille... à travers les ruines encore fumantes, indifférente aux pans de murs noircis, aux ferrailles tordues. Juliette marche dans la fraîcheur d'un matin d'automne, c'est tout. Juliette fuit. Elle ne remarque rien. Ni la douleur des autres qui pleurent des parents morts, écrasés sous les pierres, brûlés ou asphyxiés dans leur cave.

Juliette marche au hasard des rues à travers sa peine. Elle passe le long de la faculté libre de médecine et elle pense à Michel. Michel qui a renoncé au bout de deux ans à « faire sa médecine »... « C'est trop dur... »

— Mon papa, comme tu as été déçu...

Papa qui les emmenait, Émilie et elle, petites filles, dans les mêmes rues de Lille. Papa qui les emmenait manger des gâteaux à la pâtisserie Yanka, des « Tom-Pouce », avec Michel parfois. Comme ils sentaient bon la crème et le sucre glacé, les « Tom-Pouce » de la pâtisserie Yanka !

— Papa ! Où es-tu, papa ? Et Émilie ? Et Gaston ?

Elle est seule la petite Juliette. Seule avec ses morts qu'elle appelle et qui l'accompagnent dans sa marche. Juliette marche pour marcher. Sans savoir où elle va. Elle marche avec sa jeunesse et ses morts. Protégée par sa jeunesse et par ses morts.

Des affiches, place Richebé, ont provoqué l'intérêt des curieux...

C'est une proclamation allemande. Elle entend des bribes, au passage : « L'armée allemande ne fait pas la guerre à la population... Elle garantit les propriétés des citoyens ! » Elle entend les commentaires aussi : « Vingt otages ! Vous vous rendez compte... Et ils doivent se présenter tous les matins à dix heures à la mairie... Mon Dieu ! » Un nom retient une seconde l'attention de Juliette : « Monseigneur Charost. » Elle s'approche de l'affiche. Monseigneur Charost est cité parmi les otages. Avec le préfet, le maire, les députés et les conseillers municipaux. Juliette lit : « Cinq millions de francs pour les dommages de guerre. » Quels dommages ? se demande-t-elle. Ceux qu'ils ont commis ? L'affiche parle aussi des rapports corrects souhaités entre la population et l'armée allemande...

Juliette reprend sa marche au hasard des rues dont certaines semblent avoir été soulevées par un tremblement de terre. Elle arrive place Cormontaigne, à deux pas de sa maison. Une autre proclamation retient l'attention d'autres Lillois. Et Juliette lit, au-dessus des têtes :

« Il est strictement défendu aux habitants de tout sexe de quitter leur maison tant que cela n'est pas absolument nécessaire pour faire des petites courses afin d'acheter des vivres...

« De nuit, il est défendu de quitter les maisons en toute circonstance.

« Quiconque essaie, sous quelque prétexte que ce soit, sera fusillé. »

— Et ils souhaitent des « rapports corrects »... Eh ben !

Cette réflexion de quelques-uns est approuvée par quelques autres.

Mais, déjà, chacun jette un coup d'œil prudent sur son voisin avant d'oser exprimer cette opinion.

Quand Juliette arrive rue de Turenne, il est plus de deux heures.

Louise l'attend dans l'entrée, un peu inquiète.

— Je monte dans ma chambre, Louise.

— Oui, mademoiselle. Mais... Monsieur Lepoutre a laissé un petit mot pour vous.

Juliette prend la feuille de papier que Louise lui tend et sur laquelle Étienne a écrit : « Laisse-moi, si tu le veux bien, m'occuper de tout, pour ta maman. » Juliette relève un peu la tête en regardant Louise, sans la voir. Elle reste un instant songeuse et, tenant toujours la feuille de papier, elle commence à gravir lentement l'escalier du premier étage tandis que Louise la regarde monter.

— Mademoiselle, vous ne voulez pas manger un peu...

Juliette s'arrête sur le palier.

— Pourquoi... il est donc si tard ?

— Oh oui, mademoiselle.

— Je vais juste une minute dans ma chambre et je reviens.

— Oui mademoiselle.

Ce n'est pas dans sa chambre que Juliette veut se rendre, elle a besoin de voir sa mère. Le visage mort de son père lui a été volé : Juliette veut revoir le visage de sa mère.

Elle ouvre doucement la porte de la chambre, comme pour ne pas la réveiller. Jeanne Hutin-Morel est habillée d'une robe de dentelle noire : sa robe de cérémonie. Sur son visage de cire un petit pansement propre a été remis, masquant l'œil gauche. Juliette ne peut pas se détacher de ce visage. Elle le regarde intensément de longues minutes, avec la volonté farouche de n'en jamais perdre la mémoire. Et tout à coup elle s'effondre en pleurant sur le sol soigneusement ciré de la chambre.

Elle pleure sa détresse à longs sanglots, la petite Juliette. De tout son corps, de toute sa peur : la peur du vide qui s'ouvre devant elle. Elle pleure...

Bientôt elle sent qu'on la relève et qu'on l'assied sur un fauteuil proche : c'est Louise qui l'a suivie et qui, délicatement, l'a prise dans ses bras comme on prend un enfant. Elle lui parle doucement, tendrement.

— Il faut venir dîner, mademoiselle... Vous avez besoin de toutes vos forces... Vous le savez bien... Il faut venir, mademoiselle... il est tard.

Mais Juliette pleure obstinément. Juliette tombe, Juliette bascule, Juliette s'écroule... Trop de chagrins, trop de morts en quelques jours. Juliette n'en peut plus. Juliette n'entend plus. Juliette se révolte en pleurant. Et Louise le sait. Louise le comprend.

Elle lui parle de dîner comme on utilise n'importe quel mot, comme on fait n'importe quel geste pour tenter d'apaiser ou de détourner l'esprit d'un chagrin, d'une colère, d'une peur. Elle lui caresse doucement la tête. Elle berce avec une tendresse infinie une Juliette qui lui est inconnue et qu'elle recueille comme on recueille un être abandonné et qui déjà n'en peut plus d'être seul.

Juliette peu à peu retrouve un chemin de raison, Juliette se reprend, Juliette s'apaise. Et, comme toutes les douleurs et tous les chagrins se prolongent par des gestes bêtes, Juliette se mouche.

— Merci Louise, dit-elle d'une voix lourde de larmes, merci.

Quelques jours plus tard, Juliette et Louise, pleurant ensemble les êtres qu'elles aimaient et qui ont disparu, purent lire sur les murs de la ville l'affiche suivante :

1) Celui qui détient ou recèle chez lui armes, munitions ou matières explosives sera fusillé.

2) Celui qui détruit ou endommage ponts, viaducs, passerelles, tunnels, aqueducs ou canaux, lignes télégraphiques ou de chemin de fer, ou celui qui obstrue les routes, sera fusillé.

3) Celui qui loge ou cache chez lui une personne appartenant à l'armée française, ou suspecte, sera fusillé.

4) La circulation entre Lille, Roubaix, Tourcoing, est permise sans laissez-passer. Interdiction au-delà.

5) Celui qui lâche des pigeons voyageurs sera fusillé.

6) Celui qui fait des signaux optiques sera fusillé.

7) Celui qui fait sonner des cloches sera fusillé.

8) Celui qui installe des appareils radiotélégraphiques sera fusillé.

9) Les rassemblements de plus de 5 personnes sont interdits.

10) Pendant la journée, les volets de toutes les habitations ou maisons de commerce doivent rester ouverts.

11) Le couvre-feu est fixé à 9 heures du soir (3 heures de l'après-midi faubourg des Postes !).

Quelque temps plus tard, d'autres affiches vont suivre.

Elles mentionnent — toujours dans le souci d'organiser des rapports corrects :

1) Les pigeons voyageurs, ou autres, doivent être mis à mort dans les vingt-quatre heures.

2) Le nombre d'otages est fixé désormais à 60.

3) Par ordre de l'autorité allemande, les propriétaires et locataires de maisons incendiées par le bombardement doivent retirer de leur cave tous les vivres qui pourraient y être ensevelis, et ce jusqu'au 27 octobre courant. Passé ce délai, ces vivres seront considérés comme propriété allemande.

4) Sera fusillé quiconque détruira cette affiche.

Lille, comme Roubaix, comme Tourcoing, comme Lannoy, comme la France du nord à l'est, vient d'entrer dans le quotidien tragique de l'occupation.

Cela va durer quatre ans.

C'est en lisant ces « recommandations allemandes » et toutes celles qui vont suivre en vue d'établir des « relations correctes » avec la population que Juliette ressentira un jour au cimetière, face à ses morts, la nécessité intime de résister, de « faire quelque chose », de ne pas subir, comme le disait son frère Michel quelque temps avant de disparaître : « Ne pas subir... »

13

Le téléphone sonne chez Pierre Bichelay en cette fin d'après-midi de samedi.

Cette sonnerie le fait sursauter et l'agace, car il lit. Le répondeur automatique et le bip sonore s'en mêlent et l'obligent à revenir à une réalité différente de celle qu'il vivait avec Juliette.

— Allô !

Dans l'appareil, le mot éclate comme un coup de tonnerre !

C'est la vieille dame.

— Je vous dérange ?

— Non, répond-il en souriant déjà. Je suis avec vous à Lille, et avec Juliette, après la mort de sa mère...

— Oh ! alors je suis désolée... J'en ai pour une seconde. Vous êtes mon remords et je veux m'en débarrasser.

Et la vieille dame lui raconte qu'elle a fait tomber son téléphone le lendemain de la soirée *Fouquet's*.

— Mohamed l'avait mal rangé. Je me suis pris les pieds dans le fil...

Elle a donc dû attendre une journée et demie pour qu'on vienne le lui remplacer, se privant ainsi de ce qu'elle appelle « son coup de téléphone de château », pour le remercier.

— Vous ne vous êtes pas blessée ? s'inquiète Bichelay.

— Pas du tout ! Il y a un Dieu pour les aveugles, vous savez. On nous parle toujours avec componction du soleil qu'on ne voit plus sans penser que ce qui nous afflige quotidiennement c'est le sel qu'on renverse, le morceau de viande dans l'assiette ou la porte fermée qu'on croyait ouverte !

Et elle éclate de son rire de crécelle, laissant une fois de plus Bichelay confondu.

— Mais voyez-vous comme les vieillards sont égoïstes ! Je n'ai pas pensé une seconde que je vous dérangeais et que, d'autre part, vous aviez peut-être une... euh...

Elle semble hésiter un court instant sur le « e » de « une » avant d'ajouter :

— Une vie privée.

— Rassurez-vous, je n'ai pas de vie privée.

Dans le silence qui suit, Bichelay sent immédiatement qu'elle souhaiterait en savoir bien davantage...

— Ce n'est pas possible ! affirme-t-elle d'un ton sans réplique.

— Pourquoi ?

— Mais... parce que !

— Vous vivez bien seule, vous !

— Certes ! Mais moi, c'est de mon âge.

— Qui vous dit que ce n'est pas du mien ?

— Vous êtes bien trop jeune pour cela.

— Qu'en savez-vous ? insiste Bichelay.

— Je le sais, c'est tout.

— Il y a un âge pour la solitude ?

— Oui. Si on vit seul, quand on est jeune, c'est qu'on l'a bien voulu.

— Je l'ai bien voulu.

— Ah !

— Oui.

— Pourquoi ?

— Mais...

Déséquilibré par cet assaut soudain, Bichelay n'a d'autre ressource que d'esquiver. Et il proclame avec un certain contentement :

— Le sentiment de solitude, c'est la misère et la fierté des hommes forts.

— Oh ! jolie phrase.

— N'est-ce pas ?

— C'est de vous ? interroge-t-elle, soupçonneuse.

— Non, hélas ! concède Bichelay. C'est d'Émile Faguet...

— Oh ! Eh ben dites donc, vous allez chercher loin. Émile Faguet ! Vous aussi vous êtes bête mais vous avez lu...

Elle répète plusieurs fois le nom d'Émile Faguet comme si elle cherchait à se rappeler la biographie précise de l'illustre critique académicien. Et comme Bichelay ne lui semble pas mûr pour satisfaire à sa curiosité, elle l'attaque de front.

— Vous êtes pédéraste ? questionne-t-elle avec une désarmante ingénuité.

Suffoqué ! Au sol, knock-out, Pierre Bichelay !

Lui qui était plongé dans la tragédie atroce de Lille a bien du mal à se relever.

— C'est dommage, dit-elle. Les pédérastes sont toujours si charmants avec les vieilles dames.

Et elle se met à délirer sur l'utilité sociale et affective des rapprochements entre vieilles dames et homosexuels.

— J'en ai même connu un qui en faisait profession.

— Profession ?

— Oui... il attendait les héritages ! Mais avec beaucoup de gentillesse et de patience... Il n'était pas pressé.

— Écoutez, je veux bien faire un effort, dit Bichelay, mais uniquement parce que c'est vous.

— Je ne vous le demande pas, dit-elle.

Et sans transition, elle change de parcours.

— Depuis notre dîner de jeudi, j'ai envie de vous parler de vous. C'est même l'unique raison de mon coup de téléphone, avoue-t-elle. C'est drôle, hein ?

Le silence s'établit entre eux. Comme si, en équilibre sur le fil, chacun reprenait souffle en attendant que l'autre se livre.

— Et moi, de vous. Et de ma lecture.

— Alors... on commence par qui ? Vous ?

— Je ne sais pas. Déjà, quand j'étais petit, je n'aimais pas la confession. J'ai toujours beaucoup de mal à me déshabiller devant les autres.

— Quant à moi, ça... ce n'est plus de mon âge ! dit-elle en éclatant de rire à nouveau. Je n'ai rien à raconter sur moi, et si peu sur mon livre. Mais vous... vous êtes blessé, je le sais. Je vous l'ai demandé avant-hier. Et depuis vos fameux soirs de colère et de détresse avoués au *Fouquet's* j'aimerais vous aider, si je le puis...

Sa voix s'est faite plus tendre, presque maternelle, comme si...

— ... Je n'ai pas l'impudeur facile, dit Bichelay.

— Oui, je comprends. Mais moi j'ai un avantage sur tous les autres confesseurs, répond la vieille dame. JE NE VOIS PAS !...

Le lendemain, poussé par une force irrésistible qu'il ne cherche pas à analyser, sinon qu'il veut lui faire plaisir... Pierre Bichelay déjeune avec elle, confirmant ainsi à quel point les vieilles dames peuvent exercer de séduction.

Et, comme à un déjeuner d'affaires, ils commencèrent par les préambules : la fraîcheur du temps, les événements et le menu...

Et puis ils parlèrent du livre.

— Je l'ai écrit tout de suite après la guerre dans le souvenir chaud et précis du martyre de Lille, dit-elle, et des images intactes de l'occupation. Dans l'indignation aussi...

— Pourquoi a-t-elle été si dure ?

— Parce qu'en 14 le Nord vit sous une dictature militaire. Et ce n'est jamais très drôle. Tout passe par les Kommandanturs dans chaque ville et dans chaque village.

La vieille dame sembla réfléchir un instant.

— Vous savez, petit Bichelay, Gide disait, un peu avant de mourir, que le monde serait sauvé par quelques-uns... Je crois que la grandeur d'une nation peut être compromise par quelques autres. L'ignominie aussi a ses élites ! L'Allemagne reste un grand peuple, la France aussi, même si aucune d'elles n'échappe à ce constat.

Et puis, ajouta-t-elle avec ce rire qui donnait tant de bonheur à Bichelay :

— Il peut toujours sortir quelque chose de la multitude...

Ils parlèrent de la guerre, aussi.

— En 1940, le gouvernement légal est français. L'armistice est signé. Les Français font confiance au maréchal Pétain. En 1914, la France est en guerre. Elle continue la lutte. D'un côté, un front stabilisé à une soixantaine de kilomètres de Lille, et de l'autre un territoire interdit : la Belgique ! Au-delà, la Hollande, soucieuse de sa neutralité.

Et ils parlèrent aussi des êtres qui avaient vécu cette occupation impitoyable.

— Ce qui a été le plus insupportable, au-delà de la faim, de la peur, du danger permanent, des amendes, de la prison, des tracasseries quotidiennes, des heures d'attente pour obtenir l'autorisation de sortir de Lille jusque dans sa proche banlieue... c'est l'absence de nouvelles. Le courrier interdit. La séparation. Ne rien savoir de ceux qu'on aime. Être séparé d'eux sans rien pouvoir. Être face à des interdictions aberrantes. C'est sans doute ce qui a poussé quelques solitaires à se dépasser pour aider les autres, dit-elle, comme si, songeuse, elle revenait vers sa jeunesse, à son point de départ.

— Le désordre des guerres, au-delà des tueries, c'est la séparation d'avec ceux qu'on aime.

Et, enfin, il lui parla de lui.

— Moi aussi, je suis séparé, dit-il. Je suis en attente d'un être qui ne reviendra pas. Comme Juliette, ajouta-t-il, avec un pauvre sourire.

Et c'est alors qu'il parla, enfin, d'Isabelle.

Pour la première fois...

Et la vieille dame l'écouta, sans rien dire, avec une extraordinaire attention. Elle l'écouta comme si elle connaissait déjà l'histoire, tandis qu'il parlait.

— Elle n'avait que vingt ans mais elle possédait tout. Toutes les promesses étaient réunies en elle. La grâce, l'intelligence et le don de soi. Pourquoi une vie, sa vie, si parfaitement ébauchée, a-t-elle été détruite ? Pourquoi ? Pourquoi ? répéta Bichelay.

— Pourquoi le mal ? répondit la vieille dame. Vous savez, quand on ne parvient pas à comprendre une chose c'est qu'il n'est peut-être pas nécessaire qu'on la comprenne...

Et elle le questionna.

— Il y a combien de temps ?

— Avril 81, répondit Bichelay.

— Trois ans ?

— Oui, trois ans.

— Et vous alliez l'épouser ?

— Oui. Trois jours plus tard...

— Oh ! quelle horreur, dit-elle d'une voix étrange. Comme je vous plains.

Et elle le regarda comme si elle le voyait.

— Elle était belle ?

— Oui. Elle était très jolie.

Et, ayant évoqué la mort d'Isabelle, Bichelay en vint tout naturellement à son suicide, à lui.

— Sans elle, je n'avais plus de raison d'être. Je vivais quotidiennement avec la mort. J'en avais accepté l'idée. Le jour de son anniversaire, j'ai voulu la rejoindre. Et j'étais heureux de mourir. Oui, heureux, dit-il, je le jure. Comme la réponse à une promesse. Souvent je me suis demandé pourquoi je ne recommençais pas.

— Parce que la vie est en vous, dit-elle. On ne peut rien contre la mort, mais on ne peut rien, non plus, contre la vie. Tout nous vient d'ailleurs... Faut-il insulter Dieu, si le prêtre se trompe ? Dieu n'est pas coupable des fautes des Hommes.

— Qui l'est, alors ?

— Les Hommes, tout simplement. Ils ont tout reçu, y compris le Mal qui est en eux. Faut-il lui accorder une priorité ? Là est la question.

Et elle lui parla d'elle.

— Il y a des injustices auxquelles on ne peut pas répondre.

— C'est d'une atroce résignation, ce que vous dites là !

— Pourquoi aveugle ? demanda-t-elle.

Bichelay reçut le mot comme une gifle.

Coudes sur la table, mains jointes sous le menton, il regardait cette vieille dame manger les petits morceaux de viande que, les uns après les autres, il lui avait coupés puis approchés de la main afin qu'elle puisse les prendre. Il eut un élan de pitié, l'envie de saisir cette main qui tout à l'heure avait tant hésité avant de déposer une coquille d'huître, cherchant l'assiette. Brusquement, tout devenait presque dérisoire. Il eut envie de lui demander pardon. Il avait honte de parler de lui et même d'évoquer son drame passé devant elle qui en vivait un autre, à chaque minute. Elle le regardait étrangement, un peu au-dessus de lui, sans savoir et sans le voir.

— J'ai connu, continua-t-elle, il y a bien longtemps, un homme qui, comme vous, avait perdu brutalement celle qu'il aimait. Il avait quinze ans de plus que vous quand l'accident s'est produit. Et comme vous, il ne parvenait pas, IL NE VOULAIT PAS oublier. Un jour, il a repris une femme dans ses bras. Une femme amoureuse de lui et qui l'attendait. Il a refait les gestes de la vie. Il s'est décidé à revivre.

— Il a pu ?

— Bien sûr.

— Qu'est-il devenu ?

— Il est mort, dit-elle, hélas, peu de temps après. Mais il avait revécu...

Elle se tut.

— Il y a trois ans que je n'ai pas tenu une femme dans mes bras, avoua lentement Bichelay en regardant celle qui ne le voyait pas.

— J'en étais sûre, dit-elle sourdement. J'en étais sûre... Petit Bichelay, il faut sortir de cet enfer. Il faut reprendre le goût de l'espérance. Il faut vous rendre votre liberté intérieure. Vous délivrer des chaînes. Il faut refaire les gestes de la vie, je vous en supplie. Ce n'est pas trahir. C'est continuer. Les chemins qui nous mènent sont si impénétrables et si inconnus. Vous vous devez à vous-même. A trente-six ans... vous vous rendez compte ! Trente-six ans... Mon Dieu ! Vous n'avez pas le droit de vous abandonner. Vous vous devez de redonner souffle à ce que vous avez reçu.

La voix de la vieille dame devenait plus pressante, presque pathétique.

— Vous m'entendez ? Vous vous devez à cette mission-là aussi ! Vous vous devez de cultiver votre richesse. Et si votre destin est d'être solitaire, que ce soit alors une solitude heureuse, féconde, bénéfique à vous-même et aux autres ! Fenêtres ouvertes... Vous comprenez ? Refaites les gestes de la vie. Ne vous détruisez pas ! Je les ai bien refaits, moi, il y a vingt-cinq ans !

La vieille dame reprit souffle un instant.

— Pensez-y, mon petit Bichelay, pensez-y... Ce n'était pas facile, je vous le jure. Oh ! non... ce n'était pas facile...

Bichelay ne répondit pas.

Les images de ses dernières années défilaient à toute vitesse dans ses yeux tristes. Il ne répondit pas. Il ne le pouvait pas. Il était bouleversé. En regardant le visage, les yeux morts de cette vieille dame, Bichelay pleurait comme un enfant. Comme pleurait Juliette devant le visage mort de sa mère, dans un livre écrit soixante années plus tôt par cette vieille dame qui ne le voyait pas.

— Prenez mon mouchoir, dit-elle doucement, avec un petit sourire adorable, et mouchez-vous. Nous sommes isolés dans ce petit coin sombre du restaurant, et personne ne vous voit...

Ils sortirent trois quarts d'heure plus tard. Bichelay se demandait encore comment elle avait pu percevoir son émotion...

Il avait passé son bras droit sous celui de la vieille dame pour mieux la guider. Ils marchaient tous les deux, à pas lents. Comme marchent une mère et son fils. Avec prudence, avec respect, avec tendresse aussi...

— Comme le soleil est beau, dit-elle.

— Vous le voyez un peu ? demanda timidement Bichelay.

— Je le sens. C'est presque mieux, répondit-elle. De toute façon, je ne pourrais pas le voir. Il est si éblouissant.

Elle eut une petite colère soudaine.

— Il n'y a que Montherlant pour tomber amoureux d'une jeune fille qui fixe le soleil ! Fallait-il qu'il soit compliqué, celui-là, mon Dieu ! C'est bien une idée d'intellectuel, ça ! Au fond, je crois que Montherlant était un bel enquiquineur, ajouta-t-elle en riant. De pareilles exigences... pour qu'une femme lui paraisse être « la vraie femme »... !

— Savez-vous que je vous adore, lui déclara doucement Bichelay.

— Eh bien... vous avez bien raison ! répondit-elle en élevant son regard vers lui comme si elle tentait de le voir.

Ils reprirent leur marche tranquille. Un joli sourire flottait sur son vieux visage. Le même sourire malicieux et tendre qu'auparavant au restaurant. Et après un petit moment de rêverie commune, elle lui dit :

— Je suis mignonne, hein ?

— Mieux que cela, protesta Bichelay... bien mieux que cela.

— Ah ?

Et elle prononça ce « Ah ? » avec une innocence si enfantine qu'elle parut alors avoir sept ans.

— Oh ! oui... mieux que cela...

Ils firent encore quelques pas... Puis la vieille dame s'arrêta et, quittant le bras de Bichelay, elle se tourna résolument vers lui comme si elle le voyait et se voyait avec lui :

— On est bien, hein ? dit-elle.

— Oui, répondit Bichelay, en lui rendant son sourire... On est très bien.

14

Deux semaines après le bombardement d'octobre 14 et l'incendie de leur ville, beaucoup de Lillois couchent encore dans les caves. Et pourtant, l'opinion reste sereine. Nombreux sont ceux qui croient — et Juliette avec eux — que les armées alliées ne vont pas tarder à « balayer l'Allemand ». Les nouvelles circulent en abondance, fidèlement rapportées, chaque matin, par Louise. « Le général Pau marche sur Lille avec 200 000 hommes. » « Nos troupes ont envahi l'Alsace-Lorraine. » « Paris a pavoisé en l'honneur d'une victoire décisive. » « Les forts de Metz sont tombés. »... On entend même au loin tonner le canon, parfois...

Et puis, les mois passent...

Avec le temps tout change...

La guerre dure et s'enlise dans les tranchées. Peu à peu l'espoir s'efface. La ville s'enveloppe d'un brouillard épais. Lille vit à l'heure allemande, dans l'ordre allemand.

Dès 1915, Lille a faim.

Dans les caves, les réserves sont épuisées. Même le café manque (dans le Nord, c'est l'horreur).

Le ravitaillement officiel est pratiquement nul. Les Allemands réquisitionnent tout. La troupe vit sur le pays. Le maire de Lille, lui-même, comme beaucoup, est contraint d'élever de rares poules et quelques lapins dans les écuries de la mairie vides de leurs chevaux, pour subsister. Les pelouses et les jardins ont été transformés en champs de pommes de terre. Les Allemands réquisitionneront très vite lapins et poules du maire, lui laissant tout de même — heureux homme — ses pommes de terre. Ce n'est qu'à la fin de 1915 que le ravitaillement américain atténuera un peu cette famine.

Pour l'heure, Lille est devenue « le royaume de la faim ». Lille est isolée. Lille est punie. Plus que Roubaix. Plus que Tourcoing. Plus que partout ailleurs. Les Allemands n'ont pas pardonné à la « ville ouverte » de s'être défendue.

Juliette apprend par Étienne qu'ils ont alourdi la contribution de guerre : en plus des six millions de francs (or) réclamés en octobre, ils exigent, dès novembre, dix mille francs par jour pour l'entretien des troupes d'occupation.

— Ils pillent les usines, dit Étienne. Ils font argent de tout. Ils pillent même les banques ! Le coffre-fort de la recette municipale de Lille a été forcé au chalumeau, en présence du maire, pour prendre cent trente-cinq mille francs, nécessaires à une commande de sacs...

Les amendes tombent au moindre prétexte (ou les peines de prison). Les Allemands remplacent les pièces d'or et d'argent et les billets de banque par des « bons communaux » — sorte d'assignats — de cinq centimes à vingt francs. Des bons différents selon les communes : on devine les incidents et les querelles alors engendrés. Les commerçants les refusent-ils ? L'autorité allemande intervient immédiatement : « Quiconque refusera les bons communaux ne pourra exiger d'autre paiement. »

En quelques semaines, se nourrir deux fois par jour coûte en moyenne vingt fois plus cher ! Même la farine va manquer dans une région riche de son blé « dont les pesants épis ondulent à l'été sous la caresse du vent », ainsi que l'écrit un poète régional. On va « l'allonger » avec du seigle, du riz. Et même en écrasant des glands ! Le pain aussi devient allemand, le pain KK ! que les Lillois écriront avec d'autres lettres. La soupe... on la fait avec des feuilles d'ortie.

— Ça tient au corps ! dit Louise.

On y ajoutera même plus tard du cuir bouilli, séché et râpé et de la poudre d'os ! (Quand on en trouve !)

Le bourgeois n'est pas oublié non plus...

Dans les banques, toutes les opérations financières sont suspendues, l'accès des coffres-forts interdit à leur propriétaire. Nul ne peut retirer la plus petite somme d'argent sans l'autorisation de l'autorité militaire allemande.

Résultat de tous ces interdits et de toutes ces contraintes : on fait la queue partout. Pendant six ou sept heures. Pour n'importe quoi. Par n'importe quel temps. Tout ce qui se distribue, pain, charbon, ou indemnité de chômage, est attendu par trois cents, cinq cents, quelquefois mille personnes.

— Mademoiselle, si vous pouviez voir ces malheureux qui attendent d'avoir un peu de carbure pour leur lampe, dit un jour Louise à Juliette, en écrasant quelques grains de blé dans son moulin à café pour faire une galette !...

Et c'est bien vrai qu'en novembre 1914 on a inventé une lampe à carbure — sorte de résidu de goudron — pour s'éclairer. Car nombreux sont les Lillois qui n'ont pas le gaz, surtout dans les faubourgs ouvriers. Et depuis octobre 1914, on ne trouve plus une goutte de pétrole dans le Nord occupé.

— A croire que l'armée allemande a tout utilisé pour brûler la ville, dit encore Louise.

Bientôt même le carbure va manquer. Combien de malheureux entreront ainsi dans la nuit noire de l'hiver, pendant des semaines et des semaines, entre quatre heures du soir et huit heures du matin, sans autre ressource que d'attendre le lever du jour.

Tous les pays proches des frontières ont toujours connu les fraudeurs. Dans le Nord de 1914, on les appelle les « fonceurs ». Le nom n'est pas usurpé car il faut avoir le courage de foncer pour échapper à la vigilance allemande et apporter à Lille marchandises de toute nature et victuailles. Grâce à eux, les Lillois plus aisés peuvent de temps en temps améliorer un peu l'ordinaire. Les cabarets ou les « estaminets » frontaliers restent toujours des points de contacts et de convergences. Mais ils sont de plus en plus surveillés par des soldats en sentinelle, des patrouilles à cheval, ou les gendarmes. Le trafic est devenu très périlleux. Même si quelques Allemands se laissent parfois acheter, la prison est souvent au rendez-vous. La mort aussi.

C'est pourtant grâce à eux et à leur organisation quasi professionnelle que Juliette devra de pouvoir un jour aider quelques-uns de ses compatriotes à ne plus « subir ».

15

Nous sommes le 20 mars 1915.
Il est sept heures du matin.
Juliette sort rapidement de chez elle.
Elle va, de porte en porte, comme d'habitude, distribuer des journaux clandestins...

Depuis deux semaines, le couvre-feu a été imposé en ville et dans les faubourgs de Lille entre six heures du soir et sept heures du matin. Pour une raison grave. Dans la matinée du 4 mars, au passage d'un convoi de prisonniers français et anglais que les Allemands ont obligés à défiler en plein jour dans les rues de Lille, un incident s'est produit. Tandis que le pauvre cortège s'avançait dans un silence religieux au milieu des ruines de la rue Nationale, soldats écossais en tête portant fièrement leur kilt, tous marchant entre deux haies de hussards allemands, tête de mort et tibias croisés sur le shako, de la foule considérable massée sur les trottoirs, des cris se sont élevés, des applaudissements ont éclaté. Des femmes ont crié: « Vive la France ! », « Vive les Alliés ! » Elles arboraient à leur corsage des cocardes tricolores qu'elles avaient rapidement sorties de leur sac ou de leur jupon. Et tout à coup la foule a hurlé ! Larmes et cris se sont mêlés. Beaucoup de soldats pleuraient, impuissants à contenir leur émotion. Les gardes allemands s'efforçaient de ne rien voir, de ne rien entendre. C'était un spectacle extraordinaire que cette manifestation spontanée, cet élan de ferveur d'une partie du peuple de France emprisonné dans sa cité, adressé à de pauvres soldats qui avaient tenté de le défendre et de lui épargner l'humiliation.

Le lendemain, des affiches paraissaient.

Les Lillois ne s'en étonnaient pas : ils en avaient l'habitude. Tous les jours elles étaient collées sur les murs de la ville, annonçant quelque contrainte ou quelque catastrophe. Seule la couleur différait. Elles étaient généralement imprimées dans les presses de *L'Écho du Nord* réquisitionné et transformé en *Lillerkriegszeitung* ! Mais cette dernière affiche était arrivée sur les murs de Lille avec une rapidité surprenante.

AVIS

1° — Pendant la période du 6 au 20 mars, tous les habitants, sans exception, devront être rentrés chez eux à six heures du soir (heure allemande) et ne pourront sortir qu'à sept heures du matin.

2° — 10 otages supplémentaires seront emprisonnés à la Citadelle pendant cette même période.

3° — La ville est astreinte à une amende de 500 000 francs (or).

Le 5 mars 1915, général von GRAEVENITZ, GOUVERNEUR.

Trois jours plus tard, le 8 mars, Étienne Lepoutre fait irruption rue de Turenne vers sept heures trente pour voir Juliette.

— Elle n'est pas encore rentrée, lui dit Louise. Pensez... avec ce couvre-feu... elle ne peut pas partir comme d'habitude.

Le regard de Louise est lourd. Elle a un ton de reproche, Louise. Étienne s'en aperçoit. Ce n'est pas la première fois. Il ne relève pas. Il s'assied au salon.

Louise a peur, c'est visible. Elle ne sait rien, c'est certain. Elle ne veut rien savoir. Mais elle s'étonne depuis quelque temps de voir « mademoiselle » sortir le soir, tard, ou le matin, très tôt, avec un sac d'écolier bourré de dossiers, paraît-il...

— Je prépare mes cours, lui a dit un jour Juliette.

Louise n'en a rien cru. Louise s'est doutée de quelque chose. Elle a souvent pensé avec son bon sens : « Ce n'est pas catholique. » Mais bien entendu, Louise s'est tue. Elle a peur, c'est tout.

Et Étienne Lepoutre attend au salon. Le temps passe et il s'inquiète...

Ce qui motive cette inquiétude et l'irruption soudaine d'Étienne chez Juliette, c'est qu'Étienne Lepoutre est le responsable local d'un réseau chargé de recueillir des renseignements sur les Allemands dans la région de Lille, Roubaix, Tourcoing. Principalement sur le mouvement des troupes. Le commissaire principal de la ville de Tourcoing, vieil ami d'Étienne, a créé le réseau et se charge, lui, de transmettre ces renseignements chiffrés et codés aux alliés, par la Hollande. Des agents les acheminent alors vers l'Angleterre par Folkestone. Centralisés au grand quartier général des armées alliées, ces renseignements donnent une idée précise des mouvements de l'ennemi.

Ce sont principalement des employés des Chemins de fer du Nord et ceux des Postes qui signalent les horaires des trains allemands, leurs directions, leur nombre, leur chargement, la nature des troupes, des munitions, des canons, des trains de blessés, etc., etc., jusqu'aux numéros des régiments !

La femme d'un ouvrier des usines Hutin-Morel est passée maître dans cet art. Elle habite au-dessus de la gare de Wattrelos. Chaque fois que la police allemande surgit chez elle, sur dénonciation hélas, elle ne voit qu'une dame qui tricote paisiblement à sa fenêtre du premier étage, seule, et parfois en compagnie de quelques amies, et ne se doute pas que les légers coups de talon impatients qu'elle donne sur le plancher, comme un tic, sont reçus et soigneusement notés à l'étage au-dessous par ses petites filles âgées de neuf et douze ans, selon un code convenu. Les Allemands ne découvriront jamais rien, malgré les dénonciations.

Neuf de ces héros anonymes seront néanmoins fusillés en décembre 1914.

Juliette n'a connu l'existence de cette vie clandestine d'Étienne que le jour où elle lui a avoué qu'elle se sentait incapable, après la mort de Michel, de son père et de sa mère, de continuer ses études, pour l'instant. Elle voulait absolument « faire quelque chose ». Elle a supplié Étienne.

Étienne s'est rendu à ses raisons : il lui a proposé de distribuer des tracts et des journaux.

La mort de ses parents a rendu Juliette très riche. Bien que l'usine du Nord soit évidemment ralentie, faute de personnel, mobilisé ou parti avant la prise de Lille, l'usine de la région parisienne tourne à plein. Et quand, fin décembre, les industriels du Nord ont reçu l'ordre de remettre à la Kommandantur le détail exact de leurs stocks et des produits fabriqués, en une nuit Étienne a eu l'idée de murer lui-même et sans l'aide de personne les réserves de l'usine dans les caves. Elles abritent ainsi pour près de deux cent mille francs de coton, de fil et de tissu. En février et en mai 1915, les Allemands démonteront l'usine pièce par pièce pour récupérer le métal qui leur manque, cuivre et plomb, ainsi que les cuirs et les caoutchoucs qui leur font défaut depuis que le blocus commence à jouer son rôle. Jamais ils ne découvriront les stocks dissimulés par Étienne. Ils enrichiront, la paix venue, le patrimoine des enfants Hutin-Morel.

Il est neuf heures trente ce matin-là du 8 mars 1915 où Étienne attend impatiemment Juliette. Il vient de le constater sur sa montre. Brusquement la peur s'empare de lui. Une peur incontrôlée, irrésistible. Sa gorge se serre, il a besoin de reprendre souffle, de respirer. Il s'essuie le front avec son mouchoir, et pourtant, il ne fait pas très chaud dans le salon. « Où peut bien être Juliette ? » se demande-t-il avec angoisse.

— Vous voulez un peu de café ?

Étienne sursaute.

— Hein ?

— Vous voulez un peu de café ? répète Louise. Enfin... ce qu'« ils » appellent du café...

En passant devant le salon pour aller à sa cuisine, elle a aperçu Étienne. Elle a compris immédiatement qu'Étienne n'était pas « à son aise ».

— Je veux bien.

Étienne essaie de faire diversion pour dissimuler sa peur.

— Après, j'irai voir à l'église Saint-Martin... Elle est peut-être allée à la messe.

— Si elle passe d'un côté de l'église et vous de l'autre, vous allez vous rater, lui dit Louise d'un ton un peu hostile. Restez donc ici... ça ne fait jamais qu'une heure que vous attendez.

La rudesse de Louise calme un peu Étienne. Après tout, il connaît la prudence de Juliette, son intelligence, son habileté, son sang-froid aussi : elle l'a déjà prouvé. Et puis, se dit-il, ce n'est pas la première fois qu'elle va ainsi porter ses journaux.

C'est Étienne qui a eu connaissance en novembre des communiqués de l'abbé Pinte. Ce professeur de l'institut technique de Roubaix a réussi à remettre en état le poste de T.S.F. de l'institut que les Allemands ont détruit deux jours après leur entrée dans Roubaix. Et bien que cet acte soit puni de mort, il capte les messages de la tour Eiffel, à Paris, tous les jours à quinze heures, depuis le 28 octobre 1914 ! Toutes ces nouvelles sont reproduites avec un duplicateur. C'est cette sorte de journal que, depuis janvier 1915, Juliette distribue à Lille : le *Journal des Occupés inoccupés* !

Le jour où Juliette a voulu connaître l'abbé Pinte, à Roubaix, pour voir comment fonctionnait le petit appareil qu'il avait réussi à fabriquer — c'était fin novembre —, deux religieuses se sont précipitées dans le bureau-cellule minuscule du quatrième étage qu'occupait le prêtre.

— Les Allemands !

L'abbé dissimule prestement le petit appareil derrière les objets du culte, dans une sorte de table-autel miniature sur laquelle il lui arrive de dire sa messe. Mais reste le casque récepteur avec son long fil. Aucune place possible.

— Les Allemands sont au deuxième étage, dit une des sœurs morte de peur qui a entrouvert la porte.

— Fermez la porte ! Retirez votre cornette, ma sœur, ordonne Juliette avec une autorité et un sang-froid ahurissants.

— Comment ?

— Vite !

Et Juliette s'empare de la cornette de la supérieure de l'école de Ségur, sans attendre davantage. Elle lui enroule autour de la tête le long fil et pose le casque récepteur sur les oreilles. Puis elle replace la cornette tranquillement, aidée par l'autre sœur, qui a refermé la porte.

— Sortez ! intime-t-elle à voix basse à la sœur porteuse de l'émetteur.

Hélas, c'est trop tard ! Les Allemands sont là. Ils frappent. Sans attendre de réponse, ils entrent. Ce sont deux gendarmes, des Diables verts, comme les ont surnommés très vite les Roubaisiens.

— Meuzieu l'appé Binte ? dit l'un d'eux, le plus grand.

— Oui, répond l'abbé.

— Feuillez nous zuivre à la Kommandantur z'il fou blaît, bour férifigazion.

L'abbé lui demande la raison de cette intrusion. Le gendarme lui répond simplement :

— Nou bas gonnaître.

— Bien.

L'abbé sort devant les deux Allemands.

— Ma zeur, ma zeur, matmezelle !

Les deux Allemands claquent des talons et disparaissent avec le prêtre, sous le regard angoissé des religieuses.

Juliette n'a pas bronché. Les deux sœurs non plus, subjuguées par son autorité. Les Allemands n'ont rien vu.

L'abbé s'en tirera après un interrogatoire serré. Le sang-froid de Juliette lui a sauvé la vie.

Il est dix heures et quart quand Juliette arrive enfin rue de Turenne.

— Ah ! te voilà ! Qu'est-ce qui s'est passé ? demande Étienne d'une voix angoissée.

— Rien. Rien. Mais j'ai eu l'impression d'être suivie, répond Juliette. Je suis entrée à la faculté pour cacher mes journaux et je suis ressortie très vite. Immédiatement deux hommes en civil, rue des Manneliers, m'ont demandé d'ouvrir ma sacoche. J'avais pu y glisser deux pains KK que m'avait donnés le concierge, entourés d'un *Lillerkriegszeitung*. Ça leur a bien plu. Ils m'ont saluée en riant. Et j'ai pu entendre l'un d'eux dire à l'autre : « C'est dommage, je l'aurais volontiers faite prisonnière ! » Une heure après, j'ai pu reprendre mes journaux, ajoute Juliette, et rendre ses pains au gardien. C'est tout. J'ai continué ma distribution. Mais j'ai eu un peu peur et j'ai perdu beaucoup de temps. Voilà.

— Il faut redoubler de prudence. Les Allemands sont partout.

— Ben oui... la preuve, dit Juliette.

— Tu sais pourquoi les affiches ont paru si vite ?

— Lesquelles ?

— Celles du couvre-feu et des cinq cent mille francs or.

— Non.

— Parce qu'elles étaient déjà imprimées depuis quatre jours.

— Ça n'est pas possible.

— Si. Je le sais par Dubar, de *L'Écho du Nord*. Ce sont des agents allemands infiltrés dans la foule qui ont provoqué la manifestation de la rue Nationale... Des femmes allemandes qui portaient des cocardes tricolores les ont distribuées, en faisant semblant de se cacher, à des Françaises, à toutes celles et à tous ceux qui attendaient les prisonniers sur les trottoirs !

— C'est ignoble, dit Juliette.

— Oui. C'est pour ça que je te supplie de faire attention. Ils ont des espions infiltrés partout. Et comme, de leur côté, ils souffrent « d'espionnite aiguë », il faut redoubler de vigilance.

C'est bien vrai que les Allemands voient des espions partout.

Pour savoir « qui est qui », les Allemands ont inventé la carte d'identité.

Dans tous les villages et dans toutes les villes proches de la frontière franco-belge, ou belgo-hollandaise, tous les hommes sont contraints d'avoir toujours sur eux une petite carte indiquant nom, prénoms, domicile, et dûment timbrée à la Kommandantur dont ils dépendent. Plus tard, on y ajoutera une photographie. Et plus tard encore, en 1916, les femmes — qu'en 1914 on ne peut soupçonner d'espionnage... mœurs obligent ! — devront elles aussi être porteuses de cartes afin d'établir leur identité.

Quand la paix sera revenue, chacun se rendra compte de l'utilité certaine de la chose...

Pour l'heure, c'est la guerre ! Et si quelqu'un s'avise d'être en infraction et de ne pas avoir sa carte, il est puni d'une amende de mille francs (or) ! Ou de six mois de prison !

Pour savoir « où est qui ? », les Allemands ont trouvé un petit truc très simple.

Dans l'intérieur de chaque maison, une ardoise ou un carton doit être obligatoirement accroché dans le couloir de l'entrée avec le nom, le prénom et l'âge de chacun des habitants de ladite maison. Si quelqu'un s'avise de manquer lors des perquisitions policières : « Où est-il ? », « pourquoi est-il absent ? », amende, prison et même exécution, après jugement sommaire, suivent.

Très vite les Allemands exigeront d'ailleurs que l'ardoise ou le carton soit fixé à l'extérieur, sur la porte de la maison, afin que la vérification soit plus rapide !

Un matin de juin 1915, Juliette sort de chez elle. Elle jette un regard rapide à droite et à gauche avant de sortir, par prudence, et ferme sa porte. A cinquante mètres de sa maison, elle aperçoit, étendue sur le sol, une forme sombre. Elle s'approche : c'est un chien, mort.

Pauvre bête, se dit Juliette. Il a dû mourir de faim, lui aussi. Elle se penche un peu vers le chien : il a les yeux vitreux. Comme s'il avait été empoisonné...

Mais Juliette ne peut pas s'attendrir plus longtemps sur un chien, il lui faut déposer ses journaux en prenant bien garde de ne pas être vue par les passants encore rares à cette heure de la journée. Certes, il lui faut peu de temps pour glisser dans les boîtes aux lettres un exemplaire de ce *Journal des Occupés inoccupés*, devenu *La Patience* et que parfois elle s'amuse à entourer d'une petite faveur bleu, blanc, rouge, et qui porte en exergue : « Brûlez-moi après lecture », mais Juliette est très attentive à tout ce qu'elle croise dans les rues, depuis l'incident de mars, et elle se dépêche. Place Cormontaigne, elle aperçoit un autre chien, mort.

« Mon Dieu ! Que se passe-t-il ? », se demande-t-elle.

Rue Nationale, un chien est également étendu sur le trottoir. Et puis Grand-Place, où des gens sont rassemblés au pied de la Déesse, autour de deux petits fox-terriers portant tous deux, accroché au cou, un écriteau « morts pour la patrie ».

Rue Faidherbe, même spectacle : quatre ou cinq personnes autour d'un chien portant également l'écriteau « mort pour la patrie ». Juliette est horrifiée, ainsi que tous les gens qu'elle voit penchés sur des cadavres de chiens « morts pour la patrie ». Rue des Sept-Agaches, rue de Paris, rue de Béthune. Partout, dans presque toutes les rues, c'est la même horreur : des chiens « morts pour la patrie ».

Quand Juliette rentre chez elle, rue de Turenne, Louise est dans tous ses états.

— Aux abattoirs où j'étais allée pour essayer d'avoir un peu de viande, dit-elle, les gens en ont fait tuer plus de deux mille dans la journée d'hier ! On m'a même proposé d'acheter du boudin fait avec le sang des chiens, parce qu'il n'y a plus de viande. Vous vous rendez compte ?

— C'est abominable, dit Juliette. Abominable. Pourquoi ?

L'explication est simple.

Les Allemands ont depuis peu imposé une taxe sur les chiens. Personne, à Lille, ne veut enrichir « l'Allemand ».

Les Lillois, ceux des faubourgs comme ceux de la ville, ont préféré tuer leurs chiens.

16

Tandis que, comme chaque jour, s'achève le défilé de la Wachtparade, fifres et tambours en tête, Juliette arrive Grand-Place. C'est la minute solennelle du maniement d'armes, qu'exécutent comme autant d'admirables automates (de Nuremberg ?) les soldats du régiment bavarois. Le commandant, à cheval, face à ses hommes, aboie ses ordres :

— Aaaaachtung !! Kompaniiiie... Halt !

Juliette longe la place calmement.

— Das gewehr... ab !! (Déposez... armes !!)

Machinalement elle jette un coup d'œil sur cette image de la discipline virile et de la force des armées.

— Augen... rechts ! (A droite alignement... droite !!)

Juliette ne peut s'empêcher de sourire malgré l'interdiction qui en est faite devant un officier allemand, sous peine de prison. Car elle observe que ce cérémonial se déroule juste sous le balcon du journal *Le Nord patriote* et face à celui de *L'Action française*.

— Das gewehr über !! (Arme sur l'épaule !!)

Et après un hurlement du commandant qui en signifie l'instant, le régiment se met en... MARCHE !!

Les jambes, raides, comme mues par un ressort mystérieux, s'élèvent et s'abaissent alors avec une régularité si parfaite que Juliette en écoutant le martèlement des bottes sur le pavé ne peut s'empêcher de penser à quelque ballet infernal où les exécutants, sûrs de leur force et fiers de leur ensemble, marqueraient de leurs pas la volonté d'asservir un pays, en écrasant son sol.

Tout à coup, rue Faidherbe, Juliette s'arrête, saisie.

A grands coups de tubas, de grosses caisses et de cymbales le régiment bavarois vient d'entonner *Le P'tit Quinquin* !

Juliette est stupéfaite. En passant à côté d'elle et aussi surpris qu'elle, un vieux Lillois lui chante avec un petit clin d'œil :

« *Tor — Min — B'di — Guinguin,*
Min — B'di — Bouchin,
Min — Kro — Rochin... »

Et Juliette réalise alors qu'aujourd'hui mardi... c'est le 14 juillet... Les Allemands le savent sûrement eux aussi. Ils ne poussent évidemment pas le goût de la célébration jusqu'à jouer l'hymne national français, mais ils ont néanmoins « *la déligade adenzion* » d'exécuter la berceuse célèbre, l'hymne régional lillois.

Pour qui aime la musique militaire et *Le p'tit Quinquin*, c'est merveille d'entendre le pépiement des fifres évoquer le gazouillis des bébés tandis que tubas, cymbales et grosses caisses expriment avec une allégresse musclée la voix douce de maman-berçant-son-enfant !

« *DORS ! min p'ti quinQUIN !!*
Min p'tit pouCHIN !
Min gros roGIN !!!
Dzam-Dzam-DZAM-DZAM »

L'écriture ne donne qu'une faible idée du rendu !

Juliette n'a pas le temps de s'attarder. Elle a bien d'autres pensées en tête. Depuis longtemps, elle a cessé de distribuer *La Patience*. Étienne lui a confié depuis quelque temps d'autres missions : aujourd'hui, 14 juillet 1915, Juliette doit passer —

et c'est strictement interdit — la frontière franco-belge. Opération d'autant plus périlleuse qu'elle a emporté, cousues dans son jupon, plus de trois cents lettres. C'est un délit puni de prison et parfois même de mort, s'il s'agit de messages secrets. Elle le sait, Juliette, mais une dizaine de jours auparavant, elle a trouvé Louise en pleurs, dans sa cuisine.

— Ma sœur est en prison, mademoiselle.

— En prison ? Pourquoi ?

— Elle a voulu envoyer une lettre à Émile, son fils. Vous savez, celui qui est parti de Lille le 11 octobre, juste avant l'arrivée des Allemands. Il y a plus de huit mois qu'elle était sans nouvelles ! Par « Le Courrier des familles » elle avait reçu une carte imprimée, la veille. Elle a voulu répondre, avec d'autres détails que « je vais bien », « je suis en bonne santé »...

— Et alors ?

— Elle a accepté de donner une lettre à quelqu'un qu'elle ne connaissait pas : c'était un policier allemand en civil. Hier soir, on est venu la chercher !

— Quelle horreur ! Elle ne s'est donc pas méfiée ?

— Vous savez... pour avoir des nouvelles...

Et c'est bien vrai que des gens de toutes conditions sociales s'offrent ainsi à la malignité et aux provocations de la police allemande, dirigée de main de maître par un certain capitaine Himmel. La sœur de Louise n'y a pas échappé : quinze jours de prison. Et encore son cas est-il bénin...

C'est ce qui a décidé Juliette à partir aujourd'hui. Les passeurs sont de plus en plus rares ou demandent trop d'argent... Et puisque Étienne l'a chargée de porter des messages secrets... autant que cela serve aussi à rassurer des familles.

Pour Juliette il s'agit simplement de déposer ces lettres à une adresse précise à Bruxelles. Le courrier sera ensuite acheminé vers la Hollande. Car le passage de la frontière hollandaise est une affaire de spécialistes. Presque de professionnels ! Juliette n'est pas assez expérimentée.

Juliette n'a pas pris le « Mongy », car ce tramway accéléré entre Lille et Tourcoing est trop souvent visité par les policiers de Himmel.

Elle n'a pas pris non plus le train pour Tournai, car des arrestations, et une fuite tragique, ont eu lieu la semaine précédente : deux passeurs tués.

Elle n'a pas pris davantage sa bicyclette, car celle de Louise, malheureuse Louise, a été réquisitionnée au retour de sa visite à la prison de Loos où est enfermée sa sœur. Louise n'a pas pu voir sa sœur, mais on lui a pris son vélo ! L'Allemand lui a donné un bon de réquisition en bonne et due forme sur lequel était inscrite la somme de 10 francs. Le vélo presque neuf en valait 180 ! Louise est allée protester à la Kommandantur. On lui a montré un vieux vélo abîmé et sans roues.

— C'est votre vélo ?

— Non.

— Si mademoiselle... c'est le vôtre ! a affirmé le sous-officier de service.

Le feldwebel réquisitionneur a confirmé :

— Ja ! Ja !

— Vous voulez qu'on vous paye davantage une pareille machine ?

— Mais...

L'homme s'est mis à hurler :

— Heraus !! Ne discutez pas ! Zordez !

Louise est sortie. Dans le couloir elle a entendu les éclats de rire des deux Allemands. Elle a pleuré de rage et d'impuissance.

Dans deux mois Louise sera consolée : les Allemands réquisitionneront toutes les bicyclettes, y compris celles des dames et celles des enfants. Louise aura moins de regrets. Quant à Juliette, elle jettera la sienne, comme beaucoup de Lillois, dans la Deûle. Pour ne pas la donner aux Allemands.

C'est donc à pied qu'est partie Juliette. Munie de

tous ses papiers — faux— en règle parfaite. Avec les cachets nécessaires, merveilleusement imités par Gaston Sandement, un artiste local. Elle marche avec un dictionnaire sous le bras. Si elle est arrêtée :

— Je donne des cours d'allemand... pour gagner ma vie.

Il y a trois voies possibles dans la région lilloise pour passer en Belgique : Toufflers, Mouscron, Wattrelos.

On a signalé à Étienne Lepoutre qu'à Mouscron la garde allemande vient d'être changée. Les nouveaux arrivés sont toujours plus zélés : Mouscron est donc exclu.

Wattrelos avait été décidé, mais juste après l'heure du couvre-feu, alors que Juliette s'apprêtait à partir, Étienne est arrivé rue de Turenne.

— Il y a un changement d'itinéraire. Il faut que tu ailles chercher un message à l'école Saint-Charles à Hem. Tu passes par Lannoy et Toufflers. Tout le monde est prévenu.

— Bien.

Grande est la stupeur de Juliette en arrivant à l'école de Hem. En guise de message, elle reçoit du directeur un étui à lunettes.

— Vous n'êtes pas myope ?

— Non.

— Ah ! on me l'avait dit.

— Qui ?

Le directeur sourit.

— Je ne sais pas. Mais je vous assure que vous avez intérêt à être myope.

— Ah !

— Oui, mademoiselle. Je vous l'assure.

Juliette comprend qu'il est inutile de chercher à en savoir davantage.

— Bien. Je serai donc myope, dit-elle.

— Oui. Et surtout de l'œil gauche, ajoute le directeur. Mais rassurez-vous, en arrivant à Bruxelles, vous serez débarrassée de votre myopie.

— Parfait.

Le directeur ne donne aucune autre explication. Juliette met l'étui à lunettes dans son sac.

— Vous devriez les essayer, dit le directeur.

— C'est nécessaire ?

— Ça peut l'être.

— Ah ?

— Oui.

Juliette s'exécute.

— Elles vous vont très bien, lui dit-il dans un sourire. Mais évitez de plisser les yeux, ce n'est pas naturel.

— J'essaierai, répond Juliette. Mais j'espère surtout ne pas avoir à m'en servir.

— Je vous raccompagne, dit le directeur.

En passant dans la cour de récréation, Juliette entend un chant, à peine murmuré. Elle se tourne vers le directeur toujours souriant.

— Eh oui, dit-il d'un ton très doux. C'est notre fête nationale aujourd'hui. Le maître du cours moyen a convoqué ses petits élèves et leur fait chanter, susurrer plutôt, notre *Marseillaise*.

Ils s'arrêtent tous deux un instant et se haussent sur la pointe des pieds pour apercevoir la salle de classe...

Les enfants, aussi graves que peuvent l'être des enfants dans certaines occasions, regardent avec une attention toute particulière leur vieux professeur qui, l'index de la main droite levé devant la bouche, s'efforce de calmer leurs ardeurs. Il bat la mesure de la tête tout en articulant le chant sur les lèvres pour aider les mémoires :

« *Marchons, marchons,*
Qu'un sang impur abreuve nos sillons. »

Quand ce chœur improvisé, si adorablement naïf, entonne à voix basse mais avec une extraordinaire intensité : « Amour sacré de la Patri-i-e... », Juliette ne peut contenir son émotion : une larme coule sur sa joue. Le directeur, ému lui aussi, pose sa main sur la sienne et, toujours souriant, lui dit d'une voix qu'il voudrait rendre ferme :

— On les aura, mademoiselle. On les aura.

Juliette vient de traverser Lannoy. Elle arrive à cent mètres de la dernière maison de Toufflers, juste avant la frontière. Elle la connaît bien, cette dernière maison. C'est là qu'habitaient Grosse Jeanne et Maurice. C'est là qu'elle a été « mise en nourrice » pendant la maladie de Michel. Mais Juliette n'a pas le temps de se laisser aller à la douceur des souvenirs. De l'arrière de cette maison aux volets fermés, un homme vient de surgir. Il court à toute vitesse dans sa direction. Quelques secondes plus tard quatre Allemands sortent, eux, par la porte et se lancent à sa poursuite.

— Halt ! Halt ! hurlent-ils.

L'homme ne s'arrête pas. Il passe devant Juliette en courant désespérément en zigzag comme le lièvre tente d'échapper au chasseur. Juliette comprend immédiatement que l'homme, hélas, n'ira pas très loin. Deux Allemands viennent en effet de s'agenouiller. Elle n'a que le temps de s'écraser contre le mur d'une maison.

Deux claquements secs ! L'homme est atteint à la jambe. Il continue néanmoins à courir à cloche-pied.

Deux autres coups de feu. L'homme sursaute, foudroyé, levant les deux bras vers le ciel comme pour l'appeler à l'aide. Il tournoie sur lui-même, tel un épouvantail arraché par le vent. Et enfin, sans un cri, il s'effondre, la tête fracassée, dans la poussière, sur le sol.

Juliette est horrifiée. Si elle pouvait s'enfoncer dans la pierre, elle le ferait. Et pourtant, elle non plus n'a pas crié. Tout s'est passé si vite !...

Les Allemands accourent vers l'homme. L'un d'eux se penche sur le corps. Il a une petite grimace.

— Er ist tot, dit-il, presque tristement.

En se relevant il aperçoit alors Juliette, les bras en croix contre son mur. Il la regarde sans expression.

— Gran malheur la quer.

Et il ordonne aux trois autres soldats de ramasser le mort. Le soulevant par les pieds et sous les bras, les Allemands emportent alors comme un sac trop lourd ce jeune homme sans vie qui, il y a moins d'une minute, courait encore pour tenter d'être libre...

Incapable de bouger, de faire un pas, hébétée par l'horreur dont elle vient d'être témoin, Juliette décide cependant de ne pas franchir la frontière, distante de trois cents mètres à peine, vers laquelle marchent, maladroits, des soldats encombrés d'un fardeau lamentable et sanglant...

Elle passera par Wattrelos ! Tant pis pour le retard.

C'est alors qu'une porte s'ouvre, à côté d'elle, sur sa gauche. Elle ne l'avait même pas vue. Elle sent qu'une main ferme l'empoigne et l'entraîne dans une petite maison.

— Allez, venez !

Juliette entre dans une pièce basse et sombre.

— Asseyez-vous, lui dit la voix.

Juliette s'assoit.

— Buvez ça.

Juliette avale un verre d'eau. Elle découvre alors que c'est un vieux paysan aux mains poilues qui le lui a tendu.

— Ça va mieux ?

— Oui.

— C'est dur, hein ?

— Oui... c'est dur.

Et d'un coup les nerfs de Juliette craquent. Elle est prise d'un tremblement qu'elle ne peut réprimer. Son corps est secoué de sanglots, de hoquets, de spasmes. Elle se sent brusquement défaillir. Elle croit qu'elle va vomir.

Le vieux le comprend.

— Si vous voulez aller à la cour, c'est par là, dit-il. Faut pas avoir honte, demoiselle.

Juliette sort.

Quand elle revient, le vieux s'est assis. Et il lui raconte sa petite histoire à petits mots comptés. Il a l'air triste, le vieux paysan. Triste, lui aussi. Comme l'Allemand, tout à l'heure.

— C'est un Anglais. Il s'était évadé. Je le garde ici depuis presque dix jours. Il voulait passer la frontière... mais par ici... c'est pas facile... ça a raté deux fois déjà. Je l'ai trouvé une nuit dans le jardin d'à côté en allant chercher de l'herbe. Les Allemands veulent pas qu'on ramasse l'herbe... c'est interdit... allez savoir pourquoi... alors j'y vais de nuit. La maison d'à côté est vide depuis que monsieur Herbaut a été mobilisé... Madame, elle, elle est partie pour Paris, avant les Allemands. Elle a bien fait...

Le vieux s'arrête un instant et puis il reprend.

— Je l'aimais bien l'Anglais... J'comprenais pas toujours ce qu'il me disait... mais je l'aimais bien. Pourvu qu'on l'ait pas dénoncé... Les salauds ! Y a des salauds qui dénoncent par ici... vous savez. C'est pas toujours beaux les Français... j'en suis un, alors... je sais.

Il observe un instant Juliette de ses petits yeux plissés.

— Ça devait arriver, bien sûr. Mais tout de même... je l'aimais bien l'Anglais.

— Il y a peut-être du danger à rester ici, pour vous, monsieur, lui dit Juliette.

Le vieux lève sur elle un regard presque blagueur.

— A mon âge... qu'est-ce que vous voulez qu'ils m'fassent ? J'vis tout seul ici. Alors j'm'en fous... Le cimetière plus tôt ou plus tard...

Il a un petit rire sardonique et tout à coup, sans transition :

— Ben dites donc, j'vous connais pas, vous. Vous n'êtes pas d'ici ?

— Non.
— Ah...
Il scrute Juliette de son petit œil porcin. Il sourit.
— Bon, bon.
Il ne dit rien de plus. Il se lève, va à la fenêtre, jette un coup d'œil rapide et précis à droite et à gauche, se retourne vers Juliette et lui dit simplement :
— Vous pouvez y aller, y a plus personne.
Juliette se lève alors. Il lui ouvre la porte. Il aperçoit le dictionnaire qui traîne au sol. Il le ramasse.
— C'est à moi, monsieur.
Le vieux regarde Juliette, étonné.
— Ah ? dit-il.
— Oui.
— Bon. Tenez, le v'là.
A l'instant où elle va sortir Juliette se tourne vers le vieux. Elle a envie de l'embrasser sur ses vieilles joues toutes sèches. Mais elle se contient.
— Merci, monsieur. Merci, merci beaucoup.
— Ne regardez pas par terre, répond le vieux tout surpris. J'irai laver tout à l'heure. Mais pour l'instant... ne regardez pas par terre, c'est pas beau...
— Non, je ne regarderai pas, dit Juliette, je vous le promets. Merci, monsieur, ajoute-t-elle encore presque timidement.
Et Juliette part, avec dans son jupon ses trois cents lettres, dans son sac un étui à lunettes et sous son bras un dictionnaire.

Juliette marche vers Wattrelos...
Si elle était restée quelques minutes de plus à Toufflers, chez le vieux paysan, elle aurait pu entendre frapper brutalement à la porte. Elle aurait vu trois Allemands emporter sans ménagement le vieux. Le vieux qui savait peut-être ce qui l'attendait : recueillir un soldat ennemi est puni de mort. « J'm'en fous ! L'cimetière un peu plus tôt, un peu plus tard... » Elle aurait pu espérer simplement qu'à son âge, le vieux serait épargné...

Wattrelos, ou plus exactement Le Berquier, petite commune proche de Roubaix, offre cet avantage que seule la rue principale du village délimite les deux pays. Elle est séparée en son centre par une ligne de pavés plus gros et plus hauts que les autres. Mais d'un côté de la ligne c'est la France ; de l'autre c'est la Belgique. La seule difficulté : traverser la rue !

De cent mètres en cent mètres les sentinelles allemandes sont postées. Juliette sait qu'au Berquier ce sont les mêmes soldats de la Landsturm qui surveillent depuis près de quinze jours. Il fait chaud aujourd'hui et Juliette peut espérer que peut-être, en bon Allemand, une petite bière... même si elle n'est pas munichoise, ça se laisse boire. Y aura-t-il aujourd'hui un tel relâchement ? Elle l'espère.

Après le drame de Toufflers, elle a grand besoin de cette espérance-là...

Dans la maison du Berquier où Juliette attend le moment favorable, la pendule marque le temps de son battement régulier. Dans la salle à manger, tout est propre. Le parquet, les meubles sentent bon la cire. La maison respire la paix. Et pourtant...

Encore bouleversée par l'image de « l'Anglais » tournoyant les bras vers le ciel et par le regard du vieux, Juliette attend...

Tout s'était pourtant si bien passé en sortant de Lille...

Elle avait bien rencontré quelques Lillois arborant trois pétales de fleurs bleu blanc rouge à la boutonnière... mais elle s'en était prudemment écartée. Inutile de provoquer les Allemands quand on porte sur soi de quoi être fusillée sur place. A La Madeleine, on avait contrôlé ses papiers. On avait même fouillé son dictionnaire pour savoir si par hasard il ne contenait rien de suspect.

— Sie sprechen Deutsch ? lui avait demandé, étonné, le factionnaire allemand.

— Ja wohl... ein wenig. Ich bin ein Lehrer.
— Ach so... gut. Wo gehen Sie ?
— Lannoy.
— Warum ?
— Um Deutsche Lektionnen zu geben... natürlich.
— Gut, gut... aufwiedersehen... gute Reise, lui avait dit l'Allemand en riant.

Et il lui avait remis son dictionnaire sous le bras.

— Danke... nur zehn Kilometer !
— Ja ja... aber zu Fuss... es ist schwer[1].

Et l'Allemand lui avait alors rendu son laissez-passer.

Dans la maison du Berquier, la pendule sonne midi. Juliette est toujours assise. L'homme qui, tout à l'heure, l'a accueillie se lève. Il écarte le rideau de la fenêtre de quelques centimètres. Il observe une maison, en face, en Belgique.

— Chaque soldat va vers l'autre, dit-il. Ils font cinquante mètres et se retournent. Ici la rue fait un coude. Alors... les autres peuvent pas vous voir.

Juliette se lève à son tour. Elle rejoint l'homme, à la fenêtre. Elle est plus calme, Juliette. Comme si agir l'apaisait.

— Vous voyez la maison aux briques plus claires, là, juste en face ?
— Oui, répond Juliette.
— Y a un guetteur derrière, dans le jardin. Vous avez vingt secondes pour traverser. C'est juste, mais ça suffit. Quand la dame écartera le rideau, comme moi, et mettra la main sur la poignée de la fenêtre, il faudra ouvrir tout doucement la porte d'ici, sans bruit, hein, surtout. Je compterai jusqu'à cinq en vous disant d'ouvrir. Faudra y aller. Surtout ne cou-

1. « Oui... un peu... je suis professeur. — Ah ! bon... bien... Où allez-vous ? — Lannoy. — Pourquoi ? — Donner des leçons d'allemand, monsieur. — Bon. Bon. Au revoir. Bonne route. — Merci... Dix kilomètres seulement. — Oui, oui, mais à pied... c'est dur. »

rez pas. Marchez lentement. Vous avez tout le temps.

L'homme jette un petit coup d'œil rapide sur Juliette.

— Ah ! au fait, j'ai pas pu vous prévenir... mais ceux-là aussi sont nouveaux. Et ils ont l'ordre de tirer à vue, dit-il.

Il regarde à nouveau Juliette.

— Faudra pas avoir peur, hein ? Vous avez tout le temps, vous savez.

— Je n'aurai pas peur, dit Juliette.

Brusquement l'homme s'arrête de parler.

— Attention ! Je compte : un, deux, ouvrez !

Juliette ouvre tout doucement la porte.

— Trois, quatre, hop !

Juliette traverse. Elle compte ses pas, comme les secondes, huit, neuf, dix, sans regarder ni à droite, ni à gauche, les yeux fixés sur la maison d'en face. Son cœur saute dans sa poitrine. Elle a peur, Juliette. Mais elle a vingt ans. Elle a peur et c'est une impression extraordinaire. Elle est... oui, elle est HEUREUSE.

En face — elle le voit — la porte s'est entrouverte, très doucement, comme pour la happer. Juliette ne fait aucun bruit. Juliette, dont les chaussures sont entourées de toile, marche lentement comme on le lui a recommandé, afin d'éviter de trébucher. Et pour ne pas entendre le « Wer da ? » ou le « Halt ! », fatal.

Juliette franchit le seuil de la maison. La porte se referme avec la lenteur d'un coffre-fort. Juste à cet instant les Allemands se retournent. Juliette est passée.

L'homme de la maison française respire et sourit, « ça y est ».

La dame de la maison belge sourit et respire.

— J'ai eu peur que vous ne « saviez pas passeï, te seï »... dit-elle avec cet accent délicieux et chaleureux que Juliette connaît bien et qu'elle aime tout particulièrement à cet instant-là. Depuis trois semaines, ici et à Mouscron, et à Templeuve, ça est dur, te seï. Un p'tit schnik, pour nous remettre ? propose-t-elle.

— Non, non. Merci, répond Juliette en souriant, je ne bois jamais d'alcool. Mais je mangerais volontiers un petit quelque chose. N'importe quoi... du fromage... si vous avez.

— J'ai du maroilles, lui dit l'hôtesse. Te veux un p'tit morceau ? Quelquefois on « trouffe des p'tits messèges dedans », dit-elle en clignant de l'œil, mais celui-ci, « ça est du bon, te seï, sans rien dedans !! Il pue ! » ajoute-t-elle en éclatant de rire.

Juliette rit avec elle. Elle connaît parfaitement le truc du maroilles dans lequel les messages sont quelquefois enfoncés. On choisit ce fromage généralement à cause de l'odeur qui a souvent découragé plus d'un garde allemand.

Hélas, le truc du maroilles est maintenant éventé, lui aussi...

Trois quarts d'heure plus tard, après avoir payé un modeste repas, Juliette s'apprête à partir. Elle a abandonné ses papiers d'identité français. Ils serviront au retour. Elle a toujours son dictionnaire sous le bras. Dans son sac, un passeport au nom de Léonie Sommers, habitant Courtrai. En cas de fouille, elle est en règle.

— C'est ma nièce, a dit la dame belge en riant. Elle a un p'tit nez en l'air comme vous, te seï, et les mêmes yeux bleus, a-t-elle ajouté. On ne « saurait pas faire la différence avec ».

Juliette en jetant un coup d'œil précis sur le passeport n'a pas été très convaincue, ni par la ressemblance, ni par la qualité du document. Mais elle n'a à subir que le contrôle de Leers, puis celui de Pipaix. A moins qu'elle ne prenne le train à Tournai, vers Bruxelles.

— Ah ! voilà Victor, dit la dame.

Un grand bonhomme sec, aux mains énormes,

vêtu d'une blouse de marchand de bestiaux, barbu et sombre, soulève sa casquette pour saluer Juliette.

— Mademoiselle...

C'est lui qui est chargé de l'accompagner jusqu'aux deux contrôles. Juliette salue son hôtesse toujours aussi joviale et sort suivie de Victor.

Dehors, une charrette les attend, chargée de bottes de paille et de deux tonneaux. L'homme s'assied sur le siège, Juliette sur la paille.

Un coup de fouet libère l'ardeur d'un cheval squelettique et la charrette démarre, un peu bringuebalante. Il est une heure de l'après-midi.

Juliette jette un petit coup d'œil vers la maison française : le rideau ne bouge pas, mais Juliette sait qu'on assiste à son départ. Au milieu de la rue les gendarmes allemands continuent de longer avec le même automatisme la ligne de gros pavés, dérisoire symbole d'une frontière séparant deux pays mais sur laquelle, déjà, bien des gens sont tombés...

La charrette chemine dans la campagne.

— On prendra le train à Tournai, dit Victor. Ça va ?

— Ça va, répond Juliette.

Ils arrivent tous deux sans encombre à Leers. Premier contrôle. Papiers.

— Où allez-vous ? demande le factionnaire en allemand.

Victor lui répond en flamand :

— Doornik (Tournai).

— Et elle ?

— Doornik aussi.

— Qu'est-ce qu'elle fait avec vous ?

— C'est ma nièce. Elle n'aime pas marcher. Les filles... c'est fainéant, vous savez !

Victor rit. L'Allemand, pas. Il examine Juliette avec une froideur glaciale. Il s'approche d'elle. Il aperçoit le dictionnaire et le prend. Juliette a un frisson désagréable, cet homme au regard froid lui fait peur. Elle ne saurait pas dire pourquoi.

— Du sprichst Deutsch ? s'étonne à son tour l'Allemand.

Le tutoiement surprend et agace Juliette. Mais, avec un accent français épouvantable, en s'efforçant de faire des fautes et avec une assurance superbe, elle lui répond :

— Oh ! Nein ! Nein. Nur ein wenig... Zwei drei Wörter... mein Herr. Aber, Ich lern Deutsch. Ich habe gern, die deutsch Sprache[1].

Le soldat la regarde encore de son œil de serpent. Il a le petit sourire du conquérant qui, malheureusement pris par le devoir et le temps, doit remonter sur son cheval sans profiter de sa conquête...

— C'est bien d'aimer la langue allemande, dit-il en un français impeccable.

Au tour de Juliette d'être stupéfaite.

— Mais vous parlez bien français !

L'Allemand continue à sourire.

— Oui... J'ai appris avec les petites femmes de votre pays, dit-il toujours aussi glacial.

Juliette se contient : elle lui cracherait volontiers au visage.

L'Allemand, sans cesser de la regarder, lui rend le dictionnaire.

— Schade, murmure-t-il.

Et d'un signe de tête, il indique à Victor que leur équipage peut continuer son chemin.

Victor fouette le cheval.

— Dites donc... il vous trouvait à son goût, dit Victor quelques mètres plus loin en se retournant vers Juliette. « Dommage », qu'il a dit, quand on est parti. C'est vrai que vous parlez deux ou trois mots d'allemand ?

— Oui, dit Juliette. C'est vrai.

En passant dans la rue principale de Leers, Juliette aperçoit une affiche, rouge. Victor l'a vue

1. Oh ! Non, non. Juste un peu. Deux ou trois mots, monsieur. Mais j'apprends... J'aime bien la langue allemande.

lui aussi. Deux noms y sont apposés. Juliette n'a lu que « fusillés ». C'est, hélas, suffisant.

— C'est Decottignies et Maertens, lui dit Victor. Ils se sont fait avoir comme des bleus !

Et Victor lui raconte l'histoire de ces deux hommes qui détenaient des pigeons, malgré l'interdiction.

— C'est les Anglais, avec leurs avions, la nuit... Ils lâchent quelquefois des paniers avec un petit parachute. Y a un pigeon dedans... Ces deux-là, dit-il en désignant l'affiche, les ramassaient et ils ont passé des renseignements avec. Jusqu'au jour où c'est les Allemands qui ont mis des paniers pareils... Quand Decottignies et Maertens sont venus pour les ramasser, les Allemands étaient postés à trente mètres. Et voilà le résultat...

— God ver domme[1]... dit soudain Victor... Une patrouille !

Deux Allemands à bicyclette viennent en effet à leur rencontre, face à eux, fusil au dos.

— Halt !

Victor arrête sa charrette. Les deux Allemands posent leurs vélos sur la route.

— Papier !

Juliette et Victor exhibent leurs papiers. Tranquillement Victor sort alors une pipe de sa poche pendant l'examen des papiers et la bourre.

L'un des deux Allemands ordonne à Juliette de se lever. Ce qu'elle fait. Il fixe alors à son fusil une baïonnette et va se mettre en devoir de piquer chaque botte de paille.

Victor laisse alors tomber une boîte d'allumettes qui rend un curieux son métallique. Le deuxième Allemand le regarde, ramasse la boîte d'allumettes et dit au premier Allemand :

1. Nom de Dieu.

— Gut, gut, Herbert... Das ist genug. Komm! Komm[1].

Le premier Allemand, fusil levé, regarde le second et remet la baïonnette dans son ceinturon. Tous deux reprennent leurs vélos, et démarrent.

Victor les regarde partir, remet sa pipe dans sa poche, lance un solide clin d'œil à Juliette.

— Et voilà! Hue cocotte!! dit-il simplement avec son bel accent.

Un coup de fouet sur le cheval, et la charrette redémarre.

— Que s'est-il passé? demande Juliette.

— Je leur ai fait le coup de la boîte d'allumettes! Ça a marché, dit Victor avec un ample sourire de satisfaction.

— La boîte d'allumettes?

— Oui. Vous faites tomber une boîte d'allumettes. Avec des allumettes dedans, bien sûr, dit-il en clignant de l'œil, et surtout un demi-louis en petites pièces. Y a des Allemands qui sont au courant... d'autres qui ne savent pas. S'ils savent, ils ramassent la boîte, et vous passez. S'ils ne savent pas..., vous ramassez votre boîte vous-même. C'est raté. C'est tout. Vous savez... au fond, les Allemands, c'est des hommes comme tout le monde. Y en a qui mettent l'argent au-dessus de tout... Des autres... qui sont des idéalistes, dit Victor avec un petit rire.

— Et vous? demande Juliette.

— Oh! moi... je ne les aime pas. C'est tout, conclut Victor.

En arrivant à la gare de Tournai, Victor s'arrête, dans une petite impasse proche de la gare. Il a besoin de faire, comme il le dit lui-même, « eun petite coulette », au grand étonnement de Juliette. Mais elle est bien plus ébahie deux secondes plus tard de voir un jeune homme surgir de la charrette en s'extrayant d'un des deux tonneaux où il était

1. Ça va, Herbert... ça va... Viens, viens.

caché depuis le départ ! Le jeune homme met un doigt sur les lèvres pour imposer silence à Juliette. Il rentre alors dans une sorte de petite cabane à outils que masquait la charrette. Victor se retourne rapidement, prend alors le cheval par les naseaux et le fait reculer vers la gare. Le tout n'a pas pris plus de dix secondes.

Juliette n'est pas encore remise de son ahurissement quand elle monte dans un compartiment avec Victor qui ne lui a d'ailleurs donné aucune explication. Mais en est-il besoin ?

— Je vais avec vous jusqu'à Ath, dit-il simplement.

Et le train s'ébranle en crissant sur les rails.

A Leuze-en-Hainaut, quelques arrêts avant Ath, l'attente semble bien longue à Juliette.

— Ouais... c'est pas normal, dit Victor.

Il va pour se pencher à la fenêtre du train quand celle-ci s'ouvre ! C'est le convoyeur, belge, du train.

— Visite exceptionnelle, dit-il rapidement. La police en civil !

— Oh ! cela, j'aime pas, dit Victor.

Et avec la rapidité d'un chat, il se penche à la fenêtre de l'autre portière, à contre-voie.

— Y a personne, dit-il. Faut y aller !

— Pourquoi ! On a nos papiers ! proteste Juliette.

— Vos papiers... avec ceux-là... on se retrouve en prison en moins de deux !

Juliette ne discute pas davantage. Elle descend à contre-voie, avec Victor.

— On est en queue. On va monter en tête, dit-il tout en marchant rapidement le long de la voie. C'est sûrement celui qui parlait français... Il devait vous regretter... Il a eu des remords, le salaud !

Juliette, gênée par sa jupe, a bien du mal, entre les traverses, à suivre Victor. Mais elle s'explique mieux maintenant l'aversion que lui inspirait tout à l'heure cet Allemand.

— Il nous a dénoncés vous croyez ?

— Un coup de téléphone, c'est vite donné !

Et voilà que soudain le train démarre. D'un bond, Victor grimpe sur le marchepied d'un compartiment et ouvre une portière.

— Montez, chuchote-t-il, montez !

Juliette court sur le ballast, empêtrée dans sa jupe.

— Je ne peux pas, souffle-t-elle, je ne peux pas !

Victor l'empoigne alors d'une main ferme, tout en maintenant la portière. Le train accélère. Victor la soulève comme une plume. Ouf ! Juliette est montée.

Par bonheur le compartiment est vide. Victor se précipite à la fenêtre opposée. Au loin, sur le quai, quatre Allemands lugubres, lunettes et chapeau, entourent un couple...

— Ils ont quand même eu quelqu'un, dit Victor tristement.

A Ath, il la quitte. Ils se regardent longuement tous les deux comme deux complices qui viennent de vivre une longue aventure. Sur le quai, Victor soulève sa casquette.

— Vous avez eu du cran, lui dit-il. On se reverra peut-être au retour...

— Mais, dit Juliette, je ne vous ai pas payé.

— Au retour, mademoiselle Hutin-Morel, au retour, chuchote-t-il en souriant avec douceur.

— Mais...

— Chut ! ajoute-t-il en posant un doigt sur ses lèvres. Amitiés à Bruxelles...

Juliette, de la fenêtre de son compartiment de troisième classe, regarde s'éloigner avec une stupeur croissante ce long bonhomme à la silhouette sombre et aux mains énormes qui vient avec tant d'élégance de lui rappeler son nom.

Il est dix-neuf heures trente quand Juliette arrive à Bruxelles, gare du Midi. Sur le quai, où elle débarque en tête, quelques voyageurs seulement la précèdent. Au bout du quai, des gendarmes allemands, des policiers en civil attendent et filtrent les arrivants.

— Mais que peut-il bien se passer ? se demande Juliette.

Se rappelant alors que « ceux-là » ne sont pas commodes, selon le mot de Victor, Juliette sort de son sac la paire de lunettes et la chausse, à tout hasard. Et elle replace son dictionnaire au fond du sac.

— Papier ! dit un Allemand qu'elle voit abominablement flou.

Elle montre alors son passeport qu'elle tenait, par bonheur, à la main. Instant d'émotion : l'Allemand lui demande d'enlever ses lunettes. Juliette s'exécute. L'Allemand regarde alors alternativement le passeport et la demoiselle, l'air dubitatif.

— D'où fenez-fou ? dit-il, avec un fort accent bavarois.

— Hein ?

— D'où fenez-fou ?

Juliette remet alors ses lunettes. Elle décide de jouer les idiotes.

— Qui ?

— Fou !

— Moi ?

— Oui ! D'où fenez-fou ? s'impatiente déjà l'Allemand.

— De chez moi...

— Fou, fou foutre... te moi ?

— Moi ?

— Oui !

— Non, monsieur, répond Juliette d'une voix désespérée.

— Alors... d'où fenez-fou ? éructe l'Allemand.

Juliette tout à coup se met à pleurer.

— Mais de chez moi... monsieur... je vous l'ai dit. Je vis seule avec...

— C'est où chez fou !!! hurle l'Allemand.

— Chez moi ?

— Jaaa ! rugit l'Allemand.

— Mais... Courtrai, monsieur.

Et les sanglots de Juliette redoublent.

Un autre policier s'approche alors du premier et Juliette l'entend distinctement murmurer à son collègue :

— Tu vois pas qu'elle est complètement abrutie. Ne perds pas ton temps avec cette andouille...

— Mais tout de même... objecte le premier.

— Viens ! J'ai trouvé !

Et très gentiment il demande à Juliette avec plus d'accent encore que son collègue :

— Où allez-fou ?

— Qui ?

— Sie !... Fou ! se reprend-il, en souriant.

— Moi ?

— Ja.

— Bruxelles ! dit Juliette en lui rendant son sourire.

— Ach ! Gut, gut ! Sie können abhauen[1].

— Comment ? demande Juliette.

L'homme joint alors le geste à la parole :

— Los... los !

Et son sourire augmente à mesure qu'il répète :

— Los, los.

Juliette passe.

Jamais femme ne sera plus heureuse d'avoir été prise pour une imbécile.

Il est dix-neuf heures quarante-cinq quand Juliette sort de la gare à grand-peine : la puissance de ses verres correcteurs ne rend pas sa démarche facile. Elle traverse la place comme on pénètre un brouillard épais. Par prudence, elle décide cependant de garder les lunettes dans le tramway qui l'emmène près de la rue Vandervelde. — « On ne sait jamais. » — Le tramway se vide peu à peu, ce qui lui permet de les ôter quelques instants plus tard

1. Vous pouvez filer.

et de se frotter les yeux très naturellement, puis d'essuyer ensuite les verres, geste tout aussi naturel. Elle peut enfin voir où elle se trouve. L'hôtel Métropole ! Juliette sent son cœur se serrer. Un an auparavant elle y retrouvait ses parents attablés. Que de drames en un an, mon Dieu !...

« Dans trois mois, c'est la guerre. »

Cette phrase de son père vient heurter violemment sa mémoire.

— Papa ! Papa... où es-tu ?

De tout son amour, la petite Juliette de vingt et un ans, si forte, si courageuse et si habile aussi appelle son père à l'aide. Elle aurait tant besoin de retrouver son visage... parfois. Comme en ce dimanche 28 juin où il s'était levé pour l'embrasser à la terrasse de l'hôtel Métropole. La moustache piquait bien un peu, mais c'était si bon et si tendre de se retrouver ainsi...

Le wattman annonce la station. Juliette enlève alors ses lunettes, les replace dans son sac, se précipite, à la surprise de ce dernier, pour descendre. Le temps qu'il ait pu réaliser... Juliette est déjà loin.

Elle arrive rapidement au 9 de la rue Vandervelde. Elle sonne. On lui ouvre. C'est Grosse Jeanne !

Elles sont aussi ébahies l'une que l'autre. A tel point que l'une ne songe pas à entrer, tandis que l'autre ne songe pas à l'y inviter. Elles se tombent néanmoins littéralement dans les bras après quelques secondes. Et Grosse Jeanne, riant et pleurant, entraîne Juliette, pleurant et riant, dans le petit salon de la maison.

C'est ainsi qu'elles ont, en quelques minutes d'explication, la révélation de leurs activités respectives.

C'est Étienne Lepoutre qui a pris, très vite, l'initiative de demander à Grosse Jeanne si elle voulait bien faire partie de l'organisation étant donné sa connaissance parfaite des deux pays et ses affinités pour l'un et l'autre. Elle a tout de suite accepté bien entendu, et elle est devenue une « boîte aux lettres » importante de la région de Bruxelles. Étienne Lepoutre, lui — Juliette s'en doutait bien un peu —, est un des responsables principaux de cette résistance à l'ennemi qui « s'est mise en place très vite après l'arrivée des Allemands », lui révèle Grosse Jeanne.

— Tu n'as pas eu trop de difficultés pour passer ? demande-t-elle à Juliette.

Juliette lui raconte alors par le détail les circonstances de son voyage, jusqu'à l'arrivée, inquiétante, à Bruxelles.

— Ça ne m'étonne pas. Les Allemands sont très nerveux en ce moment, surtout depuis ce matin ! Des aviateurs anglais ont lâché des bombes sur des hangars de zeppelins, paraît-il. On dit même qu'ils ont réussi à en détruire un. On a entendu des explosions. La chasse à l'espion bat son plein, dit Grosse Jeanne.

— Mais alors... c'est à toi que je dois remettre mon courrier, si je comprends bien ? lui demande Juliette.

— Oui... si tu le veux bien.

Juliette monte alors avec elle dans une petite chambre pour se déshabiller.

— Où sommes-nous, ici ?

— C'est une petite maison appartenant au fils Naessens, le patron de Maurice. Son père et lui sont au front. La famille est en France libre. Je n'y viens qu'occasionnellement.

— Tu as des nouvelles de Maurice ? s'inquiète Juliette.

Le visage de Grosse Jeanne s'aggrave subitement.

— Pas depuis un mois.

— Ah !

Juliette n'en dit pas plus. Elle embrasse simplement Grosse Jeanne avec tendresse et de tout son cœur.

— Oh ! je ne suis pas trop inquiète. Maurice n'écrit pas beaucoup. Les combats sur l'Yser sont très durs. Il ne doit pas avoir beaucoup de repos. Et puis le courrier n'est pas facile à acheminer, tu le sais, lui dit-elle avec un petit sourire doux et si tendre...

Grosse Jeanne laisse flotter un instant sa pensée.

— Non, je n'ai pas... je n'ai pas de mauvais pressentiment... pour Maurice.

— Tant mieux.

Elles s'appliquent toutes les deux à extraire des deux jupons et de la robe de Juliette les petits billets qui y sont dissimulés, pauvres messages d'espoir. Les autres sont de simples papiers d'un blanc laiteux, écrits au jus de citron et ne concernent pas les familles.

— Tu as les lunettes ? demande Grosse Jeanne.

— En bas, dans mon sac. C'est... dans les branches ? questionne Juliette.

— Non. Ni dans les branches, ni dans l'étui : dans les verres, répond Grosse Jeanne.

— Dans les verres ? s'étonne Juliette.

— Oui.

Et Grosse Jeanne lui explique qu'on vient d'essayer un procédé nouveau permettant d'écrire près de trois mille mots, minuscules, sur une pellicule spéciale qu'on colle, invisible, sur des verres de lunettes et qu'on projette ensuite sur un écran qui restitue alors le message en grandeur nécessaire.

— C'est prodigieux, lui dit Juliette.

— Oui, prodigieux. C'est plus commode que se serrer la main en glissant un message ou en se donnant de l'eau bénite à l'église ! Et puis, tu vois, ajoute Grosse Jeanne en riant, c'est bien utile aux idiotes pour passer les contrôles.

En descendant, Juliette lui restitue les précieuses lunettes dans leur étui.

— Tu as le dictionnaire ? demande alors Grosse Jeanne.

— Le dictionnaire... ?

— Oui.
— Oui... j'ai un dictionnaire dans mon sac, mais...
— Il ne faut pas que tu le conserves.
— Ah ?
— Non.
— Bien.
Elle est très étonnée, Juliette. Elle ne pose pas de question, mais elle est très étonnée ! Elle se rappelle parfaitement qu'Étienne Lepoutre l'a dissuadée d'effectuer ce passage en paysanne, vendeuse de légumes se rendant au marché, mais...
— Tu n'as ni le visage ni les mains d'une femme qui travaille la terre, lui avait-il dit. Reste toi-même. Demain je t'apporterai un dictionnaire : tu seras une jeune fille qui va donner des leçons d'allemand. C'est mieux.
— Mais, je n'ai pas besoin de dictionnaire, Étienne. J'ai le mien.
— Non. Il peut t'être utile. J'en ai un vieux chez moi, un peu fatigué... Si tu le perds... c'est sans importance.
C'est Grosse Jeanne qui tire Juliette de sa rêverie.
— Étienne a sûrement voulu que tu puisses passer la frontière le plus tranquillement possible. C'est tout simple...
— Oui, sans doute, dit Juliette, mais tout de même...
— Il était préférable que tu ne saches rien, croismoi ! Seul le résultat compte !
Et Grosse Jeanne lui révèle que chaque page du dictionnaire est couverte dans le haut et dans le bas de multiples renseignements, écrits à l'encre sympathique, indiquant les travaux de défense exécutés dans la région de Lille, Roubaix et Tourcoing, et surtout l'emplacement des batteries allemandes, la nature et la dimension des canons en place. S'y ajoutent aussi le mouvement des troupes et les matériels acheminés, etc., etc.
— C'est si important que cela ?

— Oui.
— Et il m'a confié cela... à moi ?
— Oui.
Juliette ne trouve rien à répondre. Mais elle est heureuse, flattée même. L'émotion, la fatigue du voyage, les peurs, les révélations reçues à propos des lunettes et du dictionnaire, tout cela lui semble suffisant pour aujourd'hui.
— Étienne a une grande confiance en toi, tu sais.
Juliette ne dit rien mais elle sourit.
— Et tout cela va partir pour l'Angleterre ?
— Oui. Par Flessingue, répond Grosse Jeanne. Tu vas manger un petit peu. Après quoi tu iras te coucher, hein ? lui dit-elle avec la même tendresse et la même affection qu'elle lui portait quand Juliette avait cinq ans et demi.

Deux semaines plus tard, les alliés bombardaient Lille. Les batteries allemandes étaient détruites. Les renseignements confiés à Juliette s'étaient révélés de la plus grande efficacité.

Le lendemain matin, après avoir dormi plus de douze heures, Juliette découvre un petit mot glissé sous la porte, pendant son sommeil, par Grosse Jeanne : « J'ai été obligée de m'absenter. Je reviens te chercher à dix heures. Ton déjeuner est prêt. Tu n'as que le café à réchauffer. Surtout ne bouge pas avant mon arrivée. N'ouvre à personne. N'ouvre aucune fenêtre. Il ne faut pas attirer l'attention sur cette maison. Il y a des livres dans la chambre. Gros baisers. »
Juliette n'avait rien pu voir de la chambre en se couchant la veille : Grosse Jeanne lui avait formellement interdit d'allumer une lumière. Elles avaient même soupé toutes les deux à la clarté du jour finissant. Après quoi, elles étaient montées se coucher.
Juliette va donc faire sa toilette puis elle descend pour déjeuner. Surprise, il y a du beurre et du pain blanc !

Elle a emporté avec elle un vieil exemplaire de *La Libre Belgique* qui traînait dans la chambre. Un titre a tout particulièrement attiré son attention : « Le Grand Devoir », signé d'un certain Georges Clemenceau...

Son père lui parlait parfois de ce journaliste qui écrivait dans *L'Homme libre*, avant la guerre. Michel aussi d'ailleurs.

C'est la reproduction d'un article paru le 28 août 1914. Deux mois après l'assassinat de l'archiduc François-Ferdinand. Deux mois après les retrouvailles de l'hôtel Métropole. Juliette le dévore. Une phrase retient soudain son intérêt : « Le peuple français n'est pas vaincu. Sa valeur, son endurance ne sont pas épuisées. Elles ne peuvent pas l'être tant qu'il restera assez de France pour qu'un homme y puisse poser les deux pieds. »

Pourquoi Juliette a-t-elle le sentiment que ce monsieur Clemenceau s'adresse personnellement à elle en écrivant cela ?

Surtout quand elle lit : « Tous au devoir, jusqu'à la mort, au-delà même, par la puissance de l'exemple qui fait surgir les morts de la terre natale pour signifier aux vivants que ce n'est plus le temps d'aimer la vie, quand ceux qui seront la France de demain réclament de nous d'avoir vécu pour quelque chose de plus que de se trouver vivants, sans raison de vivre ! »

Juliette relève un instant la tête. Elle relit avec émotion cette phrase qui exalte et qui oblige. Est-ce parce qu'elle se trouve à Bruxelles ? L'image de ses morts lui apparaît comme si chacun d'eux lui définissait le but à poursuivre et lui dictait le sens de sa vie.

Elle a vingt et un ans Juliette et, petit maillon d'une longue chaîne infinie, elle se sent prête à donner sa vie pour que ceux de son pays vivent un jour un avenir plus beau...

Il est dix heures précises quand Grosse Jeanne

arrive rue Vandervelde. Juliette achève son café.

— Je t'emmène chez les Naessens, avenue Louise. Nous avons quelqu'un à y voir.

— Bien.

Juliette remonte dans sa chambre. Elle a refait le lit. Elle remet le journal à sa place exacte et rejoint Grosse Jeanne en bas. Après avoir pris grand soin de ne pas se faire remarquer, toutes deux sortent de la maison avec précaution. Il fait beau en cette matinée du 15 juillet, mais Bruxelles n'a plus le même visage de joie que le 28 juin 1914.

La guerre se sent partout. Bien sûr, les rues sont animées, Bruxelles reste une capitale, mais l'allure de la foule n'est plus la même. Les gens ne parlent plus, ils chuchotent. Comme s'ils avaient peur. Comme si ne pas participer aux combats leur faisait honte.

Ce qui frappe surtout Juliette, c'est le deuil. Peu d'hommes, ils sont à la guerre, mais beaucoup de femmes en noir qui marchent avec une sorte de prudence, comme pour se faire pardonner cette marque de détresse qui risque d'atteindre peut-être le courage des autres.

Tout est allemand partout. Jusqu'aux cinémas qui proposent des films allemands. L'armée est présente dans les tramways, dans les magasins, en voiture, dans les rues.

Ah! ce n'est plus le défilé joyeux des équipages se rendant à Boitsfort pour assister aux courses. Ce n'est plus le brouhaha charmant d'une ville attendant le triomphe de son champion au Tour de France de 1914. C'est Bruxelles de 1915. Bruxelles qui subit la guerre. Même les civils ont l'air allemand: costume gris, chapeau gris, lunettes cerclées, nuque rasée: la police secrète veille...

C'est la même vision triste, en plus grand, qu'à Lille.

Devant un bel immeuble de la rue de la Loi, les

sentinelles font les cinquante pas réglementaires que Juliette connaît bien.

Sans même y prendre garde, presque instinctivement, elles passent toutes deux sur le trottoir opposé.

— Ce sont les bureaux du service de contre-espionnage, lui dit Grosse Jeanne.

— On y sent un affairement bizarre... murmure Juliette.

— Les nouvelles sont peut-être mauvaises... chuchote en riant Grosse Jeanne.

A quelques mètres de là, une affiche retient l'attention de quelques badauds. Elles lisent, en passant, par-dessus les épaules : « Ont été fusillés ce matin en vertu de l'arrêt du Conseil de guerre... » Suivent alors les noms de huit Belges, hommes et femmes.

« Ils avaient pris une part active à une organisation qui transmettait à l'ennemi des renseignements sur les mouvements de nos troupes...

« Ils ont été condamnés à mort pour raison d'espionnage... »

Juliette et Grosse Jeanne reprennent leur marche, en silence, après un bref regard.

Avenue Louise, elles arrivent devant le bel hôtel particulier, moderne, des Naessens.

— Eh bien... ils ne manquent de rien ces gens-là, observe Juliette avec un peu plus de jovialité qu'il ne serait nécessaire.

Grosse Jeanne a un petit sourire.

— Non. De rien, dit-elle.

Elle sonne. C'est une religieuse qui ouvre la porte.

— ÉMILIE !!! s'écrie Juliette d'une voix si forte qu'Émilie, car c'est elle, met aussitôt un doigt devant la bouche pour refréner l'énergie de sa sœur en la faisant entrer.

— Chut ! Pas si fort !

Grosse Jeanne entre derrière Juliette.

— Émilie ! Émilie ! Émilie ! Oh ! Oh ! Mon Dieu ! É-mi-lie !

Éperdue, Juliette. Éperdue d'émotion, de bonheur et de larmes mêlés. Elle a saisi sa sœur à pleins bras par la taille, irrésistiblement. Comme pour danser une ronde. Émilie elle aussi, tout à coup, a perdu un peu de sa réserve et, bien que gênée par sa coiffe, elle répond comme elle le peut à l'enthousiasme frénétique de sa sœur.

— Émilie ! Émilie ! répète-t-elle. Émilie ! Tu es tout ce qui reste de nous ! Mon Dieu ! Et tu es là ! Merci ! Mon Dieu ! Merci ! Quel bonheur de se revoir ! C'est toi ? demande-t-elle à Grosse Jeanne, c'est toi qui as provoqué cela ?

Grosse Jeanne, en larmes elle aussi, acquiesce d'un signe de tête.

Juliette bondit sur elle et l'embrasse avec la même puissance.

— Oh ! merci ma Jeanne, merci.

Elle repart vers sa sœur.

— Viens t'asseoir, viens t'asseoir, lui dit alors Émilie pour tenter d'endiguer cet ouragan de joie qu'est devenue Juliette.

— Oui, oui ! Asseyons-nous ! Asseyons-nous !

Elles gravissent quelques marches de marbre qui mènent à une grande entrée, de marbre également, où les miroirs étincellent et s'asseyent dans un petit boudoir proche.

— Ah ! te revoilà ! Et à Bruxelles ! Tu ne peux pas savoir comme c'est extraordinaire... Depuis que j'y suis arrivée, je ne pense qu'à papa et à Michel. Tu comprends ? A maman aussi, bien sûr. Pauvre maman... Et te voir, toi, comme cela, c'est si inattendu, dit-elle en lui prenant les mains.

Émilie, de trois ans son aînée, a toujours été très proche de Juliette jusqu'à l'instant où sa vocation a été la plus forte et l'a éloignée de la rue de Turenne.

— Ils continuent à nous guider, dit doucement Émilie.

— Oui. Oh oui ! sûrement. Maintenant, je le crois,

sûrement. Je me suis crue abandonnée de tout, de tous. De Dieu même ! Et sans Étienne et Louise... je ne sais pas...

Juliette se tait tout à coup. Émilie se penche tendrement vers elle.

— Parle, dis-moi... tu as douté, hein ? Tu as douté, je le vois.

— Oui, dit Juliette d'une petite voix mouillée. Oui... c'était trop, tu comprends ? La guerre, la destruction de Lille, la mort de Michel, de papa, de maman. C'était trop. Je me suis demandé où était Dieu. Tu comprends ? Pourquoi Il nous infligeait cette punition implacable ? De quoi étais-je coupable ? Quel était notre crime envers Lui ?

— Oh ! comme je te comprends. Mais c'est bien la preuve de sa force et de son existence que de nous faire douter de Lui, dit Émilie. Pour mieux le retrouver. C'est le découragement passager qui renforce la valeur du courage. Moi aussi j'ai parfois cherché les réponses aux mêmes interrogations que toi. L'important, c'est de continuer à chercher, de continuer à s'interroger.

Et Émilie lui raconte Louvain, sa déportation affreuse où, sans que quiconque puisse trouver d'explication, il y a eu tant de morts. Jusqu'au retour même... où des gens épuisés de fatigue et de faim sont tombés d'un wagon à bestiaux, ouvert à cause de l'odeur... Arrachés par le souffle d'un train venant en sens inverse ils ont été disloqués sur la voie. Elle-même n'a dû son salut qu'au prêtre qui l'a rattrapée par le cou, mais elle a été gravement blessée. Elle est restée couchée des semaines...

Ce qu'Émilie ne dit pas c'est que son obligation de rester au lit était due bien plus à une affection des poumons qu'à sa blessure.

— C'est pour cela que je n'ai pas pu répondre à ta lettre. Et puis, j'ai été longtemps accablée par le remords de me sentir un peu responsable de la mort de papa. Je n'ai eu que le secours de Dieu pour lui demander pardon. J'aurais tant voulu le revoir, papa, pour apaiser son angoisse, à propos de Michel...

Grosse Jeanne se lève rapidement comme pour faire diversion et va jeter un coup d'œil à une fenêtre.

— L'ambulance est en bas, dit-elle à Émilie.

— Déjà ?

— Oui.

— Tu es venue en ambulance ? s'étonne Juliette.

— Oui. Je soigne les blessés de l'hôpital de Louvain. On m'a convoyée en ambulance.

— Allemande ? demande encore Juliette.

Émilie ne répond pas tout de suite à la question que vient de lui poser Juliette avec une petite trace d'agressivité.

— Dieu n'a pas de patrie, Juliette. Des hommes souffrent, qui sont créatures de Dieu, je ne vois pas autre chose, dit-elle avec un triste sourire. Je sais ce que tu fais. Laisse-moi accomplir ce que je dois.

— Pardonne-moi, dit Juliette. Pardonne-moi.

Et très naturellement Juliette vient se mettre aux genoux d'Émilie. Elle revient alors à ce qui tout à l'heure a provoqué en elle un grand étonnement, juste avant que ne se lève Grosse Jeanne.

— Je n'ai pas très bien compris. Tu viens de dire que tu aurais voulu apaiser papa, à propos de Michel... mais... tu l'as revu, dit-elle.

C'est au tour d'Émilie d'être surprise.

— Non ! Pourquoi dis-tu cela ?

— Je vais faire patienter un peu le chauffeur de l'ambulance...

L'intervention de Grosse Jeanne les interrompt encore un instant. Quand elle revient, Grosse Jeanne entend Juliette expliquer à Émilie ce que Étienne Lepoutre leur a raconté, à sa mère et à elle...

— Oui. Étienne a menti, dit Grosse Jeanne. Il ne

voulait pas que la mort de votre père puisse vous apparaître aussi inutile. Et il a bien fait, ajoute-t-elle, presque autoritaire. Ainsi votre maman est morte en paix en pensant qu'il t'avait revue, Émilie.

Elles se taisent toutes les trois. Comme si leurs morts leur en donnaient l'ordre : « Qu'importent les circonstances. Nous sommes morts parce que le destin l'a voulu. »

— Oui, c'est mieux ainsi, dit Émilie. Jeanne a raison. Voulez-vous que nous priions pour eux ?

Émilie se lève. Elle fait le signe de croix. Juliette et Grosse Jeanne s'agenouillent devant elle. Et c'est une image irréelle que de voir ces trois femmes dont l'une vient de porter des messages de paix et de guerre, d'amour et de haine, que l'autre a recueillis et transmis, prier avec celle qui soigne des hommes qui ont tué et qui vont peut-être mourir à cause des deux autres. Cette prière s'élève comme un chant d'espérance dans ce petit boudoir luxueux de Bruxelles, un chant que leurs parents semblent murmurer avec elles, comme pour s'unir à elles.

— Amen, dit Émilie en se signant.

Grosse Jeanne et Juliette se signent et se relèvent...

Émilie est en bas des marches. Elles s'étreignent, Juliette et elle, avec une ferveur singulière. Et à l'oreille, Émilie lui glisse sans chercher à contenir son émotion, pleurant et riant à la fois :

— J'ai eu des nouvelles de Gaston. Il est au front, en Champagne. Le petit Franz est né. Il va bien. Il est en Suisse avec sa maman, près de Lausanne.

— Mais comment... demande Juliette, la voix étranglée elle aussi par les larmes, comment... as-tu pu... ?

— Je t'ai dit que Dieu n'avait pas de patrie, répond Émilie avec un petit sourire. Les couvents non plus... On communique...

Et Émilie part très vite en refermant la porte sur elle.

— Merci, mon Dieu, murmure Juliette en joignant les mains. Merci pour papa et pour maman...
Grosse Jeanne qui a tout entendu la recueille alors dans ses bras.

Le voyage de retour de Juliette Hutin-Morel par Le Berquier-Wattrelos s'est passé sans surprise...

Entre le 16 juillet et le 21 septembre 1915, Juliette fera quatre fois l'aller et retour France-Belgique dans les mêmes conditions de danger. Elle ne reverra Grosse Jeanne que la quatrième fois.

Quand, au matin du 22 septembre, Juliette sort avec Étienne Lepoutre de la rue de Turenne, c'est pour apercevoir un attroupement près de la place Cormontaigne.

— Ah ! une affiche de plus... dit Juliette.

Étienne ne répond rien.

Ils s'approchent tous les deux à l'instant où une femme en pleurs se détache du cercle des curieux.

— C'est horrible, dit-elle.

« Les personnes mentionnées ci-dessous ont été fusillées ce même jour à la Citadelle, à savoir :

— le marchand de vins en gros, Eugène Jacquet,
— le sous-lieutenant, Ernest Deconinck,
— le commerçant, Georges Maertens,
— l'ouvrier, Sylvère Verhulst.

1. Pour avoir caché l'aviateur anglais qui a atterri à Wattignies, le 11 mars dernier, l'avoir hébergé et lui avoir facilité son passage en France de sorte qu'il a pu rejoindre les lignes ennemies.

2. Pour avoir entretenu et aidé des membres des armées ennemies et, après avoir quitté leur uniforme, séjourné dans Lille et les environs, et les avoir fait évader en France.

[...] les deux cas étant considérés comme espionnage sont portés à la connaissance du public pour qu'ils servent d'avertissement.

LE GOUVERNEUR. »

Juliette et Étienne se regardent sans prononcer un seul mot et rentrent rue de Turenne. Dans la maison, Étienne laisse éclater sa colère.

— Les salauds ! dit-il sourdement avec un tremblement dans la voix, les salauds ! Et en plus ils osent dire qu'on les a fait évader en France ! Alors... on est où, ici ?

— En Allemagne, répond calmement Juliette. Pour les Allemands, le nord de la France, maintenant, c'est l'Allemagne !

17

— Si vous saviez le bien que vous lui faites, monsieur Bichelay, s'écrie la libraire. Elle n'est plus la même depuis qu'elle vous connaît.

— Elle vous l'a dit ?

— Oh ! mais ce n'est pas la peine ! Ça se voit !

Pierre Bichelay a envie de lui avouer que c'est lui plutôt, lui surtout, qui retire un bonheur singulier de cette rencontre avec la vieille dame. A quel point son extraordinaire joie de vivre, malgré tout ce qui l'accable, est pour lui un exemple. A quel point aussi il se sait mieux depuis leur déjeuner de la veille...

— Elle m'a tout raconté vous savez, avec une joie...

Bichelay a un petit recul.

— Tout ? s'étonna-t-il.

— Vous pensez ! Un pareil déjeuner !... Du caviar, des truffes ! C'est qu'elle adore la table ! Et ce vin du Rhône qu'elle ne connaissait pas... le...

Et tandis que la libraire tente de se rappeler le nom d'un vin qu'ils n'ont pas bu et lui détaille un menu qu'ils n'ont pas pris, Bichelay s'éloigne en souriant et plonge dans sa mémoire comme pour y rejoindre la vieille dame...

Il est passé prendre son journal, ce soir, à la librairie, encore ouverte à huit heures dix. Il savait bien qu'elle n'y serait pas. Car dès le matin il l'avait appelée...

— C'est votre coup de téléphone de château ?
— Bien sûr...
— Comment vous sentez-vous, ce matin ?
— Oh !... comment vous dire ?
— Alors, ne dites rien ! Moi, je suis encore tout émue... et si touchée de votre confiance. J'ai pensé à vous une grande partie de la nuit et...
— Je peux vous interrompre ?
— C'est grossier, mais tant pis ! Allez-y !
— Écoutez-moi bien, lui a dit Bichelay. Vous êtes la première personne à qui je parle, depuis trois ans ! Vous m'entendez bien ? La première !
Et Bichelay appuyait avec force sur les mots. Sa voix s'était un peu brisée.
— Du plus profond de mon cœur, je vous remercie... J'ai besoin de vous dire merci. Je vous ai parlé, j'ai pu vous parler... comme à ma mère. Vous ne pouvez pas savoir à quel point c'est important pour moi. Si vous saviez comme elle m'a manqué, depuis toujours... J'ai le sentiment magique que c'est elle peut-être qui a permis cette rencontre..
Bichelay n'avait pas pu achever...
La vieille dame l'écoutait avec une intensité incroyable. Dans ses yeux morts, des larmes brillaient, mais c'étaient des larmes de joie...
Bichelay ne pouvait pas les voir. Il ne pouvait pas savoir à quel point les mots qu'il prononçait lui apportaient à elle aussi un bonheur prodigieux.
Ils restaient silencieux tous les deux, unis par leur seule émotion.
— On se verra peut-être demain, avait-elle dit d'une toute petite voix. Aujourd'hui je suis trop occupée...
— Non, hélas. Je pars tout à l'heure pour Genève où j'ai un colloque sur la francophonie. Je ne rentre que dans deux jours. Mais je pars avec vous, rassurez-vous. Je pars avec le livre : je ne serai pas seul.

— Elle a été ravie aussi de votre promenade, bras dessus bras dessous, comme deux amoureux, m'a-t-elle dit.

Madame Lebert avait repris son petit compte rendu.

— Oui...

Bichelay refait surface tout à coup, revoyant avec attendrissement leur longue marche fragile, presque émouvante, à travers le Champ-de-Mars, dans la lumière tendre du Paris d'avril. « On est bien, hein ? » Oui ! il avait été bien au bras de sa vieille dame. En le quittant à la porte de son petit hôtel, elle avait ajouté : « Je suis mignonne, mais je suis une petite fleur fragile. Après tout ce que vous m'avez dit, j'ai besoin de me reposer. Vous, allez vite vous replonger dans mon livre. Comme cela vous resterez avec moi, veinard ! »

Et ils s'étaient séparés en riant...

— Elle a été très touchée de vous entendre parler ainsi de votre enfance si difficile, continuait madame Lebert.

Bichelay eut un arrêt brusque dans l'attendrissement.

— Elle vous a parlé... de mon enfance difficile ! ?

— Oui. Quand vous avez quitté l'Égypte ! A huit ans.

— L'Égypte ! ?

Bichelay se demande s'il a bien entendu.

— Oui. En 56 ! Au moment de Suez... quand le colonel Nasser a nationalisé le canal... Ça l'a beaucoup émue.

— En 56 ?

Et Pierre Bichelay se voit ainsi conter par la libraire, outre un menu qu'il n'a pas pris et un vin qu'il n'a pas bu, une enfance qu'il n'a jamais vécue ! Enfance que lui a concoctée, avec une jubilation qu'il devine mais dont la raison lui échappe, une vieille dame — de lettres — soucieuse de garder secrètes les vraies confidences reçues tout en satisfaisant à la curiosité de madame Lebert.

Et déjà il sait qu'elle attend avec impatience sa réaction...

Bichelay apprend alors qu'il a été enlevé de nuit dans un coffre de voiture où il a failli périr étouffé sous une couverture, à cause de la chaleur ! Pourquoi, grands dieux ?

— Combien de temps était-il resté pilote ?

— Pilote ?

— Oui. Du canal.

— Qui ?

— Votre père !

— Mon père...

— Oui. À Suez ! s'impatiente légèrement madame Lebert. Vous savez bien... Quand les pilotes du canal ont pu quitter l'Égypte... en septembre !

— Ah ! oui... dit-il.

La libraire semble si passionnée par cette belle fausse enfance que Bichelay ne se sent pas le goût de la décourager...

— Ça faisait combien de temps ? insiste-t-elle.

Le calendrier de la libraire porte la date du 11 avril. Bichelay décide d'entrer dans le jeu.

— Onze ans ! répond-il.

— Onze ans ?

— Eh oui !

— Mon Dieu... Et votre maman était morte là-bas ?

Ce mot-là est de trop. Bichelay ne le supporte pas.

— Je vous demande pardon, mais ce sont des souvenirs très douloureux pour moi et je préférerais...

— Oui, oui, bien sûr. C'est moi qui vous prie de m'excuser, répond la libraire. Mais, ajoute-t-elle très gentiment, ce n'est que la sympathie qui me rend si indiscrète.

Bichelay la remercie d'un sourire. Et comme il ne

veut pas quitter la librairie sur ce léger coup de froid, il la questionne à son tour.

— Comment l'avez-vous connue ?

— Par mes parents. Il y a plus de quarante ans. Ils tenaient le magasin avant moi. Et comme tous les auteurs, madame Lemonnier venait voir si ses livres étaient bien exposés. C'est comme cela... soupira-t-elle. J'ai assisté à sa détresse, vous savez, quand elle a commencé à ne plus voir. Mon Dieu ! C'était abominable... Elle n'acceptait l'aide de personne. Comme si elle voulait prouver à tous que sa vie n'était pas finie. Elle faisait semblant de s'intéresser aux livres, aux journaux, à tout ce qui paraissait. Mais en payant, elle mettait les pièces à côté du comptoir, parfois. Et elle me rudoyait : « Vous êtes jeune, vous les ramasserez ! Moi je ne peux pas me baisser. » La pauvre... Elle dissimulait comme elle le pouvait. Elle avait horreur de la pitié. Vous savez, les gens sont parfois maladroitement protecteurs avec les aveugles, dans le ton ou dans les gestes. Elle les repoussait : « Je ne vois rien, mais j'ai une excellente santé ! » leur disait-elle.

« Je me rappelle le jour où elle s'est heurtée au pare-chocs d'une voiture mal rangée sur le passage clouté d'en face. Ç'a été affreux ! Papa vivait encore à cette époque-là. Il l'a relevée. Elle ne s'était fait aucun mal, heureusement. Mais elle s'est effondrée dans ses bras, en pleurant, comme une enfant. C'est une image que je n'oublierai jamais... Elle voulait savoir, a-t-elle dit. Eh ben... elle a su ! Songez qu'au début, elle a même continué à écrire. Elle apprenait par cœur tout ce qu'elle avait pensé et le dictait ensuite à une secrétaire.

— C'est extraordinaire, dit Bichelay.

— Ah ! oui... C'est comme cela qu'elle a écrit *Les Regards dans l'ombre*. Ç'a été son dernier livre publié.

— *Les Regards dans l'ombre* ?

— Oui. Un volume de poésie. Très beau d'ailleurs.

Je vous le ferai lire, un jour. « Je m'amuse, disait-elle, en écrivant comme cela ! » Vous vous rendez compte ? « Je m'amuse... »

Bichelay écoutait madame Lebert sans dire un mot. Comme s'il puisait dans ce portrait de sa vieille dame ce que déjà, la veille, il avait éprouvé : une sorte d'énergie nouvelle, la volonté insolite de se retrouver.

— Elle a une prodigieuse mémoire, continua la libraire. Elle a écrit comme cela, si je puis dire, *Les Miroirs obscurs*. Un livre de nouvelles... qu'elle n'a jamais voulu publier.

— Pourquoi ?

— Je l'ignore ! Avec elle, vous savez... Mais quel courage elle a... Mon Dieu ! Par moments, elle distingue des ombres vagues. Mais c'est tout.

Ils se turent tous les deux comme s'ils cherchaient à percer les ombres vagues que distinguait la vieille dame. Madame Lebert était tout émue. Bichelay lui trouva soudain un beau visage.

— Un jour, elle a renoncé, reprit-elle. D'un seul coup ! A écrire, mais pas à vivre... Elle s'est mise à faire des conférences ! Partout ! Sur la musique, la peinture ! Vous vous rendez compte ! Elle a eu un succès prodigieux... En Europe, et même en Amérique... Dans les universités... Avec les jeunes ! Elle qui ne voyait plus parlait des couleurs et de la lumière. Oh ! Elle m'a dit un jour une chose merveilleuse, ajouta madame Lebert : « Depuis que je ne vois plus, je crois mieux. Peut-être parce que je vois l'invisible. » Et elle souriait ! C'est admirable, non ?

Bichelay ne répondit pas tout de suite. Il venait de comprendre en un éclair les raisons de la petite mystification sur son enfance difficile... Comme une sorte d'incitation, d'encouragement à dédramatiser sa vie. A en refaire les gestes, comme elle le lui avait si pathétiquement demandé au restaurant... A « s'amuser », comme elle l'avait fait, elle, en écrivant de mémoire ! A tenter par le rire... pourquoi pas ?...

de ranimer en lui des forces enfouies. Comme pour retrouver son souffle.

— Vous l'aimez bien, hein ? dit-il.

— Oh ! mon pauvre monsieur. Je la vénère. C'est un être tellement...

La libraire semblait hésiter comme si elle avait peur de trahir sa pensée.

— Je vais peut-être vous paraître stupide en disant cela, mais tant pis. C'est un être de lumière, vous comprenez ?

Et la voix de madame Lebert se cassa un peu. Des larmes lui vinrent aux yeux.

— Je vous demande pardon, dit-elle. C'est idiot.

— Oh ! non... Non, non. Je vous comprends très bien, répondit Bichelay. Moi aussi je... je l'aime infiniment.

... Il était plus de neuf heures du soir quand Bichelay quitta la petite librairie. Il emportait avec lui l'exemplaire de *Regards dans l'ombre* que madame Lebert lui avait confié.

Il le dévora dans la nuit.

Au retour de Genève, Bichelay, tel un amoureux impatient, vint à la librairie rendre à madame Lebert le volume de vers qu'elle lui avait prêté.

Assise sur son perchoir, la vieille dame achevait, comme d'habitude, son deuxième café.

— Ah ! vous voilà, Bichelay ! dit-elle en riant. Et elle lui chuchota aussitôt : Vous voyez, je simplifie !

— Oui, madame, me voilà !

— J'ai grand plaisir à vous voir...

— C'est, madame, pour moi une grande joie aussi... répondit Bichelay sur le même ton léger.

— Oh ! qu'en termes galants ces choses-là sont dites.

— Mises, rectifia Bichelay.

— Comment ?

— Mises, répéta-t-il.

— Quoi, mises ?

— Ces choses-là sont mises.
— Où ?
— Hein ?
— Pourquoi me dites-vous que ces choses-là sont mises ?
— Parce que c'est ce qu'a écrit Molière. « Ah ! qu'en termes galants ces choses-là sont mises. »
— Vous êtes sûr ?
— Certain.
— Comment connaissez-vous si bien Molière ? demanda-t-elle.
— J'ai joué *Le Misanthrope*, au lycée, avec des copains. Et j'étais Philinte...
La vieille dame aveugle sembla réfléchir un instant.
— Eh bien moi, à part Œdipe, je ne sais pas très bien ce que je pourrais jouer ! dit-elle.
Et son rire tonitruant fit vibrer les vitres et la petite suspension de la librairie.
Bichelay était sidéré. Madame Lebert confondue. Les clients stupéfaits. La librairie silencieuse.
Et c'est elle qui, avec une malice calculée, délivra chacun de sa stupeur et de son mutisme.
— Vous êtes en avance, aujourd'hui, dit-elle à Bichelay d'une voix suave.
— Euh... oui, répondit-il en assurant un peu la sienne. Je... je voulais absolument vous rencontrer.
— Pourquoi ?
— ... Comme ça...
— Pour le plaisir ? questionna-t-elle avec une espièglerie exquise en se penchant vers lui.
— Peut-être, répondit-il sur le meme ton.
— Monsieur Bichelay, vous n'allez tout de même pas me laisser croire que vous êtes amoureux de moi ?
— Eh, eh... ! je me le demande.
— Et vous osez m'avouer ça, comme cela... devant tout le monde ?
— Oui !

— Rassurez-vous... les clients sont discrets..., chuchota madame Lebert. Mais si vous voulez vous réfugier dans mon arrière-boutique, vous serez mieux...

La vieille dame parut hésiter un court instant.

— C'est un complot ?

— C'est un complot, répondit Bichelay.

— Alors... Voulez-vous m'y plonger, monsieur Bichelay, dit-elle, en lui offrant une main délicate, gantée de dentelle. Votre déclaration est si inattendue.

Dans l'arrière-boutique, Bichelay la fit asseoir confortablement.

— Alors... vous vouliez me voir ? demanda-t-elle quand elle fut installée.

Et elle avait la même voix d'enfant que pour lui dire : « Je suis mignonne, hein ? »

— Oui.

— Pourquoi ? D'où venez-vous ?

— D'Égypte.

Son rire éclata si fort qu'il fit se retourner quatre personnes au moins, dans le magasin. Madame Lebert les rassura bien vite.

— J'ai cru comprendre que vous étiez en manque de caviar, lui dit Bichelay, toujours sur le même ton léger, je n'ai malheureusement pas les moyens nécessaires pour apaiser la crise, mais donnez-moi le temps, juste le temps d'ouvrir un livre et...

— Vous allez me faire la lecture ?

— Si vous le voulez bien... oui.

— Ah ! fit-elle tout étonnée... Je vous écoute.

— « *Au fond de mes yeux morts, je cherche une prière* », commença Bichelay.

« *Comme une autre clarté, comme un espoir nouveau.*

J'ai tant besoin de croire à une autre lumière.

J'ai tant besoin de croire à des chemins plus beaux...

Je refuse le deuil et la désespérance.
Je crois encore en moi pour un autre parcours... »
Il s'arrêta un instant et la regarda.

Elle avait fermé les yeux... Et d'une voix profonde, d'une voix qui semblait avoir remonté le temps, tant elle paraissait lointaine...

— Mon Dieu, dit-elle. Où avez-vous trouvé cela ?

— Vous devez bien vous en douter.

— Madame Lebert ?

— Bien sûr.

— Pourquoi vous a-t-elle donné cela ?

— Je le lui ai demandé. Je l'ai lu et relu en une nuit. Je me sens si proche de ce que vous exprimez là.

— Comme c'est étrange... dit-elle.

— Pourquoi étrange ?

— Oh ! pour rien...

— Les vers sont si beaux !

— Oh ! l'amour vous aveugle...

Et elle le regarda en souriant. Il lui prit la main.

— Vous les savez encore ? demanda-t-il.

— Peut-être...

Bichelay lui répéta le dernier vers :

— « *Je crois encore en moi pour un autre parcours...* »

Et elle enchaîna :

— « *J'exècre les regrets, la peine, la souffrance,*
Dans un monde nouveau je t'attends, mon amour... »

Pendant près d'une heure, Bichelay et elle se dirent, comme en se répondant, ces vers qu'elle avait écrits quelque trente années plus tôt.

— « *Mes yeux se sont fermés sur ton visage mort*
Je n'ai plus eu le goût de nourrir d'autres peines
Je me suis arrachée comme on quitte le port
Pour le lointain pays des âmes plus sereines... »

— Ah ! comme je voudrais avoir écrit cela, lui dit Bichelay. Et ceux-là :

« *La courbe d'un visage, un regard tendre et bleu* »...

— Non ! s'il vous plaît. Ne lisez plus. Il faut s'arrêter. Ce sont des mots enfouis pour des choses qui ne sont plus et des êtres partis. Il faut rentrer, petit Bichelay. Mohamed va s'inquiéter. Est-ce qu'il pleut encore ?

— Je ne sais pas.

Après avoir salué madame Lebert, qui adressa un petit clin d'œil à Bichelay, ils sortirent tous les deux de la librairie déserte.

La pluie avait cessé. Le soleil faisait éclater brutalement tous les petits miroirs qu'elle avait abandonnés sur le sol, en tombant. Bichelay lui signalait les flaques.

— Vous conduisez bien, dit-elle en riant.

Et, comme ils arrivaient à un carrefour :

— Le trottoir est là, n'est-ce pas ? demanda-t-elle.

— Presque. Deux pas encore. Mais le feu de croisement est au vert. Il faut attendre.

— Je fais de plus petits pas avec vous qu'avec Mohamed, constata-t-elle. Je savoure...

— J'en suis très touché. Mais, hélas... finie la gourmandise : la voie est libre. Le feu est au rouge : nous pouvons traverser.

— Tant pis. Allons-y...

Bichelay sentit qu'elle serrait brusquement son bras.

— J'entends l'autobus !

— Oui, mais rassurez-vous : il vient en sens inverse. Et il va s'arrêter.

Ils arrivèrent bientôt sur le trottoir opposé.

— On monte la marche, dit-il.

Ils firent encore quelques pas très sages.

— Nous arrivons ?

— Pas tout à fait. Deux cents mètres, à peine.

— Tant mieux. Vous savez, petit Bichelay...

La vieille dame s'arrêta au milieu du trottoir. Sa voix se fit plus grave, plus râpeuse, comme si elle voulait bien le persuader.

— Je suis aveugle. Ce n'est pas un privilège,

croyez-le bien. Mais en vivant ainsi, seule, dans cette nuit au milieu des autres et de leur agitation... j'y vois peut-être mieux en eux et en moi aussi.

Elle ajouta d'un coup, très vite, avec une chaleur subite, presque pathétique, comme si elle craignait d'être contredite :

— Ne discutez pas, petit Bichelay ! Surtout pas ! N'abîmez pas le fragile édifice de cette certitude. Accordez-moi le pouvoir de la clairvoyance. Comme une espérance heureuse. Sinon je serais contrainte de vous avouer à quel point il m'arrive encore de hurler et de me révolter. A quel point je préférerais mille fois vous parler en admirant sottement vos yeux. En lisant votre accord ou votre désaccord, tous vos désaccords, dans votre regard. Car je suis sûre que vous avez un beau regard, petit Bichelay. Je le sais, je le sens à votre voix. Et il me manque, votre regard, depuis quelques jours. Il me manque infiniment... Si vous saviez comme j'aimerais voir vos yeux, moi qui ne le peux plus !

L'émotion violente de la vieille dame enveloppa brutalement Bichelay de sa force et de sa soudaineté. Il fut tenté de la prendre dans ses bras pour l'apaiser, la rassurer. Comme mû par une tendresse qu'il ne s'expliquait pas. Mais elle continuait :

— Comprenez-moi, petit Bichelay, comprenez-moi bien...

Et de la même voix sourde, un peu plus tremblante, elle plongea au fond du sac.

— De toute ma volonté, de tout mon désespoir, j'ai reconstruit ma vie morceau par morceau. Comme on dessinerait une mosaïque, sans même en apercevoir les pièces. Faisant même parfois semblant de lire pour abuser les autres. Et puis j'ai accepté. Je suis allée vers Dieu. Mais j'ai, depuis notre rencontre, l'envie prodigieuse de voir un visage ! J'attends comme un miracle encore possible, à près de quatre-vingt-dix ans, le bonheur de vous voir, petit Bichelay ! Vous comprenez ? dit-elle, mi-riant, mi-pleurant. Je revis, moi aussi. Mais comprenez, Bichelay, Pierre, dure, poursuivit-elle en jouant sur les mots, qu'il est bien plus facile de regarder en soi pour retrouver la vie que d'appeler le Ciel pour espérer le voir. Alors je vous en supplie. N'oubliez pas ce que nous nous sommes dit au restaurant, et tout à l'heure aussi. La vie est en vous ! Aidez-la ! Regardez-la ! Ne négligez pas les richesses qui sont en vous, petit Bichelay !

Elle s'arrêta d'un coup, comme s'arrête le champion après la course, et regarda Bichelay de son regard d'ailleurs. Son visage, tendu vers lui qu'elle ne voyait pas, semblait attendre quelque chose, une réponse.

— Je vous jure, dit-il, vous m'entendez, je vous jure que je vous comprends. Je vous jure que je vais mieux. Vous écouter, vous accepter, est déjà si important pour moi. Je vous jure que je progresse. Vous me faites tant de bien. Tant de bien...

Et le visage de Bichelay était souriant et pourtant si ému.

— Merci, petit Bichelay, merci, dit-elle d'une voix aussi humide que la sienne. Je vous dois le bonheur d'un battement de cœur après trente années d'obscurité... C'est bien mieux qu'une pitié stérile. A près de quatre-vingt-dix ans... vous vous rendez compte ? comme dit madame Lebert. Car c'est vrai, je peux bien vous l'avouer malgré ce qu'elle vous a certainement révélé, mes papiers n'ont pas brûlé ! Ils sont parfaitement intacts... J'ai quatre-vingt-neuf ans...

— Je voudrais être à vos pieds. Même à quatre-vingt-neuf ans...

— Moi aussi. Mais, dans la rue, aux pieds l'un de l'autre... ça ne serait pas confortable ! Et puis vous en avez trente-six... Ça ne vous coûterait pas beaucoup, à vous ! mais à moi ! Sommes-nous encore loin ?

— Toujours à deux cents mètres. Nous n'avons pas fait un pas depuis tout à l'heure, dit-il.

— Oh ! si, affirma-t-elle. Si, si, si.

Elle souriait. Bichelay aussi. Ils reprirent leur marche prudente. Ils arrivèrent bientôt devant le petit hôtel qu'elle habitait. Elle leva encore les yeux vers lui en prenant congé.

— Finissez vite mon livre, petit Bichelay. Le temps me presse.

18

Le 23 septembre 1915, Marie-Léonie Vanhoutte est arrêtée.

C'est une première défaite.

La première défaite de cette armée de femmes au patriotisme inspiré qui, dans le Nord, a décidé, un jour, d'entrer dans l'action et de ne pas subir passivement la pression agressive de l'occupation allemande.

C'est aussi la première défaite de cette légion qui, plus tard et par la guerre de 1914, va révéler aux hommes le formidable pouvoir et l'extraordinaire faculté des femmes à l'indépendance sociale.

Pour l'heure, Léonie Vanhoutte est arrêtée...

Elle est un peu le lieutenant de cette cohorte héroïque dont Louise de Bettignies, autre visage de cette résistance mystique des femmes, est l'âme. Louise de Bettignies allie à une rare énergie vitale le goût religieux de servir où se mêlent l'insouciance et le don total de soi.

Toutes ces qualités, Juliette Hutin-Morel a déjà su en faire la preuve, elle qui joint à cette force admirable le mépris absolu de la mort tant, à vingt ans, elle l'a déjà approchée.

— Je suis atterré, lui dit Étienne Lepoutre au soir du 23 septembre.

Il est sept heures. Tous deux sont assis dans le petit boudoir, faiblement éclairé à la bougie, attenant à la chambre de Jeanne Hutin-Morel. Ils boivent le café que Louise leur a servi. Louise, qu'Étienne et Juliette se sont toujours efforcés de tenir à l'écart de leur action et de leurs conversations, par précaution. Pour ne pas risquer de nuire à sa sécurité. Louise qui, cependant, a tout deviné de leur travail et de leur activité. Louise qui se tait, mais Louise qui a peur. Non pas pour elle mais pour sa petite Juliette dont elle ne peut pas soupçonner à quel point elle a grandi...

— Nous n'avons pas le droit de nous abandonner au chagrin, Étienne. Il faut songer à limiter le désastre.

Étienne sourirait presque si telle était son humeur en entendant Juliette parler ainsi, tant se révèlent en elle les qualités d'ordre et de décision qu'elle a déjà su manifester et qui marquent si fort son caractère.

— Je sais. Tout le réseau est prévenu. On a fait disparaître tout ce qu'on aurait pu trouver chez Léonie de compromettant. Toutes les dispositions sont prises, rassure-toi, dit-il.

Ils se quittent très vite, profitant de la nuit.

La main sur la poignée de la porte, Étienne précise :

— Je vais disparaître pendant quelque temps. Tu n'auras aucune nouvelle de moi. Mais il ne faudra surtout pas t'inquiéter. Je vais dans un lieu sûr.

Après une petite hésitation, il ajoute d'une voix qu'il s'efforce de rendre légère :

— Je crois qu'il serait nécessaire que tu en fasses autant. Ne serait-ce que pour quelques jours.

— Je suis en danger ?

— Nous le sommes tous.

— J'y ai déjà pensé, répond Juliette. Je vais passer en Belgique et rejoindre Émilie dans son couvent.

Étienne regarde Juliette quelques secondes sans rien dire. Il la regarde comme on regarde quelqu'un qu'on voit peut-être pour la dernière fois...

— Parfait, dit-il.

Il l'embrasse sur le front, très vite, mais avec une tendresse infinie.

— Bonne chance...

Entré prudemment par le jardin de la rue de Turenne, Étienne, le pudique, ressort par le même jardin, ému mais rassuré.

Et pourtant...

Juliette a menti à Étienne.

Juliette ne va pas rejoindre sa sœur Émilie dans son couvent.

Juliette veut passer en Hollande. Pour la première fois.

Juliette veut passer en Hollande pour accompagner et convoyer un jeune homme qui, lui, veut rejoindre la France libre par l'Angleterre afin, comme il le dit lui-même, « d'avoir sa part de gloire à l'énorme bataille ».

Juliette veut passer en Hollande avec ce jeune homme malgré les ordres stricts recommandant de ne jamais faire évader un homme en passant le courrier.

Juliette veut passer en Hollande malgré le danger, les difficultés, et la mort au rendez-vous.

Juliette a pour cela deux raisons.

La première, c'est l'affaire des sacs...

Jusqu'à la guerre de 1914, le Nord est, de loin, la région la plus industrielle et la plus riche de France. Les Allemands le savaient en l'occupant.

Ils n'ont pas ordonné la fermeture de toutes les usines, ni ne les ont encore toutes démontées pour cause de récupération. Notamment les usines textiles. Certaines d'entre elles confectionnent par exemple des sacs ! Commandés par l'autorité allemande. Ceux qui les fabriquent savent-ils à quoi ces sacs sont destinés ? Beaucoup l'ignorent. Mais d'autres...

Vers le milieu de juin, des cartes illustrées circulent dans Lille.

Juliette en a organisé la distribution.

« Les sacs sont destinés aux tranchées allemandes ! »

« A l'abri de ces sacs, les Allemands tuent vos frères, vos pères, vos maris ! »

« Faire des sacs, c'est trahir ! »

Presque aussitôt les ouvriers, les ouvrières abandonnent le travail.

Les usines arrêtent la confection des sacs ou détruisent ceux qui déjà sont prêts à « servir de bouclier pour tirer sur les fils de France », ainsi que l'indique l'une de ces cartes.

Les maires de toutes les villes et de tous les villages protestent au nom de l'article 52 de la Convention de La Haye indiquant que « les armées d'invasion ne peuvent en aucun cas exiger des populations occupées l'exécution de travaux ayant un rapport direct avec les opérations de guerre ».

Les maires obtiennent très vite une réponse à leurs protestations.

« L'interprétation de la Convention de La Haye crée un différend.

« Ce n'est pas à l'autorité allemande d'en discuter.

« Ce sera aux diplomates et aux représentants des différents États APRÈS LA GUERRE.

« Aujourd'hui c'est exclusivement l'interprétation de l'autorité allemande qui est valable...

« L'autorité allemande ne se départira — SOUS AUCUNE CONDITION — de ses demandes, même si une ville de 15 000 habitants devait en périr...

« C'est le dernier mot de l'autorité allemande : faites en sorte que tous les ouvriers reprennent le travail sans délai ; autrement vous exposez votre ville, vos familles et vos personnes mêmes, aux plus grands malheurs.

« Il n'y a qu'une seule volonté, c'est la volonté allemande.

« 30 juin 1915.

« LE GOUVERNEUR. »

Cette dernière phrase va provoquer une réaction profonde. Tous les habitants de la région décident presque immédiatement d'exprimer par leur refus une autre volonté : la volonté française.

Plus un sac ne sera fabriqué.

Aussitôt les persécutions commencent.

Juliette et Étienne apprennent ainsi que tous les laissez-passer sont supprimés pour toutes les directions. Et que tous les habitants sont condamnés à rester chez eux pendant quinze jours de cinq heures de l'après-midi à huit heures du matin.

A Roubaix, cent trente-cinq notables sont arrêtés et déportés en Allemagne pour plusieurs semaines. On vide leurs maisons de tout ce qu'elles contiennent, jusqu'aux lits où dorment leurs femmes.

A Haubourdin le sénateur Potié, ami d'Henri Hutin-Morel, est déporté au bagne de Siegburg avec les prisonniers de droit commun. Sa femme est contrainte de régler les cinq mille marks d'amende qu'il a reçus en outre. Il ne reviendra qu'en décembre 1916, pour mourir dans sa ville...

A Marcq-en-Barœul, une trentaine de jeunes filles, et parmi elles une amie de Juliette, Antoinette Lejour, étudiante en droit à la faculté de Lille, considérée par les Allemands comme meneuse, sont arrêtées. On les conduit, sous bonne garde, dans une usine désaffectée qui sert de prison. Elles sont alors enfermées dans un réduit étroit que le toit vitré et l'été chaud transforment en étuve. Elles n'ont pour s'asseoir qu'une chaise de bois dont on a scié le dossier pour la rendre encore plus inconfortable. Pas de lits. Pas de paillasses. Toutes les heures, de jour et de nuit, on leur demande si elles acceptent de travailler. A la même question, ces jeunes filles apportent unanimement la même réponse ferme : « Non ! »

Pour les aider à changer d'opinion, des soldats viennent uriner par le toit malgré leurs hurlements, rendant ainsi l'atmosphère irrespirable.

Elles s'obstinent toutes.

Ce petit traitement va durer dix jours, avec pour toute nourriture pain sec et café noir.

Après quoi on les libère : elles ont gagné.

Cette humiliation, qu'Antoinette lui racontera quelques jours plus tard, Juliette ne l'oubliera pas.

Le 21 septembre, vers six heures, Juliette revient de Bruxelles. Elle arrive épuisée, mais sans encombre, et heureuse rue de Turenne. Elle a eu le bonheur cette fois de revoir Grosse Jeanne. C'est toujours entre elles la même grande émotion de se retrouver saines et sauves.

Quelques minutes plus tard, on frappe à la porte de la rue. Juliette, de sa chambre du premier étage, aperçoit Antoinette Lejour et une jeune femme.

— Tu peux ouvrir, dit-elle à Louise.

Juliette descend rapidement rejoindre au salon cette jeune femme qu'Antoinette lui présente aussitôt.

— Son frère voudrait rejoindre l'armée française. Est-ce que... tu peux l'aider ?

— Pourquoi me demandes-tu cela, à moi ? questionne, méfiante, Juliette.

Antoinette semble hésiter, elle aussi, à répondre. Enfin elle se décide.

— Parce que moi... je ne le peux plus.

C'est ainsi que Juliette apprend qu'Antoinette s'est, elle aussi, engagée dans le service du courrier qui, deux fois par semaine, passe la frontière.

— Ma mère est gravement malade. Je ne peux plus partir. Tu sais, ajoute-t-elle avec douceur... Adèle était avec moi à Marcq-en-Barœul.

Est-ce le regard de Juliette qui l'encourage ? La jeune fille se livre tout à coup :

— Mon frère veut partir seul malgré tout ce qu'on lui a dit du danger qu'il y a de vouloir franchir la frontière hollandaise si on n'est pas... accompagné.

— Mais je ne le peux pas, dit Juliette. Le service l'interdit. Le passage des hommes apporte trop de retard au passage du courrier. Et les messages importent bien davantage qu'un soldat de plus.

— Mademoiselle, je vous en supplie.

— Mais pourquoi moi ? Je ne suis jamais allée en Hollande.

— Parce que c'est vous, justement, et que j'ai confiance en vous.

— Si, ajoute timidement Antoinette. Nous sommes allées en Hollande ensemble, l'an dernier. Avec le groupe de l'abbé Lorthiois... rappelle-toi.

— Ce n'était pas la guerre, Antoinette. La frontière est fermée maintenant et à quel point !

— Je sais, je sais, mais...

— Mon frère a eu un accident qui l'a immobilisé depuis un an. Quand il s'est présenté pour partir, en septembre 14, le conseil de réforme l'a refusé. Ç'a été pour lui un très grand choc.

C'en est un aussi pour Juliette. C'est comme si cette jeune fille lui racontait l'histoire de son propre frère, Michel.

— En rentrant à la maison, reprend-elle, il a voulu se tuer !

Juliette reste pétrifiée par cette coïncidence si absolue.

— Il s'est empoisonné, précise Antoinette. Sa mère l'a trouvé dans sa chambre, inanimé. Les médecins l'ont sauvé. Il a recommencé un mois plus tard en se jetant par la fenêtre. Il s'est cassé une jambe, ajoute rapidement Antoinette. Maintenant il va mieux. Mais on l'a tellement persuadé que mourir ainsi était si inutile... qu'il n'a qu'un espoir, qu'une volonté, c'est de partir à nouveau.

— Pour mourir utile ? questionne Juliette.

Les deux femmes ne répondent pas.

— Il avait trouvé une filière pour passer, dit Antoinette, mais ça fait un mois qu'on le fait lanterner.

— Laquelle ?

— Une ancienne danseuse. C'est un moyen sûr

paraît-il, car on est accompagné par un Allemand. Et c'est pour passer en Suisse... Mais on dit qu'il faut beaucoup d'argent.

— Qui est cette danseuse ?

— Elle habite le troisième étage d'une maison rue Esquermoise... et...

— Oh ! je connais. A fuir ! dit Juliette. Elle prend l'argent et la plupart du temps elle dénonce les hommes à la police allemande. C'est la maîtresse du capitaine Himmel, paraît-il.

Juliette se tourne vers la jeune femme.

— Comment s'appelle votre frère ?

La jeune femme semble hésiter un instant, comme si à la dernière seconde cette révélation allait tout compromettre.

— Michel, dit-elle.

Si le toit de la maison de la rue de Turenne lui était tombé sur la tête, Juliette n'aurait pas été plus surprise.

Elle regarde cette jeune fille comme on regarderait son propre destin si le destin avait un visage. Et déjà, elle sait qu'elle va accepter. Malgré l'interdiction. Malgré le danger. Malgré son inexpérience.

Elle accepte comme si son propre frère, son Michel à elle, le lui ordonnait.

Elle comprend que c'est un devoir, presque une mission sacrée, que d'aider cette jeune fille en aidant son frère.

— C'est bien, dit-elle. On va essayer !

C'est bien pourquoi, en lui dissimulant soigneusement la véritable destination, elle a pu affirmer à Étienne qu'elle avait déjà pensé à disparaître pendant quelques jours.

19

Quitter Lille très vite en se rendant utile, c'est le bref calcul que Juliette a fait en acceptant la très lourde mission de convoyer le jeune Michel jusqu'en Hollande.

Pendant deux jours, et pour se mettre à l'abri de la police allemande, Juliette a fréquenté assidûment le musée de Lille, elle y a même dormi une nuit, grâce à la complicité du conservateur qui a pu lui procurer un laissez-passer, délivré par la Kommandantur. Car le musée aussi est allemand ! En quelque sorte protégée par l'autorité occupante, Juliette a pu assurer tranquillement ses relais pour la « promenade » à venir. Le musée de Lille a reçu soixante-dix obus pendant les heures horribles du bombardement : il a encore besoin de nombreux étudiants de bonne volonté pour ranger les collections ainsi que des volumes et des incunables nouvellement et miraculeusement récupérés en juillet au château de Prémesques par les soins attentifs d'un officier allemand ! Le directeur du musée, qui est un ami de longue date de la famille Hutin-Morel, n'a posé aucune question. Il s'est mis simplement à la disposition de Juliette. Il lui a même montré quelques tableaux, enfermés dans la crypte, que les Allemands n'ont jamais eu l'occasion de voir.

Il lui a montré aussi une lettre... Celle écrite par Eugène Jacquet, le marchand de vin, fusillé avec

Deconinck, Maertens et Verhulst, pour avoir tenté de faire passer des hommes munis de faux papiers en France libre...

« Nous voilà au but. Dans quelques instants nous serons fusillés. Nous allons mourir debout, les yeux non bandés et les mains libres. Adieu à tous et courage ! Vive la République, vive la France. »

Juliette a eu un léger frisson en lisant mais n'a fait aucun commentaire. Le directeur est resté muet, lui aussi.

Le 26 septembre au matin, dès la levée du couvre-feu, Juliette arrive rue de Turenne.

Quand elle en ressort, tenant dans ses mains un manchon, elle a dans son sac deux sauf-conduits réguliers. L'un est à son nom, l'autre au nom de son frère d'aventure, Michel.

— Si on vous demande, qu'est-ce que je dis ? chuchote Louise sur le pas de la porte.

— Qui me demanderait ?

— Je ne sais pas. Monsieur Étienne par exemple. Ou... la police allemande...

C'est la première fois que Louise ose affronter ainsi Juliette. Elle la défie de toute son inquiétude et de tout son attachement, avec le courage de la peur.

— Eh bien... si la police allemande se présente... tu lui diras la vérité.

Depuis deux mois, Juliette a abandonné le « vous » pour s'adresser à Louise. Elle en a senti un jour l'exceptionnel besoin comme d'un rapprochement nécessaire. « Moi, je continuerai à vous dire "vous" », lui a déclaré Louise, très émue.

— La vérité ? Laquelle ? demande Louise presque découragée de ne rien savoir des activités, qu'elle devine dangereuses, de Juliette.

— Que je vais voir ma sœur Émilie dans son couvent, pour faire une retraite.

Louise se demande un instant si elle a bien entendu.

— En Belgique ?!
— Non. A Bousignies.
— A Bousignies ?
— Oui, à Bousignies.
Juliette a soigneusement détaché tous les mots afin que Louise s'en imprègne bien.
— Il y a un couvent à Bousignies ?
— Oui, bien sûr.
— Et... Émilie est à Bousignies ?
Juliette s'amuse presque à provoquer la stupeur de Louise.
— Non ! Moi !
— Vous allez faire une retraite au couvent de Bousignies ?
— Oui. Et surtout ne te pose pas trop de questions. J'y vais sur le conseil de monseigneur Charost, avant de reprendre mes cours à la faculté.
— Ah... alors, il n'y a rien à dire.
Les deux femmes s'étreignent, toutes distances abolies, avec infiniment d'affection.
Louise n'est pas plus rassurée qu'en d'autres occasions mais elle s'en remet au Ciel.
— Que Dieu vous aide quand même, dit-elle, comme si elle savait tout des périls que va affronter Juliette.
Juliette la remercie d'un petit sourire. Elle cherche une seconde quelque chose à lui dire. Mais elle ne trouve rien. Et, sans attendre davantage, elle s'en va d'un pas rapide et décidé.
Autour des baleines de son corset, dans le talon gauche de ses souliers plats, dans le creux de chaque bouton de son manteau et dans la calotte de son chapeau, Juliette emporte des messages, rédigés sur de petites feuilles de papier à cigarette, et soigneusement répartis.
Louise la regarde s'éloigner. Elle sait que Juliette ne se retournera pas. Elle sent d'ailleurs que c'est préférable pour chacune d'elles. Mais elle la regarde...

Et quand elle se décide enfin à rentrer dans la maison, devant le crucifix de sa cuisine, elle fait une petite prière. A tout hasard...

Juliette est en route vers Roubaix.

La veille, le samedi, elle est allée au cimetière, vers la fin de la journée, se recueillir sur la tombe de ses parents. Et sur celle de Michel.

Le visage dans les mains, absorbée dans sa méditation, elle n'a pas senti que quelqu'un s'approchait d'elle. Elle a entendu simplement une voix lui dire très doucement :

— Merci, mademoiselle.

Juliette s'est retournée. Un grand jeune homme aux cheveux bruns légèrement bouclés et dont elle ne voit que le profil, semble prier sur la tombe voisine.

— Je m'appelle Michel. Michel Cospain, ajoute-t-il de sa voix douce. Je suis le frère d'Adèle.

Il lui jette un coup d'œil furtif.

— Je vous remercie de m'emmener, mademoiselle. Je sais les risques que vous prenez...

— C'est la première fois que je les assume, vous savez, s'entend répondre Juliette.

— Je sais cela aussi...

Tous deux face à leurs morts, ils conviennent alors de se retrouver le lendemain dimanche, à l'église Saint-Martin de Roubaix, à neuf heures précises. Elle lui remettra les papiers nécessaires.

Le jeune homme esquisse un signe de croix et s'éloigne rapidement entre les tombes.

Juliette a réfléchi aux itinéraires possibles. Refaire celui qu'elle a connu en juin 1914 avec le groupe et qui, par Bruges et Sluis, les mènerait à Breskens. C'est le plus logique. Ou celui qui, par Gand, Boekhoute, les mènerait à Philippine : c'est le plus court. Malheureusement, on l'a avertie que le premier était brûlé : la frontière est rigoureusement infranchissable face à Vlissingen. Le second est plus dangereux encore : les champs d'alentour sont truffés de mines !

Reste alors le troisième. C'est le plus long. Par Bruxelles et Turnhout, on arrive à une petite enclave belge en territoire hollandais : Baarle. Cette petite enclave située en Hollande, à cinq kilomètres de la frontière, comprend deux parties : Baarle-Duc, et Baarle-Nassau.

L'une est belge. L'autre est hollandaise. La gare, unique, possède deux quais. L'un est belge. L'autre hollandais.

Les Allemands se trouvent au milieu !

On dit que la moitié de la population espionne pour eux.

C'est cette troisième voie que Juliette a choisi de suivre.

Malheureusement elle ignore que la garde des frontières vient d'être renforcée pour une raison que personne ne connaît : des patrouilles à cheval la parcourent de quart d'heure en quart d'heure.

Elle ignore aussi que le seul passage possible à travers bois est garni d'un triple réseau de sept rangs de fils de fer barbelés et qu'un courant électrique de quatre mille volts passe dans l'un de ces fils en distribuant le courant aux six autres, et qu'on ne sait jamais lequel !

Elle ignore enfin qu'un nouveau responsable a été nommé au service de surveillance des frontières et qu'il n'est pas porté à l'indulgence, car s'il ne donne pas satisfaction il sera envoyé sur le front de l'Est, en Russie !

C'est donc à l'instigation de ce commandant particulièrement méticuleux que des mines ont été placées un peu partout le long de la Mark, petite rivière qui sépare la Belgique de la Hollande et par où Juliette s'apprête à passer.

Les obstacles habituels de la sortie de Lille ont

été franchis sans trop de difficultés. A tous les postes allemands ou aux patrouilles rencontrées, porte de Roubaix, à Mons-en-Barœul, à Wasquehal, à Croix, Juliette, frileusement habillée de noir, a répondu de la même façon agitée et fiévreuse :

— Laissez-moi passer, ma mère est morte et je vais voir ma tante très malade... Elle va mourir aussi...

Au besoin elle ajoute en pleurant : « Je n'ai plus qu'elle, je vous en supplie », et elle passe.

Au dernier poste, juste avant Roubaix, elle est arrêtée. Pourquoi ? Elle l'ignore. Elle l'ignorera toujours.

Elle raconte la même petite histoire à un soldat tandis qu'un autre emmène dans une petite baraque deux femmes pour la fouille.

— Je vous en supplie, monsieur, ma mère est morte et...

— Vous fatiguez pas, lui dit le soldat « feldgrau » en un français parfait, la mienne aussi !

A une Juliette stupéfaite, le soldat amusé cligne de l'œil et, faisant semblant d'examiner ses papiers, il lui murmure :

— Je suis alsacien... Entre compatriotes... on se comprend ! Filez vite, et bonne chance !

A peine remise de son émotion mais heureuse d'être passée à travers les mailles d'un filet qui semble se resserrer, Juliette arrive à l'église Saint-Martin. C'est dimanche : la messe est déjà commencée.

« *Introibo ad altare Dei; ad Deum qui laetificat juventutem meam* » A côté de la chapelle de la Vierge, Michel est là, installé sur un prie-Dieu. Juliette se place à gauche derrière lui pour ne pas troubler l'office. Au *Kyrie eleison* Michel donne des signes d'inquiétude : petits coups d'œil à droite et à gauche. Juliette voudrait qu'il se retourne pour le rassurer d'un regard. Mais Michel ne se retourne pas. Sans doute par prudence. Ce n'est qu'à la sainte communion, que chacun d'eux reçoit, qu'ils vont enfin pouvoir se voir.

Profitant de la sortie de l'église, ils se rejoignent.

L'aventure commence pour Juliette et Michel.

— Nous passons par Wattrelos, dit Juliette.

— Bien.

Wattrelos, Le Berquier, elle connaît. La même maison. La même traversée.

— Aujourd'hui, c'est plus dur, dit l'homme dont Juliette sait maintenant qu'il s'appelle Émile. Je ne sais pas pourquoi. La garde est doublée.

C'est Juliette qui, en vieille habituée, va passer la première. Les messages qu'elle porte sont prioritaires.

— Entendu, dit simplement Michel.

Une longue attente commence.

Juliette observe Michel. A-t-il peur ? Il n'en manifeste aucun signe, en tout cas.

Onze heures, onze heures et demie, midi, treize heures... Ils vont rester ainsi jusqu'au milieu de l'après-midi à attendre. Vers quatre heures, Émile sort par le jardin. Il revient un quart d'heure plus tard. Le jour commence à baisser.

— Ça va aller, dit-il.

Pourquoi Juliette a-t-elle l'impression qu'Émile s'amuse ? Michel et elle attendent encore cinq minutes et tout à coup des cris d'enfants s'élèvent dans la rue.

— E mi, ch'te dis q'ché m'balle a mi !

— Quo t'ché qu'te racont' ? Ché t'a mi.

— J'va l'dir' à min père qu't'a pris m'balle[1] !

— Vas-y, Alphonse ! Fou zi eun berlaf[2] !

1. Patois ch'timi : Et moi je te dis que c'est ma balle. — Qu'est-ce que tu racontes ? C'est à moi ! — Je vais dire à mon père que tu as pris ma balle !

2. Allez, Alphonse ! Flanque-lui une gifle !

C'est une bande de garçons de dix-douze ans qu'Émile est allé chercher dans les maisons avoisinantes et qui jouent au football ! Ils poussent les hurlements nécessaires. Ils se roulent à terre avec allégresse. Ils shootent sur les soldats allemands qui commencent à vouloir les séparer, mais qui très vite s'amusent à jouer avec eux.

— Va falloir y aller ensemble, dit rapidement Émile.

A cet instant précis, sur un signal convenu, le ballon fait éclater les carreaux d'une fenêtre belge ! Les gens sortent immédiatement de partout ! De France et de Belgique ! Les Allemands, entourés par une dizaine d'enfants, se précipitent et tentent de ramener l'ordre. L'un d'eux va même jusqu'à chercher le ballon.

— Ouvrez !

Juliette ouvre.

— Hop !

Calmes et silencieux, Michel et Juliette profitent de ce désordre organisé et sont bientôt absorbés par la maison d'en face.

— Eh ben, vous... avec vot bêêête figure... te n'as pas peur, te seï !

C'est Mélanie Boomaers et son rire de merveilleuse santé qui accueille Juliette pour la troisième fois.

Il fait presque nuit quand, vers cinq heures, Juliette et Michel la quittent après s'être un peu restaurés. Juliette a retrouvé son identité de Léonie Sommers, et Michel a pris très naturellement celle de Michel Sommers, son frère. Ils ont décidé de prendre le petit chemin de fer vicinal pour Courtrai. C'est dimanche, et les wagons sont pleins de gens entassés qui — comme eux-mêmes auraient pu le faire — viennent peut-être de passer l'après-midi au Mont-à-Leux, petit village-guinguette où, naguère, Belges et Français se mêlaient fraternellement devant des montagnes de frites tandis que dans les

« chopes » coulait la bière qu'on buvait à grands traits en mangeant du jambon...

Juliette est assise à l'arrière d'un wagon fermé aux deux extrémités par une petite plate-forme. Michel, lui, s'est assis très naturellement sur le marchepied de la plate-forme, prêt à sauter au cas où...

Il est sept heures lorsque Juliette Hutin-Morel et Michel Cospain, frère et sœur de hasard, arrivent sans encombre à Courtrai, quartier général de la 4e armée allemande !

Juliette connaît une petite auberge : « La Ville d'Oudenaarde ». Quand ils y entrent par le café, Michel a un léger recul. La salle, bleuie par la fumée, retentit des rires, des chants et des cris d'une joyeuse bande de soldats allemands qui boivent et « trink à la Brüderschaft[1] ».

Juliette se faufile familièrement entre les tables tirant derrière elle, comme un amoureux timide, son « frère » Michel qui, lui, a enfoncé davantage sa casquette sur les yeux.

— Ah ! vous voilà enfin, clame la patronne.

Ils vont pouvoir manger et dormir dans cette auberge grouillante d'Allemands et comme protégée par leur nombre. En outre, la maison a trois entrées et donc trois sorties. La chambre de Juliette, située au premier étage, donne sur les toits et communique avec celles de la maison voisine. On peut y passer tranquillement en cas de grave difficulté. Les deux fils de l'aubergiste, de douze et quinze ans, viennent alors, avec la même tranquillité, s'installer dans les lits chauds et défaits pour bien prouver que les chambres sont normalement occupées. C'est leur mère elle-même qui les a éduqués à cet effet. Elle risque le peloton d'exécution. Elle le sait. Mais quand on lui en parle, elle hausse simplement ses épaules charnues en levant ses gros bras.

— Alleï, ça est comme ça, ça est comme ça !... cha-

1. Boivent à la fraternité.

cun fait sa guéére... hein ? Mon mari est parti alors... faut bien que j'fasse quéq'chose...

A l'aube, Juliette et Michel quittent l'auberge après un dernier regard à Mme Moerlebeke, aubergiste souriante et héroïne sans le savoir.

Quand Michel a voulu la payer tout à l'heure pour la nuit, le souper et le déjeuner du matin, Mme Moerlebeke lui a fait observer :

— Ça est pour la Saint-Michel !

— Mais... c'est dans deux jours...

— Et alôôrs ?

Et devant la mine un peu interloquée de Michel, elle lui a cligné de l'œil.

— Ça est ôffert par les « vert-de-gris » ! Et elle a ajouté avec un bon rire : Ils n'avaient qu'à pas venir, te seï ! Te les rembourseras vous-mêmes plus « terd »...

C'est l'aîné de quinze ans, Auguste, petit rouquin costaud aux yeux vifs, qui emmène Juliette dans une première charrette. Pour lui c'est un grand jeu. Il en a l'habitude. Une autre charrette, même chargement, même aspect, suit à distance respectable, bourrée de sacs de pommes de terre, de caisses de poireaux et d'oignons, et de bottes de paille. Entre les sacs, les oignons, les poireaux et sous la paille, Michel a trouvé une place au confort précaire. Cette deuxième voiture est conduite par le père de Mme Moerlebeke, visage de vieux chêne, casquette de drap, grosses moustaches grises, le teint allumé et fleurant bon le houblon, il n'a eu à l'égard de Michel qu'une recommandation gaillarde :

— Si les gendarmes à cheval piquent dans la légume ou la paille... faudra pas broncher ! Même si ça vous rent'e dans l'corps.

Dans le silence qui a suivi, Michel n'a pas sourcillé. Il a soutenu le regard du vieux prolongeant cette mise en garde. Le vieux, l'œil narquois, a semblé lui accorder alors une bonne note...

Par Oudenaarde, Oombergen, ils vont parcourir

ainsi, de jour et de nuit, près de quatre-vingts kilomètres jusqu'à Aalst où le vieux possède une ferme.

A la nuit tombée, Michel quitte la charrette pour se dégourdir un peu les jambes. Piéton solitaire, il marche le long des routes droites entre les peupliers que la lune découpe en dessinant leur ombre, sur les champs moissonnés. A la moindre alerte, il plonge dans les fossés et attend que le vieux, poursuivant son chemin, siffle un petit air tranquille pour courir le rejoindre.

Auguste et Juliette, eux, gardent constamment la tête de ce curieux cortège.

Ils vont passer ainsi une dizaine de postes allemands. Et quand par trois fois la visite se terminera par des coups de baïonnette dans le chargement de la charrette, Michel ne regrettera pas, en sentant le froid d'une lame à quelques centimètres de sa gorge, de sa jambe ou de son ventre, que le vieux, à l'issue d'une fouille précédente, lui ait collé sur le dos deux sacs de pommes de terre de cinquante kilos.

— Y piquent pas dans la patate, a-t-il dit simplement.

Ils ont mangé et dormi dans des fermes. A chaque fois, Michel a dormi, lui, seul dans les granges, toujours dans le souci de ne pas mettre Juliette en plus grand danger.

Un peu avant Aalst, le vieux aperçoit la première charrette qui, pourtant, avait pris une forte avance, arrêtée un peu en arrière du poste allemand.

— Ah ! V'là l'dernier, dit-il.

Michel, que les effluves d'oignons et de poireaux commencent à envahir, ne répond rien. Il ose à peine respirer tant la poussière de paille lui donne envie d'éternuer. Le vieux passe alors tranquillement, en prenant la première place, DEVANT la charrette de Juliette et de son petit-fils Auguste toujours enfermés dans le poste allemand.

Il y entre à son tour. Il présente ses papiers et

assiste, un peu éberlué, pendant quelques secondes, au petit numéro de charme que Juliette, avec un extraordinaire sang-froid, est en train de faire, en allemand, aux trois soldats du poste. Elle leur parle de Walter Rütt, coureur cycliste fameux dont elle a lu le nom dans un journal allemand qui traînait à l'auberge de Mme Moerlebeke et qui, apprend ainsi le vieux, indifférent, a gagné en 1913 le Grand Prix de Paris sur piste ! Le vieux ressort tranquillement en laissant les deux autres qui affectent de l'ignorer, suivi par un garde allemand fusil et baïonnette au canon. En passant devant sa charrette, devenue la première, et où Michel s'est pris énergiquement les narines entre deux doigts pour ne pas réagir aux brins de paille, il dit à l'Allemand :

— Je vais parler aux arbres.

Et il se met en devoir d'uriner calmement tandis que l'Allemand plonge consciencieusement sa baïonnette dans la deuxième charrette — celle où Michel n'est pas — convaincu qu'il est d'avoir déjà piqué l'autre... devenue la première !

L'Allemand grogne au vieux : « Gut, gut », le vieux prend soin de se rajuster puis remonte sur sa charrette et en sifflotant gaiement fouette le cheval ! C'est le signal pour Juliette et Auguste qui sortent du poste accompagnés par les « Auf wiedersehen » des gardes et leur « gute Reise » et remontent eux aussi avec allégresse sur l'autre charrette.

En arrivant à Aalst, Michel comprendra pourquoi les charrettes étaient à ce point semblables.

Les Allemands n'ont rien vu.

Juliette, elle, ignore qu'elle a commencé à suivre les traces de son père sur son chemin de mort.

Au petit matin, le vieux, Juliette et Auguste sont debout dans la cuisine quand Michel arrive de sa grange.

— Bonjour. Je ne me suis pas réveillé, dit-il en

secouant les brins de paille de sa chevelure. Je vous demande pardon.

— C'est les patates, dit le vieux, rigolard. C'est lourd sur l'estomac !

— Oui.

Michel s'assied. Les trois autres aussi qui semblent attendre quelque chose.

Michel découvre alors un petit brin de bruyère rose posé à côté de son bol.

Il lève les yeux sur Juliette, sur Auguste et sur le vieux qui le regardent en souriant.

— C'est la Saint-Michel, aujourd'hui, dit Juliette.

Michel reste un instant silencieux, puis en s'assurant la voix tant il est ému, il murmure :

— Jamais... jamais on ne me l'a fêtée.

— Ah ! répond-elle.

— Non. Jamais.

— C'est Auguste qui y a pensé.

Michel se tourne alors vers le jeune Auguste aux cheveux roux qu'une année de guerre a déjà fait mûrir et qui détourne un peu la tête en rougissant, presque intimidé.

— Merci, Auguste, murmure encore Michel. C'est gentil.

— Oh ! c'était pas loin, répond Auguste comme pour s'excuser, j'en ai trouvé juste dans le pré en face.

Et le silence un peu embarrassé de ces trois jeunes êtres pudiques se prolongerait si le vieux tout à coup ne les rudoyait pour dissiper leur gêne.

— Alors ? On s'embrasse pas ?

— Si, bien sûr.

Et dans ce petit espace de paix un instant retrouvée, ils s'embrassent tous les quatre, presque joyeusement.

Le vieux verse le café dans les bols.

— Je voudrais savoir une chose, dit-il. Où allez-vous comme ça ?

Michel regarde Juliette qui regarde le vieux.

— Hein ?

Et le vieux la fixe droit dans les yeux...

C'est un risque mais Juliette, sans se dérober au regard du vieux, décide de le courir.

— En Hollande.

Il y a un petit silence. Le vieux esquisse un léger sourire.

— Pfffuu ! fait-il. Vous n'y êtes pas !

— Je sais.

— Par où ?

— Malines, Noordwijk, Hoogstraten...

— Malines ?

— Oui.

— C'est pas beau à voir.

— C'est pas pour se promener, dit-elle.

— Vous y allez comment ?

— A pied.

— Où ?

— A Malines.

— Y a quarante kilomètres.

— Oui. Là, on est attendus.

— Je veux retrouver la France et m'engager, ajoute Michel, d'une voix sourde.

Le silence s'épaissit. Le vieux semble réfléchir.

Juliette est consciente de l'énorme imprudence qu'ils viennent de commettre tous deux en lui répondant avec tant de franchise. Comme s'il devinait sa pensée, le vieux lui sourit et de sa voix un peu éraillée :

— Faut pas vous inquiéter, mademoiselle Juliette, quand on a vu c'qui z'ont fait à Termonde ou à Malines, faut pas d'mander à un vieux Belge comme moi d'aimer les Allemands ! Ce sera pour ceux d'après... ajoute-t-il en lorgnant son petit-fils. J'vais essayer d'vous aider. J'vais demander à Jules de livrer sa farine.

Moins d'une heure plus tard, le vieux prend la tête d'un autre convoi. Michel se retrouve dans la charrette d'un boulanger, Jules Geist, ami du vieux, entre les sacs de farine et sous des bottes de paille. Après avoir déchargé les oignons, les pommes de terre et les poireaux, ils partent pour Malines.

Le grand-père a dit au petit-fils :

— Toi, tu retournes à Courtrai prévenir maman. T'auras pas peur ?

— Non, a répondu Auguste.

— Bon. Et, en s'adressant à Juliette, le vieux ajoute avec un petit sourire : Vous m'plaisez bien tous les deux. Vous, vous montez avec moi. Jules, tu nous suis.

Et sur la charrette garnie de fourrage où elle est montée, dissimulant son manchon, Juliette garde son fichu noir, ses souliers plats, son corset à baleines, son manteau noir à boutons, passant sans le savoir dans cet habit de deuil sur la route et devant les restes d'un bâtiment calciné où son père, les yeux ouverts et regardant le ciel, a prié avant de mourir pour revoir Émilie...

Est-ce parce qu'il les protège ? Tous quatre arrivent à la fin de la journée sans encombre dans cette ville assassinée qu'est devenue Malines.

— Malines, c'était la sœur de Bruges, dit le vieux en passant le long des petits canaux. R'gardez c'qu'y z'ont fait de Saint-Rombaut.

Et Juliette, sur sa charrette, passe, le cœur serré, devant les tours éclatées de l'église, les trous béants des vitraux brisés, devant les ruines de maisons mortes où des gens ont péri, comme elle marchait il y a moins d'un an dans les rues brûlées de sa ville que la fureur des hommes avait voulu détruire.

— A Termonde, c'est encore pire, dit le vieux. Ils ont foutu le feu partout pendant deux jours. Des rues entières, l'hôpital, le béguinage. Et encore, y a des gens qui ont été prévenus par un officier allemand qui leur a dit de foutre le camp, sinon... y s'raient tous morts... il y a aussi des brav' types chez eux...

Le vieux renifle un peu en se passant le poing sous

le nez comme pour chasser l'émotion qui le gagne.

— Quand j'y suis allé, deux jours plus tard... y avait encore plein d'gens sous les décombres. Et ça puait, bon Dieu ! Jamais j'oublierai c't'odeur... Jamais.

Il fait nuit et le vent souffle, presque en tempête. Il fait nuit. Il pleut et Juliette marche à côté de Michel.

Depuis plus de cinq heures, déjà, ils se courbent sous la pluie et sous le vent qui les giflent au visage. Et tous deux pourtant bénissent le ciel, malgré la pluie et le vent.

— Avec un temps pareil, les Allemands se feront rares, lui a dit Michel, presque heureux.

Il est neuf heures du soir et malgré la fatigue ils marchent, comme attirés par la fin du voyage. Ils marchent depuis Noordwijk où le vieux les a amenés avec Jules Geist...

A Malines, quand Juliette s'était présentée, seule, à l'auberge du Cygne, elle n'avait trouvé personne. Aucun contact. Elle n'a pas attendu une minute. Elle est aussitôt ressortie, en s'assurant de n'être pas suivie.

— Que s'est-il passé ? lui avait demandé Michel.

Juliette a haussé les épaules. Que répondre ? Elle redoute la vérité. Abandon ou arrestation ? Elle a préféré se taire.

— Je ne sais pas, a-t-elle dit simplement.

C'est Jules, le boulanger, qui les avait alors tirés d'embarras. Brisant le silence, il leur avait proposé, presque timidement :

— Mi... j'peux aller à Noordwijk... avecque l'carriole... Si tu veux venir avec... a-t-il dit au vieux.

Et sans plus attendre, les deux charrettes étaient aussitôt reparties séparément, en prenant deux chemins différents, vers Waver où Jules devait livrer sa farine, à la meunerie. Ils y ont passé la nuit.

A l'aube le convoi s'est mis en route avec d'autres sacs et d'autres bottes de paille. A quatre heures ils étaient à Noordwijk, après avoir passé trois contrôles, sans difficultés. Sauf le dernier, juste à l'entrée de la ville, où Juliette avait assisté tremblante de peur à la visite de la charrette dans laquelle Michel était dissimulé.

Les trois Allemands avaient commencé à déplacer les sacs de farine qu'ils ne voulaient pas risquer de crever avec leurs baïonnettes. A l'instant où ils allaient soulever les deux ou trois sacs sous lesquels Michel avait trouvé refuge, une dizaine d'enfants avaient surgi, miraculeusement, comme guidés par une main mystérieuse : ils jouaient à « nach Paris ». Tous portaient sur la tête, en guise de casque à pointe, un vieux chapeau melon, percé au milieu d'une longue carotte et, bâton sur l'épaule, en place de fusil, ils se mirent à défiler comiquement au pas de l'oie sous l'œil hilare des Allemands.

Et tout à coup, l'un des enfants hurla :

— Aaachtung ! Naaach... Parisss !

Aussitôt les gosses se mirent à marcher à reculons. Les Allemands éclatèrent de rire. Michel était sauvé.

Les deux charrettes passèrent alors, encouragées par les gardes qui avaient reposé les sacs et commençaient à se joindre comiquement au défilé des enfants.

Le vieux avait simplement fait un petit clin d'œil à Juliette.

A Noordwijk, ils avaient pu passer la nuit, toujours grâce à Jules. A la fin de la journée ils s'étaient quittés. Tous les quatre très émus. Se reverraient-ils ?

— Faudra revenir par Courtrai, avait dit le vieux à Juliette. Hein ?

Juliette avait promis. Le vieux s'était alors retourné vers Michel, l'avait regardé très longuement, son visage de vieux chêne s'était plissé comme l'écorce se casse et, en se raclant la gorge pour mieux s'assurer la voix :

— Vous aussi... faudra revenir...

— Bien sûr, avait répondu Michel, après la guerre.

Le vieux avait soupiré comme si la guerre allait être longue. Et, d'un coup de tête, il les avait encouragés à partir, tandis que Jules tirait sur sa pipe, en silence.

— Allez... Faut y aller.

Juliette lui avait alors remis le manchon qu'elle avait soigneusement gardé depuis le départ de Lille.

— Il contient des lettres pour les familles, lui avait-elle dit. Je devais le laisser à l'auberge du Cygne, mais...

— Vous inquiétez pas... Ça arrivera.

Et deux vieux paysans rudes rentrèrent plus tard dans leur charrette respective à Aalst et à Courtrai. L'un d'eux portait précieusement un manchon...

Dans les forêts qui entourent Beerse, Juliette et Michel marchent dans la nuit, les chaussures entourées d'énormes chiffons pour masquer leurs traces. Ils marchent plus vite. Abrités de la pluie et du vent par les arbres. Le premier obstacle à franchir, c'est le canal d'Anvers à Turnhout.

— Onze mètres de largeur, dit Juliette.

— Comment le traverser ?

— Il y a une maison à côté du pont gardé par les Allemands. On doit venir nous chercher.

Ce que lui cache Juliette, c'est que cette maison est située APRÈS le pont et non avant. Le rendez-vous de Malines ayant échoué, Juliette craint fort qu'aucun guide ne se présente.

— Écoutez, chuchote tout à coup Michel.

Juliette s'arrête aussitôt et écoute, tendue. Michel colle son oreille au sol.

Comme poussé par le vent, le bruit régulier d'une cavalcade monte vers eux.

— C'est une patrouille à cheval, dit Michel. Ils ont l'air nombreux.

Tous deux plongent immédiatement sous les fougères. La patrouille se rapproche et s'arrête à vingt mètres d'eux. Juliette entend distinctement parler de tabac, d'allumettes. Soudain une petite flamme jaillit et éclaire un visage et des lances : c'est une patrouille de uhlans. L'un d'eux vient d'allumer sa pipe. Dans les broussailles, Juliette et Michel retiennent leur souffle. Quelques secondes qui paraissent des siècles et la patrouille repart.

— Le canal ne doit plus être très loin, dit Juliette. Ce sont peut-être des gardes-frontières.

— Il faudrait continuer, lui fait observer Michel.

— Attendons quelques instants encore pour être plus sûrs, répond Juliette. Les patrouilles passent de quart d'heure en quart d'heure.

Peu après, glacés par le vent et la pluie, ils décident de repartir, guettant le moindre bruit.

La lune courant entre les nuages va leur permettre tout à coup d'apercevoir à une trentaine de mètres le canal, dont les eaux noires et glauques clapotent sous la pluie. De l'autre côté du pont, faiblement éclairé, le poste de garde. Devant le poste, une sentinelle veille. Sur la droite, et se découpant dans la nuit, la petite maison semble morte. Le vent se déchaîne et fait craquer les arbres. Michel se met doucement à ramper.

— Je vais voir si on peut passer, souffle-t-il à Juliette.

— Non, ne bougez pas !

Mais déjà Michel est parti. Se repérant sur la lumière du poste de garde, il avance sur le sol, en silence, droit devant lui. Il sait que les minutes lui sont comptées, avant le retour des patrouilles, pour trouver un passage. Du regard il s'efforce désespérément de trouer la nuit mais, à gauche comme à droite, il n'aperçoit rien. La seule solution serait de nager, il le sait, mais Juliette le peut-elle ? Il est sur le point de la rejoindre pour le lui demander quand il entend le bruit précis d'un galop. Il n'a d'autre solution que de se laisser glisser doucement et le plus lentement possible dans l'eau immobile et glacée. La lune en se fondant dans les nuages lui vient en aide. La patrouille traverse le pont et s'arrête au poste de garde. Michel profite de leur vacarme pour sortir de l'eau. Il longe la rive, se dirigeant vers un bâtiment sombre qu'il a aperçu au loin dans l'obscurité. Il parcourt ainsi, toujours sur le ventre, plus d'une centaine de mètres, remontant vers ce qui lui semble être les ruines d'une usine désaffectée. Il passe alors sur une sorte de petit monticule. Il le suit et découvre que ce monticule cache un boyau souterrain de la largeur d'une bouche d'égout. Sans hésiter il s'y engouffre...

Quelques instants plus tard, ayant laissé passer une patrouille qui chevauche sans s'arrêter le long du canal, Michel revient ruisselant et glacé vers Juliette.

— Il n'y a pas d'autre solution que de traverser le canal à la nage, souffle-t-il. Ou...

Michel hésite quelque peu avant de continuer.

— Ou ?

— Ou... se glisser dans une sorte de boyau qui débouche après le pont, près du poste de garde ! La maison, elle, se trouve à une centaine de mètres à peu près sur la droite.

— Michel, je ne peux pas prendre le risque de nager, murmure Juliette. Mes vêtements seront mouillés et... j'ai des messages dans mon manteau et... un peu partout, avoue-t-elle avec une charmante pudeur.

— Alors il faut passer par le boyau, répond Michel.

Juliette va très vite comprendre pourquoi Michel semblait hésiter à passer par le souterrain. Il est infesté de rats !

Entre les débris, les immondices de toutes sortes, ils pullulent ! Elle les sent glisser entre ses mains, le long de ses jambes. Il lui semble même qu'ils marchent sur elle ! Le souterrain gluant, plein d'ordures visqueuses et pourrissantes, à l'odeur infecte, lui semble interminable. Juliette sait qu'il y va de sa vie, de la vie de Michel et elle se mord les lèvres au sang pour ne pas hurler sa terreur. Mais elle se maîtrise. Et elle avance, Juliette, malgré son horreur. Elle avance, exhortée par la voix de Michel qui ne cesse de l'encourager.

— Encore dix mètres, murmure-t-il. Encore cinq mètres. Ça y est !

Enfin c'est l'air libre... A une trentaine de mètres à peine de la sentinelle allemande ! Et dissimulés à ses yeux par la nuit.

— Il faut attendre, chuchote Michel en lui saisissant le bras. Il faut avoir le courage d'attendre. Les sentinelles vont être relevées... ça ne va sûrement pas tarder.

Il aurait envie de la prendre dans ses bras, pour la rassurer. Mais il n'ose pas, et très timidement il lui demande :

— Ça va ?

Juliette est bien incapable de répondre. Elle tremble de dégoût, d'horreur et de froid. Elle tremble de peur aussi...

— Oui, oui, ça va, finit-elle par articuler, ça va...

Ils vont attendre plus d'une heure et sans bouger, malgré le vent, la pluie et les rats qui maintenant ne cessent de hanter l'imagination de Juliette. Le garde allemand entre enfin dans le poste pour alerter son remplaçant.

— Il faut y aller, glisse alors Michel à l'oreille de Juliette.

Ils foncent au ras du sol vers la maison, sans le moindre bruit. A peine sont-ils arrivés devant la porte, et au moment d'y frapper quelques coups légers, que celle-ci s'ouvre en silence.

Ils entrent tandis que quelqu'un qu'ils ne distinguent pas referme la porte.

— Chut ! dit une voix d'homme en craquant une petite allumette devant son visage.

— Victor ! murmure Juliette, ébahie.

— Oui, Victor, répond-il en soufflant l'allumette.

Et en un instant, Victor lui apprend comment il a échappé de justesse aux Allemands à Malines. Comment plusieurs membres du réseau belge ont été arrêtés. Comment il les suit depuis Noordwijk, comment il a réussi le miracle de réunir une dizaine d'enfants pour les faire jouer à « nach Paris », et enfin, comment il est arrivé avant eux dans la petite maison dont la propriétaire doit maintenant dormir là-haut, mais qu'on n'a pas intérêt à réveiller tant elle meurt de peur. Victor leur dit aussi :

— Depuis cinq jours, personne ne passe en Hollande. Il paraît que le Kaïser est en visite d'inspection dans la région. Et ils ont même encore ajouté des projecteurs.

Et contemplant Juliette qui frissonne encore, il ajoute en souriant mais sans aucune ironie :

— Vous avez fait le plus dur ! Mais j'espérais bien que vous trouveriez le souterrain.

Michel et Juliette l'interrogent presque en même temps :

— A combien sommes-nous de la frontière ?

— C'est vous qui deviez m'attendre à Malines ?

— A une douzaine de kilomètres, répond-il à Michel. Et se tournant vers Juliette : Non. Ce n'était pas moi, mais il a été arrêté deux jours avant et je ne pouvais, moi, sortir que de nuit. Et encore...

Ils bavardent ainsi une bonne partie de la nuit et finissent par se réfugier dans la grange pour dormir, chacun sous sa botte de paille.

Ce n'est que trois jours plus tard qu'ils parviennent, de nuit, et toujours sous la pluie, devant cette sorte de mur, infranchissable, qu'est devenue la frontière hollandaise.

Tapis dans une petite sapinière, à trois cents

mètres d'un pont qui enjambe la rivière Mark, sévèrement gardé par des soldats, ils reprennent souffle. Ils ont parcouru une vingtaine de kilomètres en zigzag dans une zone interdite sillonnée par les patrouilles accompagnées parfois de chiens policiers.

La rangée des sept fils de fer électrifiés, dégouttante de pluie, étincelle lugubrement sous la lumière des projecteurs. Pour empêcher Belges et Hollandais de s'approcher de trop près, on a posé tout au long et de chaque côté des barbelés.

— Ce sont les deux gros du dessus qui distribuent le courant aux autres, murmure Victor. Mais on ne sait jamais quand passe le courant. A la moindre alerte, des sonnettes se déclenchent dans les postes de garde disposés tous les kilomètres, le long de la rivière.

— Qu'est-ce qu'on voit là-bas ? questionne à voix basse Juliette. On dirait des épouvantails.

Victor ne répond pas.

— Gardez-moi ça, dit-il. Je reviens. Surtout ne bougez pas.

Victor s'éloigne, souple et silencieux comme un chat. Il leur a confié une planche d'une soixantaine de centimètres de long à peu près, large comme une petite main, garnie de pneu de bicyclette, qu'il porte précieusement depuis le départ de Beerse avec deux autres planches plates.

— Avec ça on fait une potence. On soulève le fil et on passe, leur a-t-il dit. Ça augmente un peu la hauteur.

— Quelle hauteur ? a demandé Michel.

— Celle qui sépare les fils... En principe, il n'y a que vingt-cinq centimètres... c'est pas beaucoup...

Victor progresse lentement dans les ronces sur le sol détrempé. Il n'a pas voulu répondre à la question de Juliette. Il sait parfaitement ce que sont ces sortes d'épouvantails qu'elle a aperçus il y a un instant. Ce sont les corps déchiquetés, les restes calcinés des malheureux qui, chaque jour, ont tenté de franchir les fils ! Marionnettes lamentables et tragiques, des lambeaux de chair pendent et se balancent au vent, dédaignés même par les corbeaux et les prédateurs. Les Allemands, malgré leur dégoût, les abandonnent aux regards, pour l'exemple. Et à l'attention de ceux qui voudraient « passer en Hollande ».

Victor sort de l'ombre et revient près de Juliette et de Michel.

— A cinq cents mètres, il n'y a plus de lumière. C'est là qu'on va traverser. Et il y a un miracle, chuchote-t-il presque joyeusement.

— Un miracle ? Quel miracle ? murmure Juliette.

— Deux vieux baquets à lessive ! Avec un bâton. On les fait tenir droit et avec un peu de chance vous passez à deux... comme dans une barque !

— Et vous ?

— Moi, mais... je reste en Belgique, dit Victor.

— C'est de la folie, voyons ! proteste Juliette. Les Allemands vont vous arrêter.

— On verra bien. Mais je ne peux pas passer. Il faut que je reste. Ma vie, c'est la Belgique.

— Juliette passera seule avec les baquets. Il faut qu'elle soit sûre d'arriver en Hollande. Les messages c'est plus important que moi, dit à son tour Michel.

Ils se regardent tous les trois en silence. Et ce silence les unit dans le respect de chacun.

— Comme vous voudrez, dit Victor. Venez...

Et tous les trois avancent, courbés, à travers le petit bois, protégés par les fougères, les ronces et les fourrés de la lumière agressive des projecteurs dont le rayon les quitte peu à peu.

Tout à coup, au-dessus de leurs têtes, à une centaine de mètres à peu près, une immense flamme bleue les aveugle.

— Couchez-vous !

Un bruit assourdissant éclate.

— C'est une mine, dit sourdement Victor.

Un Victor qui a le souffle un peu court car quelques instants plus tôt, c'est lui qui rampait là-bas...

Immédiatement, les gardes sortent du petit poste proche du pont avec des chiens policiers.

— Ne bougez pas, chuchote Victor. Sinon ils vont nous repérer.

Juliette et Michel retiennent leur respiration. Ils s'enfonceraient volontiers dans la terre, s'ils le pouvaient. Par bonheur, la pluie, le vent contraire et le sol mouillé ne permettent guère aux chiens policiers de donner d'autres preuves d'efficacité que leurs aboiements furieux.

Les trois gardes allemands à la lueur de leurs lanternes explorent la rive, avec plus ou moins d'ardeur. Cachée sous ses fougères, Juliette les entend grogner.

— Schnell, Schnell. Schnell !

— Ruhe... Ruhe...

— Es ist vielleicht Hunde !

— Vous entendez ce qu'ils disent ? demande Michel.

— Oui. Ils pensent que ce sont des chiens qui ont dû sauter sur la mine.

— Des chiens ?

— Nein ! Verdammt ! Na !... Zwo Männer !

— Non. Ils ont trouvé.

— Ah ?

— Oui, dit Juliette.

— Verdammt ! So jung !

— C'étaient deux hommes jeunes, paraît-il.

Juliette n'ose pas regarder Michel.

— Schade...

— Ach ! Dieses Krieg !

— Ja. Komm. Es genug so !

— Ils ont l'air triste, dit Juliette. A cause de la guerre...

— Wir über nacht ruhig bleiben.

— Mais ils pensent que la nuit va être plus tranquille pour eux.

— Il faut passer tout de suite, murmure Victor.

En silence les deux hommes se remettent en marche, suivis de Juliette.

— Si vous sentez le moindre fil, la moindre résistance, vous ne bougez surtout pas ! Il y a peut-être d'autres mines. Appelez-moi si vous avez le moindre doute. Ou la moindre peur.

Un chien se met tout à coup à hurler. Tous trois s'immobilisent à nouveau. La porte du poste de garde s'ouvre. Un Allemand est sorti.

— C'est sûrement un chien perdu, chuchote Victor. Il va s'en aller.

Malheureusement les aboiements se rapprochent. Un deuxième Allemand sort du poste.

Michel remonte dans la forêt vers le chien.

Juliette s'avance doucement vers Victor. Le temps de chacun, la vie de chacun, les gardes, Victor, Juliette, Michel semblent ne tenir qu'aux aboiements d'un chien.

Des aboiements qui cessent peu à peu. Des aboiements qui cessent soudain.

Les gardes attendent encore à la porte du poste.

Juliette et Victor attendent, eux, à plat ventre dans le sol marécageux.

Quelques instants plus tard, Michel revient.

— Ça va, leur souffle-t-il simplement. Ça va.

Mais dans le regard désolé de Michel, Victor a compris ce qui vient de se passer.

— Allons-y, dit-il.

En jurant, les deux gardes allemands rentrent dans leur poste. Aussitôt, Michel, Juliette et Victor reprennent leur marche et arrivent bientôt jusqu'aux deux baquets, solidement attachés l'un à l'autre.

— On les a déplacés, dit Victor. Ça doit être...

Il n'achève pas.

Avec l'aide de Michel, il met à l'eau cet esquif qui doit les emporter vers le premier espoir de liberté.

Juliette monte.

— Laissez-vous aller au courant avec la planche comme gouvernail. La rivière n'est pas plus large que le canal de Beerse.

Juliette traverse sans difficulté.

Elle repousse alors les baquets vers Michel qui est entré dans l'eau et nage avec les deux autres planches. Il ramène vers Victor cette barque de fortune.

— Venez, venez, supplie-t-il tout grelottant.

Victor le regarde avec une tristesse infinie.

— J'aimerais bien, dit-il. J'aimerais bien, mais...

Une patrouille à bicyclette survient tout à coup qu'aucun des deux n'avait entendue ! Michel s'enfonce alors dans l'eau noire. Victor abandonne aussitôt les baquets et court vers le bois. Par bonheur ses souliers entourés de sacs de toile ne font aucun bruit. Et le vent souffle fort.

La patrouille passe...

A demi suffocant, Michel reparaît. Victor n'est plus là. Il comprend alors que Victor a choisi son destin. Il nage vers l'autre rive. Dans le noir absolu car, c'est une chance, la lune est cachée. Michel a bien du mal à retrouver Juliette qui l'attend depuis quelques minutes déjà.

— Il faut passer, dit-elle. Vous avez les planches ?

— Oui.

Ils ont environ cent mètres de terrain plat et nu à parcourir avant les barbelés et entre les deux postes de garde distants chacun de cinq cents mètres. Survient alors sur leur rive une patrouille à cheval ! Ils s'écrasent tous deux au sol en recommandant leur âme à Dieu. Par bonheur, il pleut, il est tard, les Allemands ne font pas de zèle. Ils ont hâte, eux, d'aller dormir !

Michel, Juliette. Juliette et Michel, quarante ans à eux deux, sont arrivés au pied des barbelés électrifiés.

Michel, calmement, pose la planche caoutchoutée sur le fil le plus bas. Le fil est très tendu. Il résiste.

— Il faut creuser un peu le sol, dit-il.

En s'aidant des planches et de leurs mains, ils arrivent en quelques minutes à gagner quelques centimètres.

Michel pose les deux planches perpendiculairement au sol, puis la planche de bois avec les morceaux de pneu collés. Il tient solidement le tout des deux mains, faisant ainsi une sorte de petit portique... Juliette se glisse dessous, lentement, en s'écrasant le plus possible sur le sol boueux.

— Encore, encore, chuchote doucement Michel... Encore...

Juliette est passée !

Elle avance encore quelques mètres sans se retourner quand soudain une lueur, une flamme la rattrape et l'environne. Un cri ! Un hurlement étouffé ! Un grésillement qui se prolonge... et l'odeur, tout de suite, l'odeur...

Elle se retourne et voit avec horreur un Michel cassé en deux, les bras en arrière et comme projeté vers le ciel, arrêté dans son élan, foudroyé, la bouche démesurément ouverte. Un Michel, frère inconnu et perdu pour la seconde fois, épouvantail pour l'éternité.

Tandis que de l'autre côté de la rive Victor hurle son désespoir.

— Partez ! Partez ! Partez !

Ses cris se mêlent à une sonnerie qui résonne dans la nuit, aux ordres des gardes allemands, aux aboiements des chiens et tout à coup au claquement sec des fusils. Les Allemands tirent sur Victor !

Juliette se met à courir. Juliette s'enfonce dans la nuit et disparaît.

Victor, traînant la jambe, s'enfonce, lui, dans la forêt.

En quelques secondes trois destins viennent de basculer !

Juliette court, passe en s'accrochant la ligne de fils de fer barbelés, mais elle court sans y prendre garde. Elle est en Hollande ! Elle est en Hollande et déjà il lui semble apercevoir les ailes en croix d'un moulin...

Horreur ! De cette maison, deux ou trois hommes viennent de surgir. Ils viennent à elle. Ils ont des uniformes « feldgrau ». Juliette sent qu'elle va mourir. Le sol se dérobe sous ses pas ! Elle les entend parler ! Elle cherche une issue ! Rien ! Rien qu'une plaine hostile et noire...

Des bras la saisissent et s'agrippent à elle ! Elle se met à hurler ! Alors les hommes hurlent aussi et ils rient ! Et dans leur rire, Juliette réalise tout à coup son erreur : ces hommes sont des soldats hollandais ! Uniforme semblable mais cocarde de la maison d'Orange ! Et ils parlent en néerlandais...

Échappant aux soldats, Juliette s'écroule alors dans la boue, frappant le sol de ses poings, en proie à une horrible crise de folie et de désespoir. La raison la fuit. Son esprit sombre et s'enfonce dans le néant.

Quand Juliette se réveille, le soleil luit à travers la fenêtre d'une petite chambre basse. Allongée sur un lit, Juliette aperçoit une table de chêne sombre, cirée, à l'odeur de miel, des cuivres qui se parent de tous les éclats de la petite fenêtre aux verres multicolores. Une chambre d'une propreté luxueuse, comme elle en a connu naguère, il y a quinze mois... « Papa ! Des Vermeer partout. »

Une vieille dame est près d'elle qui, la voyant ouvrir les yeux, lui murmure quelques mots qu'elle ne comprend pas mais dont la douceur lui parvient et c'est bien suffisant. Et pourtant, Juliette se met à pleurer. Elle pleure, car l'image abominable de Michel au pauvre corps disloqué ne l'a pas quittée. Elle vient à nouveau de surgir. La vieille dame se lève alors, lui passe une main rude sur le front, lui tend un bol de café qui l'attendait. Juliette la remercie. La vieille dame qui, peut-être, sait tout du drame de la nuit, lui sourit gentiment.

— Vous... bon ? dit-elle.

— Oui, moi... bon, répond Juliette.

Et, à travers ses larmes, elle lui rend son sourire.

A la fin de la journée, l'époux de la vieille dame emmène Juliette dans sa carriole à Baarle-Nassau...

Juliette a mis dans un vieux sac son manteau noir déchiré, dont la doublure et les boutons recèlent tant de messages. Elle a gardé ses souliers plats. Elle est habillée d'un autre manteau que la vieille dame lui a trouvé en échange de quelques pièces que Juliette a tenu à lui donner malgré de sincères protestations.

Grâce à M. Van Leen Poel, le mari de la vieille dame, Juliette trouve rapidement le petit hôtel où elle doit remettre ses messages. Ce qu'elle fait dans une pièce discrète avec le plus grand soulagement.

— Ça n'a pas été trop dur ? lui demande le faux prêtre chargé de les acheminer.

Le regard de Juliette est tel que l'homme s'excuse aussitôt.

— Je vous demande pardon... Ma question est stupide. Voici vos instructions pour le retour. Vous devez être demain midi à Breda. Église Notre-Dame. Vous y rencontrerez un autre prêtre. Un vrai ! D'ici là... bonne chance, dit-il. Si je puis vous être utile...

— Non, merci. Je préférerais être seule.

— Je comprends.

En sortant, Juliette prend bien garde à qui l'entoure car Baarle est un rendez-vous important de tous ceux qui « honnêtes commerçants » et « honorables correspondants » participent dans l'ombre à la guerre secrète.

Elle décide d'aller immédiatement à la gare pour se rendre le plus vite possible à Breda. Il lui semble qu'elle y retrouvera un peu de paix. Elle longe rapidement les rues de cet étrange territoire dont « le Sud s'appelle Hertog, belge depuis les ducs de Brabant, et dont le Nord s'appelle Nassau, depuis que Breda est devenu le fief de la famille Nassau, au

XVe siècle », lui a révélé tout à l'heure le faux prêtre en lui recommandant surtout la plus grande prudence.

— Méfiez-vous, ici on se retrouve en Belgique, sans le savoir. C'est ce qu'attendent les Allemands. Ils ont des agents partout.

Juliette ne s'étonne donc pas trop de voir sur certaines maisons de discrets petits drapeaux aux couleurs belges ou hollandaises qui permettent d'apprécier la différence.

Assise sur un banc du quai hollandais de la gare, face au quai belge, Juliette ne s'aperçoit pas tout de suite qu'un homme, assis sur le quai belge, l'observe depuis quelques minutes avec une attention singulière. Elle ne le remarque, un court instant, que quand il se lève et passe sous la lumière fade et triste d'un lampadaire. Elle se lève à son tour et sort de la gare, par prudence, et pour voir. Rien, ni personne, ne lui semble suspect. Elle rentre alors à nouveau dans la gare et s'assied dans une petite salle d'attente.

Quelques instants plus tard, un homme, grand, en pardessus bleu sombre, élégant, chapeau souple, pénètre à son tour dans la salle d'attente. C'est l'homme du quai ! Il s'assied juste à côté d'elle, presque trop près...

Comment a-t-il fait pour entrer ainsi « en Hollande » ? Juliette n'a pas le temps de répondre à la question.

— Mademoiselle Juliette Hutin-Morel ? murmure-t-il.

Le cœur de Juliette se met à battre avec violence. Mais elle se contient. Il est nécessaire qu'elle se contienne. Elle tourne vers l'homme un regard de dédain et s'écarte de lui comme une femme offensée le ferait, gênée par l'indiscrétion vulgaire d'un importun.

— Mademoiselle Juliette Hutin-Morel, insiste l'homme d'une voix douce en retirant son chapeau... de Lille ?

Et l'homme appuie sur le mot « Lille ».

Pourquoi Juliette se retourne-t-elle vers lui ? Pourquoi le regarde-t-elle ainsi ?

Elle se le reproche avec une fureur contenue en regardant cet homme à la fine moustache sombre, aux yeux bleu d'acier, aux cheveux noirs et à la voix très douce. Et elle s'entend tout à coup bégayer :

— Vous êtes...

— Oui, dit l'homme.

— ... Albert Timmer ! ! !

Albert Timmer — car c'est bien lui — jette alors un coup d'œil rapide autour de lui. Il avance sa main vers elle et fait se lever avec grâce une Juliette presque hypnotisée.

— Venez, dit-il. Sortons.

Il lui prend le bras et l'emmène à grands pas vers une voiture qui semble attendre tranquillement les ordres de son propriétaire.

— Voilà ! Ici nous sommes plus tranquilles, dit Albert Timmer dans un sourire après avoir mis le moteur en marche. C'est prodigieux ! Prodigieux ! J'ai quitté une enfant et je retrouve...

Albert Timmer n'achève pas tant le regard aigu de Juliette s'est aggravé, d'un coup. Il reste un instant interdit, mais il reprend aussitôt :

— ... Racontez-moi ce que vous faites à Baarle, dit-il.

— Et vous ?

La question est partie avant même que Juliette ne le réalise tout à fait. Mais Albert Timmer ne s'en montre pas surpris.

— Oh ! moi...

Il a un geste vague et passe la première vitesse. La voiture démarre.

— Où allons-nous ?

— Je dois être demain à Breda. J'y allais quand...

— Breda ? Parfait. Allons souper à Breda ! Nous y

serons dans moins d'une heure! J'attendais quelqu'un qui ne s'est pas présenté. Tant pis pour lui!

Et tout en roulant, Albert Timmer lui raconte une grande partie de sa vie. Et Juliette l'écoute, l'écoute, l'écoute...

Officier d'élite aux états de service remarquables, il a eu une mauvaise affaire au Maroc pendant la pacification.

— Les suites de l'affaire Dreyfus, dit-il.

— Dix ans après! s'écrie Juliette.

— Oui. Quand on a transféré Zola au Panthéon en 1908, je me suis battu avec un capitaine qui hurlait encore contre la réhabilitation de Dreyfus! Alors que dix ans auparavant le colonel Henry, convaincu de faux, s'était suicidé! La bagarre s'est mal passée, malheureusement. Mon homme est tombé du haut d'une terrasse où nous étions... Mort! J'ai dû démissionner sur-le-champ, pour l'honneur de l'armée! Voyez-vous, Juliette, j'ai adoré l'armée mais l'esprit de caste, non! Et l'antisémitisme encore moins.

Une ombre passe sur le visage d'Albert.

— Comme j'avais fait deux ans d'école de commerce en Angleterre et en Allemagne, je me suis retrouvé à Lyon! Dans les huiles et graisses!

— Lyon! Pourquoi Lyon?

— Je vous raconterai. J'ai adoré Lyon, d'ailleurs. C'est là que j'ai découvert l'aviation. J'avais été fasciné par l'exploit de Blériot en 1909 quand il a traversé la Manche, en juillet. Et en 1912, j'avais déjà tous mes brevets de pilote. J'ai participé à des meetings en France, en Angleterre, en Allemagne et même en Hollande. Au fait, vous connaissez un peu la Hollande? lui demande-t-il à brûle-pourpoint.

Juliette ne lui répond pas tout de suite.

— Euh... oui, dit-elle. Enfin...

Et Juliette à son tour lui parle d'elle: de ce voyage de juin 1914. Elle lui avoue aussi le fol espoir qu'elle a eu de le retrouver, lui, à Bruxelles ! Elle lui parle de la guerre, du Nord. Elle lui parle du courrier, des messages. Elle lui apprend la mort de ses parents, de son frère Michel. Et celle, plus récente et atroce, de cet autre Michel, frère inconnu d'une semaine. Elle lui parle aussi de Victor, dont elle se demande s'il est encore en vie.

Albert Timmer a arrêté son automobile sur le bord de la route qui les mène à Breda.

Et il l'écoute, l'écoute, l'écoute...

Il est stupéfait. Comment, se demande-t-il, comment ce petit bout de femme peut-il avoir vécu tant d'horreurs, montré tant de force et de courage ? Et Bruxelles ! Elle a voulu le voir à Bruxelles...

— Maintenant vous avez besoin de vous reposer, Juliette, lui dit-il. C'est absolument nécessaire.

— Non. Je dois repartir demain.

— Laissez-moi arranger cela. Je vous le demande. Je le peux. Alors, laissez-moi faire. D'ailleurs, ajoute-t-il avec un petit sourire, c'est un ordre... Je suis votre supérieur !

Dans le coquet restaurant où Albert Timmer l'a emmenée, Juliette se laisse peu à peu gagner à la sérénité du lieu et au charme de l'instant. Elle se rend compte à quel point cela lui était nécessaire ! Elle se rend compte que cet homme, brillant, face à elle et qui déroule pour elle des images de sa vie, a raison de vouloir qu'elle se repose un peu.

— Un beau jour de décembre 1911, raconte-t-il, j'ai reçu une lettre du service économique de l'armée. J'étais convoqué au ministère de la Guerre : « Vous voyez, on ne vous a pas oublié, Timmer ! » m'a dit un colonel. On m'a alors proposé de mettre mes talents, ma connaissance parfaite de l'allemand et de l'anglais, mon expérience militaire et, ajoute-t-il en riant, mes « exploits d'aviateur » au service de l'espionnage français ! J'ai immédiatement refusé. On m'a alors fait comprendre très aimablement que je n'avais pas le choix ! Que mon dossier marocain n'était pas classé. Et, pour apaiser mes scrupules, le colonel a conclu : « Espionner, c'est aussi servir, Timmer ! Il nous faut rattraper les Anglais. Dans deux mois leur MI 5 va fonctionner. D'ailleurs, à ce propos, savez-vous qui a jeté les bases de l'espionnage anglais ?

— Non, mon colonel.

— Daniel Defoe !

— Daniel Defoe... Robinson Crusoé ?

— Exact ! Alors, vous voyez ? Et si vous y ajoutez Conan Doyle... ça vous montre à quel point ce sont des hommes de qualité qui s'occupent d'espionnage. Je vous salue, Timmer ! »

Et Albert entraîne Juliette dans son rire à cette évocation des origines de l'espionnage anglais.

— C'est ainsi qu'un mois après je me suis retrouvé à Lyon dans une usine de matières colorantes ! Une usine allemande ! Dirigée par un certain Herr Doktor Muel. Car, depuis la guerre de 70, qui nous a pris l'Alsace et la Lorraine, les Allemands ont eu le droit par le traité de Francfort d'installer cinq usines à Lyon ! Alors, ne le répétez pas, dit-il avec désinvolture, mais je suis chargé de leur fournir tout ce dont ils ont besoin ! Ça me permet d'obtenir de précieux renseignements. Je vous raconterai cela. Je suis même inscrit sur les listes noires des Français « traîtres à leur patrie ». Ça les rassure, ajoute-t-il en riant.

Ce moment exceptionnel d'intimité et de confiance partagée va se poursuivre parce qu'ils le veulent, tous les deux. Parce qu'ils en ont besoin, l'un et l'autre qui depuis tant de mois se contraignent au silence, à la dissimulation, au mensonge, et depuis tant de mois vivent quotidiennement le danger obscur de la guerre secrète.

Ensemble, ils marchent dans cette nuit fraîche d'octobre.

— Il n'y a pas de couvre-feu, il faut que vous en profitiez...

Ils passent le long des petites maisons sombres du béguinage, redescendent vers le marché au Foin et finissent Grand-Place où tous deux ont leur hôtel. Vont-ils se séparer ?

— J'ai rendez-vous demain à midi devant l'église Notre-Dame, dit-elle.

— A demain, donc, répond Albert.

Le lendemain matin, la sachant réveillée, Albert frappe à la porte de la chambre de Juliette.

— Entrez...

Habillée par le soleil qui perce le vitrail d'une petite fenêtre, elle est presque ravissante cette Juliette à l'œil clair qui vient de lui dire : « Entrez. »

Mais, après l'avoir constaté, Albert lui parle de tout autre chose.

— Je vous ai trouvé un sauf-conduit ! Il vous permettra un retour plus commode que l'aller, dit-il. Vous êtes la fille du consul de Suisse à Rotterdam. A laquelle vous ressemblez un peu d'ailleurs. Il ajoute avec malice : Vous avez bien entendu le droit de revenir voir votre père une fois... si vous le voulez ! Vous prenez le train pour Bruxelles et même pour Courtrai dans deux jours. Et surtout, rassurez-vous, les papiers faux sont toujours plus vrais que les vrais.

Emportée comme une algue sur cette vague tourbillonnante, Juliette reste un peu étourdie.

— C'est merveilleux mais... pourquoi deux jours ? s'étonne-t-elle.

— Parce que... le passeport ne sera prêt que dans deux jours !

— Vous en êtes bien sûr ?

— Pas tellement...

En souriant, ils se regardent tous les deux. Et dans ce regard, si franc, si simple, ils puisent ensemble le goût, l'envie de ne pas rompre encore l'instant harmonieux qu'ils sont en train de vivre, malgré la guerre. Malgré l'angoisse.

— J'avais rendez-vous à Baarle pour remettre un courrier à un agent français, dit-il. Il a été arrêté. Je suis obligé de remonter à Rotterdam où j'ai mon bureau. Pourquoi alors ne pas continuer ? Pourquoi ne pas visiter ensemble ce que vous avez déjà vu ? Et aussi ce que vous avez négligé. J'aimerais tant voir les vitraux de l'église Saint-Jean, à Gouda ! ajoute-t-il, toujours aussi malicieux.

Il désigne alors un manteau de petit-gris qu'il a sur le bras et que Juliette n'a même pas remarqué.

— J'ai même là le manteau qu'il vous faut, dit-il.

Juliette reste bouche bée.

Le soir même, dédaignant tout, ils se promènent sur les canaux d'Amsterdam. Juliette a été bouleversée en découvrant Gouda. Les vitraux, bien sûr, mais elle s'est surtout rappelé sa carte postale et le petit mensonge qu'elle avait commis envers ses parents. Elle s'en est même confiée à Albert !

Mais ils sont jeunes et la vie court vite. Les mensonges s'oublient. Le lendemain, lundi, ils mangent des harengs crus à Marken.

A Volendam, elle revoit le village de bois miniature et les dames géantes ! Si grandes qu'au détour d'un chemin elle se demande ce qu'elle a en face d'elle ! C'est simplement la jupe noire d'une longue demoiselle en tablier rayé, sabots et coiffe de dentelle, foulard bleu et blanc au cou qui, timide et rougissante, veut rentrer chez elle et la domine de toute sa hauteur...

Juliette longe avec Albert ces routes surprenantes sillonnées de petits canaux où les arbres roux filtrent un soleil timide. Près d'Alkmaar, elle grimpe avec lui les petits escaliers qui rompent un instant les digues et elle découvre alors avec émerveillement une étendue infinie qui n'est pas la mer mais qui y ressemble tant...

Au soir du mardi, Albert accompagne Juliette à la gare d'Amsterdam.

Juliette, enfouie dans sa fourrure, a baissé la fenêtre de son compartiment.

Albert, sur le quai, la regarde.

Ils se taisent tous les deux longuement, très longuement, déjà tendres.

— Je ne peux pas parler... murmure-t-elle avec effort d'une petite voix que le chagrin écrase.

— Ce n'est pas la peine, murmure-t-il à son tour en levant sa main vers la sienne. MERCI.

— Oh ! Pourquoi ?

Albert lui sourit.

— Parce que... je vous dois une vie en deux jours, dit-il.

Un coup de sifflet qu'ils n'entendent pas. Un chef de gare qu'ils ne voient pas, agitant un drapeau, un petit nuage de fumée...

Le train démarre lentement. Juliette alors éclate en sanglots. Elle s'enfonce dans ses larmes et dans son chagrin.

Albert fait un terrible effort pour se dominer. De la main, il lui adresse un dernier geste auquel elle répond.

La fumée les enveloppe et les sépare.

C'est à Grosse Jeanne que Juliette, le lendemain, pourra confier à la fois son bonheur et son chagrin. Son premier chagrin de femme...

A Bruxelles, Juliette a retrouvé la guerre.

A Courtrai, Juliette a retrouvé le danger.

A Lille, Juliette a retrouvé l'horreur.

A Bruxelles, où elle est revenue pour le courrier, Juliette apprend par Grosse Jeanne qu'Édith Cawel, l'infirmière anglaise qui aidait des hommes à vivre et les aidait aussi parfois à passer en Hollande, vient d'être fusillée.

A Lille, en rentrant d'une autre mission, Juliette apprend que Louise de Bettignies qui, comme elle, passait des messages en Angleterre, par la Hollande, vient d'être arrêtée.

Juliette décide alors de repartir pour la Hollande. Fille du consul de Suisse, elle arrive à Rotterdam sans trop de difficultés. Malheureusement, Albert est parti, lui, le même jour, pour Cologne !

Au matin du 8 novembre, déçue et attristée, Juliette rentre au prix de mille périls à Lille. Arrivée au coin de la rue de Turenne, elle assiste, impuissante, à l'arrestation de Louise !

Une Louise droite et digne et qui passe devant elle sans un regard, encadrée par deux soldats.

Désespérée, Juliette se précipite chez la sœur de Louise.

— Je suis au courant, dit-elle. Faut pas vous en faire. Elle ne dira rien ! Parce qu'il n'y a rien à dire... n'est-ce pas ?

— Non, bien sûr. Rien, répond Juliette.

Elle lui apprend alors que Léon Trulin, qui avait tenté de faire passer des hommes en Hollande et avait échoué à trois cents mètres des barbelés, vient d'être fusillé la veille, à l'aube.

— Il avait dix-huit ans, vous vous rendez compte ! Pauvre gosse...

Juliette qui a échappé miraculeusement aux Allemands va se cacher pendant dix jours à la faculté de droit de Lille, employée comme balayeuse. Cela lui permet d'y avoir une chambre...

Dans la nuit du 18 novembre, n'en pouvant plus, elle réussit à échapper aux contrôles et aux patrouilles. Elle va retrouver Étienne Lepoutre, réfugié, lui, à Lannoy, dans une petite ferme du village.

— Il faut que tu partes, dit-il.

— Où ?

— En Hollande. Avec ton sauf-conduit, il faut que tu essayes !

— Et vous ?

— Moi, je reste. Je dois rester, Juliette. Ici je suis en sûreté. Je n'ai rien à craindre. Je suis garçon de ferme, je passe inaperçu. Pas toi. Les messages, c'est fini, Juliette. Il faut que tu penses à toi, il faut que tu penses à ta vie. Tu as vu le petit Trulin ?

— Étienne, il est inutile d'essayer de me faire peur ! Et d'ailleurs mon passeport n'a plus cours.

— Ce n'est pas pour te faire peur. Mais il a été dénoncé, Juliette. On le sait ! Je le sais ! C'est le curé de Saint-Martin d'Esquermes qui me l'a dit. Il a assisté à ses derniers moments. On s'y est repris à trois fois avant de le fusiller. Pauvre gosse ! Et tu sais pourquoi ? Parce que même les Allemands attendaient qu'on le gracie ! Mais c'est ce salaud de Himmel qui voulait un exemple. Tu parles ! Un exemple ! ! Pour l'avenir peut-être ? Alors comprends-moi, Juliette. Je veux que tu essayes de partir. C'est moi qui t'ai embarquée dans tout ce fourbi. Si tu étais arrêtée... je crois que je n'y résisterais pas.

Étienne a très mal pris le premier départ de Juliette pour la Hollande. Il l'a sévèrement apostrophée à son retour.

Étienne a très mal vécu la mort de Michel, le frère d'Adèle.

Étienne craque lui aussi, car, depuis longtemps, l'idée que Juliette puisse être arrêtée par les Allemands le torture.

— Je te demande pardon, s'excuse-t-il. Mais essaye de partir pour la Hollande. Je vais donner des instructions. Il y a une possibilité de bateau à Gand. Vendredi prochain, c'est le jour du marché. Tu vas au pont Saint-Michel, tu regardes le canal. Quand tu entends quelqu'un te dire : « L'eau est bien sale », tu lui réponds simplement : « Oui, mais le pont est si beau ! » On t'emmène alors à Gent-Haven. Là, tu peux embarquer sur des péniches qui font le commerce de briques avec la Hollande. Quelques heures plus tard tu es à Terneuzen, face au Zuid-Beveland... De là tu peux gagner facilement l'Angleterre, le temps que la guerre soit finie...

Dans la même nuit, Juliette réussit à regagner l'université. Elle n'en peut plus, Juliette. Elle est fatiguée. Deux jours de paix passés en Hollande avec Albert Timmer dansent dans sa tête...

A l'aube, elle a décidé de partir. Comme le lui a conseillé si pathétiquement Étienne Lepoutre. Albert Timmer ne lui a-t-il pas affirmé qu'avec sa parfaite connaissance de l'allemand elle pourrait lui rendre de grands services ? Servir encore, c'est là ce qu'elle veut. Pour son pays. En mémoire de ses parents. En mémoire de Michel ! En mémoire aussi de cet autre Michel dont l'image et le corps déchiqueté sur son fil obsèdent encore chaque nuit sa conscience bouleversée.

Une autre image, un autre visage aussi qu'elle ne repousse pas s'est glissé depuis peu dans ses nuits d'insomnie : celui, ému, d'Albert Timmer sur son quai de gare, à Amsterdam.

Pour elle, pour tous ceux-là, Juliette veut vivre...

Dès le couvre-feu levé, le 19 novembre au matin, Juliette part.

Et le 19 au soir, Juliette est arrêtée...

Elle avait pourtant réussi à passer le poste de Mouscron sans trop de difficultés, en se faufilant de jardin en jardin, à l'arrière de ces petites maisons de brique sombre, toutes semblables, qui ne différencient guère la Belgique de la France, Mouscron de Tourcoing. Malheureusement, l'opération lui a pris beaucoup de temps, car il faut avoir l'air de bavarder entre voisins et attendre la nuit pour passer...

Elle s'était pourtant rappelé une phrase du vieux Moerlebeke qui les avait conduits, Michel et elle, jusqu'à Noordwijk : « Ce sont les mauvais chemins qui sont les bons ! » Elle avait donc décidé d'aller jusqu'à Courtrai à pied sur ces « mauvais chemins ».

— C'est plus long mais c'est aussi plus sûr, avait-elle pensé.

Malheureusement elle ne pouvait pas savoir que sur ce chemin discret, un peu avant Bellegem, les

Allemands ont installé un poste nouveau et secret : un poste « volant » en quelque sorte...

Voir arriver, à pied, sur cette route, à plus de huit heures du soir, une jeune femme assez élégante, leur a paru plus que suspect. Vérification. Arrestation. Et... fouille ! Fouille d'autant plus précise que les Allemands trouvent immédiatement deux lettres que Juliette porte dans son sac. Deux lettres remises par une jeune étudiante et destinées à son fiancé combattant sur le front quelque part en Champagne. C'est une première faute.

Deuxième faute : Juliette a gardé le sauf-conduit au nom de Mlle Rosalie Mercier, fille du consul de Suisse à Rotterdam ! Ce sauf-conduit autorise Mlle Mercier à se rendre d'Amsterdam à Bruxelles et de Bruxelles à Amsterdam pendant le mois d'octobre. Le retour pouvant s'effectuer au jour de son choix. Or elle porte sur elle des papiers au nom de Léonie Sommers, habitant Courtrai !

Elle a beau affirmer qu'elle a trouvé ce passeport par terre dans une rue de Mouscron : elle ne convainc guère.

Ce qui, en revanche, va convaincre les Allemands, c'est la scène qui va suivre...

Assise dans un coin sombre du poste éclairé par un vague plafonnier à réglette, Juliette profite d'une seconde d'inattention des deux Allemands pour avaler le message secret, glissé dans ses cheveux et remis à la dernière minute par le recteur de l'université de Lille. Son dernier message et peut-être le plus important...

Malheureusement, Juliette n'a pas pensé à la fenêtre qui donne sur la route. La porte du poste s'ouvre brutalement : le factionnaire de service a tout vu. Il hurle en allemand :

— Elle a avalé un papier ! Elle a avalé un papier !

Juliette va alors tenter de prouver que ce papier c'était un papier entourant un bonbon ! Elle ne convainc pas davantage que pour le passeport.

Arrivent alors un policier en civil suivi d'une femme à chignon, très mince, très droite, très sèche.

Sans le savoir, Juliette est tombée sur une inspection de la « Sicherheitspolizeï » !

— Déshabillez-vous ! intime la femme.

— Ici ? proteste Juliette.

Sous les rires des deux soldats et sans daigner répondre, la femme maigre à chignon emmène Juliette dans une pièce attenante au bureau. Là, elle l'oblige à boire un vomitif. Elle la contraint à se mettre complètement nue. Elle se livre alors à une fouille minutieuse, humiliante, ignoblement indiscrète et experte. Juliette hurle, se débat ! La femme la gifle ! Juliette est prise de vomissements. Dans le petit bureau à côté, les soldats et les policiers vérifient, eux, tous les vêtements de Juliette. Manteau, chapeau, jupe, jupon, chaussures, corset, sont minutieusement examinés et découpés avec soin.

Hasard ? Providence ? Le petit morceau de papier Japon sur lequel est relevé le code secret employé par les Allemands et dérobé à la Kommandantur de Lille a été dilué. Juliette, toussant, crachant et vomissant, ne restitue rien qui puisse intéresser la sécurité allemande. On l'emmène néanmoins en voiture à Courtrai...

Là, Juliette va croupir dans une cellule sans fenêtre et sans autre lumière qu'un petit lumignon allumé jour et nuit. Avec pour tout confort une sorte de bat-flanc, sans paillasse, et un seau hygiénique qu'elle est condamnée à vider tous les matins : c'est sa seule promenade. Elle reste ainsi, presque sans dormir, pendant cinq jours ! Elle ne voit personne. Aucun contact. Pas d'interrogatoire. Rien ! Elle n'a pour tout compagnon que le froid contre lequel elle s'efforce de lutter en marchant, jour et nuit.

Et les araignées...

Au matin du sixième jour, la porte de la cellule s'ouvre avec fracas.

— Fräulein Sommers !

Elle est emmenée par deux gardes à travers de longs couloirs qui résonnent jusque dans un local vide. Là, elle attend plus de deux heures, debout. Il n'y a aucun meuble. Deux portes, qu'elle essaye machinalement d'ouvrir, par pur réflexe. Bien entendu elle n'y parvient pas. Un bruit de bottes monte dans le couloir. Un bruit qu'elle perçoit parfaitement, comme tous les prisonniers qui n'ont d'autre distraction que l'écoute des moindres sons. La porte du fond s'ouvre brutalement.

— Gonfrondation ! lui dit le policier de Bellegem accompagné de deux soldats et d'une jeune femme qu'il pousse vers elle.

Avec cette jeune femme ? Pourquoi ? se demande Juliette.

— Fräulein Sommers ! Léonie Sommers ! Das richtige Fräulein Sommers... La fraie !

— Da stimmt was nicht Richtig ! dit-il en riant affreusement. Zé zuzbekt... Né ? Matmezelle... Euh... Ich weiss nicht. « Gé né sé bas ! »

Et il éclate du même rire mauvais.

— Also ?

Il congédie les deux soldats et la malheureuse Léonie Sommers, la vraie, affolée.

Il se tourne alors vers Juliette et d'une voix dure, sèche, et qui claque comme un fouet :

— Wie heissen Sie ? demande-t-il.

Juliette ne répond pas.

— Wie heissen Sie ? répète-t-il. Komman fous abelez-fous ?

Juliette ne répond toujours pas.

— Ché rébétee ! Komman fous abelez-fous ?

Ils s'affrontent tous deux un long moment. Le policier allemand sourit calmement en la regardant. Puis il virevolte sur les talons et de la porte fait un signe aux soldats. Juliette est ramenée par d'autres couloirs dans un autre cachot. Est-ce un avantage ? Il y a un soupirail. Elle va y rester quinze jours encore. Quinze jours d'un régime dur, très dur.

Comme si on voulait qu'elle décante, qu'elle se purifie ! Et rien d'autre à faire qu'à méditer sur son sort avec pour seuls compagnons, cette fois, outre le froid, des cafards...

Puis, sans jamais avoir été interrogée, Juliette est ramenée à Lille.

C'est une Juliette amaigrie et pâle qui revient dans sa ville, dans son Nord, dans sa France. Elle s'est vue dans le petit miroir du greffe de la prison cloué contre un mur, comme si le gardien, coquet, voulait vérifier chaque jour la frisure de sa moustache. Elle a été effrayée. Elle garde néanmoins intactes une énergie et une volonté farouches. Sa confiance même n'est pas entamée. Si on ne l'interroge pas, pense-t-elle, c'est peut-être parce qu'on ne sait rien. En passant devant le miroir où son visage aminci lui a fait peine, elle a même eu l'humeur d'en rire intérieurement. « L'aventure me manque, donc le grand air : le teint s'en ressent ! »

Elle est enfermée à la prison de Loos. Au secret. Trois longs jours encore, on l'abandonne à ses réflexions.

Enfin, un matin, elle se retrouve dans un petit bureau face à trois Allemands. Trois civils. C'est le premier interrogatoire.

— Mademoiselle Hutin-Morel, vous habitez Lille, rue de Turenne. Vous voyez, nous sommes bien renseignés, lui dit l'Allemand du milieu dans un français parfait. Vous êtes étudiante en droit, excellente étudiante d'ailleurs. Je vous félicite. Pouvez-vous justifier votre présence à Bellegem, sur la route de Courtrai ?

— Je fais une thèse sur les cathédrales gothiques. Je voulais visiter Courtrai.

— A huit heures du soir ?

— J'attendais le lendemain matin.

— Et vous marchiez seule dans la nuit en attendant que le jour se lève ?

— C'est interdit ?

— Aux Français et aux Françaises, oui ! Vous ne l'ignorez pas, je pense ? Hein ?... que le territoire belge est interdit aux Français et aux Françaises depuis notre arrivée ?

— Non.

— Alors ?

Juliette se tait.

— Alors ? vocifère l'Allemand.

— Je suis amoureuse d'un officier allemand. Il appartient à l'état-major de la IVe armée. Il est marié. Je suis obligée d'être très discrète. J'allais le retrouver. Mais comme les routes sont très surveillées, j'avais pris des chemins détournés.

Juliette a débité sa petite fable avec un tel aplomb que les trois Allemands sont un instant ébranlés.

— Comment s'appelle cet officier ?

— Je ne peux pas le révéler.

— Vous vous moquez de nous ?

— Non. C'est la vérité.

L'Allemand regarde Juliette un instant comme s'il avait vraiment envie de la tuer. Mais très calmement et s'adressant à la sentinelle figée devant l'unique porte du bureau, il laisse tomber :

— Reconduisez-la.

Juliette, avant de sortir, jette avec le même dédain :

— Il est inutile de m'interroger davantage. Je ne dirai plus rien. Il s'agit de l'honneur d'un officier allemand, messieurs.

Les trois hommes éclatent de rire.

— Merci pour lui, reprend l'homme du milieu. Mademoiselle, je vous rappelle que nous avons ouvert deux lettres trouvées sur vous et destinées à un jeune Français qui se bat quelque part sur le front de Champagne contre nous.

— Aimer un officier allemand ne m'empêche pas de faire mon devoir de Française.

— Emmenez-la ! hurle l'Allemand.

Si Juliette répond avec tant de désinvolture aux Allemands c'est qu'elle a retrouvé pendant ces trois jours une grande force intérieure. Pour elle, la prison est devenue retraite. Sa cellule, celle d'une religieuse : celle d'Émilie. Juliette a découvert, gravée dans la pierre, une petite croix. Ou plus exactement deux traits tracés dans le mur qui lui ont fait penser au calvaire du Christ. Elle en est transfigurée. Prête à tout. Prête à mourir, s'il le faut. Au-dessus de cette petite croix, et comme pour remplacer les initiales INRI de « Jésus roi des juifs », une main a tracé : « Rindir ». Juliette n'en a pas compris le sens. Elle s'est agenouillée et elle a prié. Elle a prié longuement, de toute la ferveur de son cœur. Et, dans la joie d'une paix intérieure un instant retrouvée, elle a soudain reçu comme un message de Dieu cette simple contraction patoisante de « ne rien dire ».

En rentrant dans sa cellule, Juliette s'agenouille et prie.

Elle n'a rien dit.

Jour après jour, les interrogatoires vont se succéder.

Et toujours revient la même accusation : « Vous êtes une espionne. »

Et toujours se répète la même menace : « On va vous fusiller. »

Convaincue que les Allemands ne savent rien de précis sur elle, Juliette s'est enfermée dans un silence définitif qui les exaspère chaque jour un peu plus.

Malgré la dureté du régime quotidien qui lui est infligé à la prison, malgré les interrogatoires interminables qu'elle subit, debout, à toutes les heures du jour et de la nuit par divers policiers ou soldats qui se relaient, Juliette reste forte. Rien ne parvient à entamer sa résolution ou sa vigilance.

Cependant, un soir, les Allemands vont marquer un point.

Son accusateur s'appelle le capitaine Müller. Il lui présente une photographie. Juliette a un horrible choc. Sa tête se vide. Son cœur bat à tout rompre. La photographie. C'est celle d'Étienne...

— Voulez-vous qu'on vous aide à avoir de la mémoire ?

Que va-t-il se passer ? Jamais les Allemands jusqu'à maintenant n'ont usé de violence. Tout en essayant de rassembler ses esprits, Juliette cherche à mesurer le degré d'exaspération où se trouve le capitaine.

— Alors ? aboie-t-il. Vous connaissez ?

— Parfaitement. C'est monsieur Lepoutre, le meilleur collaborateur de mon père.

— Et chef de votre organisation !

— Je ne sais pas de quoi vous me parlez.

— Quand l'avez-vous vu pour la dernière fois ?

— Je ne sais pas de quoi vous me parlez.

— Nous savons qu'il est toujours à Lille !

— Alors vous en savez plus que moi.

Elle ne dira plus rien, Juliette.

Elle ne dira jamais plus rien. Mais elle est condamnée.

De jour en jour, et malgré son silence, les Allemands progressent. Ils veulent savoir. Ils vont savoir.

Elle est condamnée, Juliette, le jour d'une confrontation, dramatique, avec Louise.

— Oui, j'ai vu quelquefois monsieur Lepoutre.

« Pauvre Louise ! »

Elle est condamnée, Juliette, le jour où on lui montre le passeport délivré à la fille du consul de Suisse.

— Qui vous a procuré ce passeport ?

« Mon Dieu ! où êtes-vous, Albert, à cette minute ? »

Elle est condamnée, Juliette, par ses absences répétées de Lille.

— On a perquisitionné chez vous ! Rien trouvé sur les églises gothiques !

« Mon Dieu. Ayez pitié de moi. »

Elle est condamnée, Juliette, le jour où on la confronte avec le soldat du poste de Bellegem, l'inspecteur de la Sicherheitspolizeï et cette horrible fouilleuse en chignon.

Elle est condamnée aussi le jour où elle voit arriver le soldat aux yeux de serpent qu'elle a rencontré avec Victor et qui les a arrêtés sur la route de Tournai.

« Mon Dieu, faites que Victor soit en vie et qu'il soit libre. »

Enfin, Juliette se sent condamnée quand on lui apprend que ses voisins l'ont vue arriver, fourbue, place Cormontaigne, le jour où Louise était arrêtée. Et que ce sont eux qui ont dénoncé ses absences fréquentes de la rue de Turenne.

— Vous êtes une espionne !

— C'est faux.

— Vous êtes une espionne, hurle le capitaine Müller.

— Prouvez-le.

Et Juliette semble le défier. Il se calme sur-le-champ. Il rajuste son monocle et puisque cette petite Française a besoin de preuves, il va en chercher. Et il va les trouver.

Par grâce, quand elle sort ce soir-là du bureau du capitaine Müller, Juliette l'entend grogner, en allemand :

— Je ne vais tout de même pas me laisser faire par cette petite salope !

Soudain fortifiée dans ses résolutions, Juliette rentre dans sa cellule. Elle s'agenouille devant la petite croix gravée dans la pierre et remercie le Seigneur.

Elle n'a rien dit.

Deux jours plus tard, la porte du cachot s'ouvre. On y introduit une jeune femme. Dans la faible clarté du matin, Juliette ne la reconnaît pas.

— Kamerad, dit le gardien.

C'est Adèle, la jeune femme que lui a présentée Antoinette Lejour, rue de Turenne, en septembre. Adèle, la sœur de Michel Cospain, arrêtée, elle aussi.

— Depuis que Michel est parti avec vous !

Juliette ne répond rien. Juliette se tait.

Pauvre Michel. Pauvre pantin dérisoire foudroyé sur son fil...

Elles se retrouvent avec beaucoup d'émotion l'une et l'autre.

Elles vont rester quatre jours ensemble. Quatre jours pendant lesquels Juliette se tait. Comme si elle se méfiait d'Adèle. Comme elle se méfie de tout et de tous. Elle ne parle qu'en une seule occasion.

Comment est-il mort, Michel ?

Longuement, très longuement, Juliette regarde Adèle. Doit-elle répondre ?

— Comment savez-vous qu'il est mort ?

Adèle ne répond pas tout de suite. Elle se cache la tête dans les mains comme pour dissimuler son chagrin. Pourquoi Juliette a-t-elle le sentiment qu'Adèle se trouble ?

— Je l'ai su par Étienne.

— Quel Étienne ?

C'est au tour d'Adèle d'être surprise.

— Mais, dit-elle, Étienne Lepoutre.

— Vous le connaissez ?

— Oui.

— Et il vous a parlé de... Michel...

— Bien sûr.

Un bruit de verrou les interrompt. Un gardien entrouvre la porte et il désigne Adèle.

— Fous... Barloir, dit-il en riant.

Adèle sort.

Quand elle revient deux heures plus tard, elle est blême, bouleversée.

— Que s'est-il passé ? demande Juliette.

— L'interrogatoire a été très dur.

Et Adèle tombe dans les bras de Juliette en sanglotant.

Elles restent ainsi prostrées toutes les deux de longues minutes. La porte de la cellule s'ouvre à nouveau, avec violence.

— Fräulein Morel... indérrrôgatoare !

Quand elle arrive dans le bureau du capitaine Müller, qu'elle n'a pas revu depuis quatre jours, Juliette le trouve souriant.

— Asseyez-vous, dit-il cordialement. Il faut toujours se méfier, voyez-vous. Mademoiselle Adèle est très bavarde, beaucoup plus coopérante que vous. Elle a envie de vivre, elle. Elle nous a tout dit de votre voyage en Hollande et d'un certain Michel, son frère... Il ne vous reste qu'à confirmer.

« Quelle horreur ! Ce n'est pas possible ! Ce n'est pas possible ! se répète Juliette. Adèle l'aurait trahie ? Non, non ! Ce n'est pas vrai ! Ce n'est pas vrai ! Mon Dieu, faites que ce ne soit pas vrai... »

— Alors, mademoiselle Hutin-Morel ?

— Je ne sais pas de quoi vous me parlez.

Et Juliette s'enferme, s'emmure dans le silence. Tous les glapissements du capitaine Müller n'y feront rien. Ni les menaces. Ni même le coup de cravache dont il la gratifie au passage, sur les mains. Rien ne fera plier Juliette. L'Allemand n'obtiendra d'elle qu'un regard de haine après l'avoir frappée.

— Qu'on la ramène dans sa cellule !

Juliette est presque heureuse. Elle n'a rien dit.

— Donnerwetter !

Le gardien se précipite dans le fond de la cellule. Adèle s'est pendue aux barreaux !

Juliette se met à hurler. Le gardien referme la porte. Un médecin accourt et constate la mort. Quelques instants plus tard, des hommes viennent enlever le corps d'Adèle et découvre une Juliette en prière devant le mur de la prison. Dans la nuit un chant s'élève. Un chant très doux, très pur. Un chant allemand que Juliette ne connaît pas. Malheureusement des rires et des cris grossiers s'y mêlent très vite. Juliette écoute néanmoins ce chant, ces rires et ces cris et réalise tout à coup qu'elle est en train de vivre la nuit du 31 décembre 1915 et peut-être même l'aube du premier jour de l'année 1916.

Combien d'aubes verra-t-elle encore se lever ?

Deux jours plus tard, le dimanche 2 janvier, Juliette demande à assister à la messe. Elle est au secret : on le lui refuse. Elle réclame alors le secours d'un prêtre. Second refus. Elle finit par obtenir, malgré tout, une bible : celle que lui donne en cachette un gardien qu'elle a réussi à attendrir.

Le vendredi suivant, vers la fin du jour, le même gardien, vieux Bavarois à la mine réjouie, ouvre la porte de la cellule. Un prêtre se présente. Très grand, très droit, portant de petites lunettes de métal, il parle français mais lui avoue en toute loyauté qu'il est allemand. Juliette sourit. Le prêtre parle avec un tel accent que cette précision lui semble inutile.

— Ma sœur est religieuse, mon père. Et je pense, comme elle me l'a dit un jour, que Dieu n'a pas de patrie. Je souhaiterais que vous puissiez m'écouter en confession.

Juliette s'agenouille.

— Bénissez-moi mon père parce que j'ai péché...

La confession va s'arrêter très vite. Dès que le prêtre va lui conseiller d'alléger sa conscience et d'avouer qu'elle a lutté contre l'intérêt de l'armée allemande et contre son intérêt propre en interprétant mal son devoir envers Dieu.

— Mon père, Dieu voit le secret des cœurs.

— Faire passer des jeunes hommes hors d'Allemagne pour les inciter à continuer de tuer n'était pas votre devoir, ma fille. Vous devez faire confiance à vos juges. Ils savent que vous avez accompli ce que vous avez cru être une mission sacrée mais...

— Sortez, mon père, dit calmement Juliette.

— Mais...

— Sortez mon père. Je vous en prie. Et dites à ceux qui vous envoient que je n'ai aucune action, d'aucune sorte, à me reprocher. Qu'il est du devoir de chacun d'accomplir ce pour quoi il croit être fait, et d'agir comme sa conscience le lui commande. Je ne crois pas, comme l'a écrit un de vos prêtres, à la mission divine de l'Allemagne. Ni d'aucun pays d'ailleurs.

Le prêtre la regarde longuement, avec une sorte de compassion, et va frapper à la porte pour appeler le garde. Il se ravise pourtant un instant, se tourne vers Juliette et, traçant de la main un signe de croix, il la bénit : « *Ego te absolvo...* »

Et il sort.

Avec un claquement sec le guichet s'ouvre. A mi-voix, le prêtre chuchote à Juliette :

— Dimanche matin, je viendrai vous porter la sainte communion.

Rayonnante, Juliette se tourne vers la petite croix.

Dans la nuit du 10 au 11 janvier, vers onze heures du soir, Juliette est réveillée en sursaut !

— Untersuchung ! dit un gardien que Juliette ne connaît pas.

Elle comprend qu'on va l'interroger de nuit. On l'amène dans le bureau habituel. Personne. Elle attend, debout, de longues minutes. Un bruit de bottes dans le couloir. Le capitaine Müller entre, seul, avec une incroyable soudaineté. Comme pour lui faire peur. Il tend à Juliette un manteau et un chapeau qu'elle reconnaît comme lui appartenant.

« Est-il passé au greffe de la prison ? »

— Habillez-vous ! On va faire un petit tour, ordonne-t-il.

Sanglé dans sa longue capote, botté, casqué, monocle à l'œil, il semble en effet prêt à sortir.

Juliette, stupéfaite, obéit presque mécaniquement. Il lui fait un signe de la tête. Elle sort du bureau. Dans le couloir, autre signe de tête. Juliette s'avance dans le couloir.

— A droite !

Juliette tourne à droite. Ils arrivent bientôt dans la cour intérieure de la prison. Là, une voiture semble les attendre. Le chauffeur descend, ouvre la portière arrière.

— Montez !

Toujours aussi ahurie, Juliette monte et se retrouve assise sur la banquette arrière avec son tortionnaire. La voiture démarre lentement. Elle passe devant le poste de garde. Juliette entend les claquements de talons. Elle voit trois hommes se mettre au garde-à-vous.

La voiture sort alors par la porte principale de la prison qui s'est ouverte au léger coup de trompe qu'a donné le chauffeur.

Deux soldats saluent droits et raides. Dans la nuit pluvieuse, l'automobile prend rapidement de la vitesse. Ils sortent de Loos. Quand ils entrent dans Lille par la porte de Béthune, l'imagination de Juliette court plus vite que la voiture. Elle se demande même un instant si l'officier allemand ne la conduit pas chez elle. Mais la voiture s'engage par la droite dans le boulevard de la Moselle, puis le boulevard de Metz, puis Victor-Hugo, puis la rue de Condé, pour s'arrêter enfin dans une petite rue : la rue de la Plaine, devant le numéro 9. Deux sentinelles en faction.

— Descendez, dit le capitaine en ouvrant la portière tandis qu'il donne l'ordre au chauffeur d'attendre.

Juliette descend sous une pluie battante. Les deux sentinelles se figent au garde-à-vous. La porte s'ouvre et Juliette, toujours aussi ahurie, pénètre dans une coquette maison faiblement éclairée, suivie de Müller. Ils montent au premier étage et entrent dans une sorte de petit salon donnant sur un jardin avec deux portes au fond, à droite et à gauche.

— Asseyez-vous !

Müller se glisse derrière le bureau sans s'asseoir.

— Vous allez être reçue par le responsable de la Sécurité allemande à Lille. De votre compréhension dépend votre vie. Soyez raisonnable, mademoiselle Hutin-Morel, dit-il.

Il la salue et sort.

Dix minutes plus tard, la porte s'ouvre.

Juliette voit arriver un officier dont elle n'a jamais oublié le visage : c'est l'homme qui l'a saluée, rue de Turenne, le jour où sa mère a été tuée !

C'est cet homme qui — elle le sait maintenant, Étienne lui a tout raconté — est responsable de l'assassinat de sa mère ! Il ne l'a évidemment pas reconnue et se demande pourquoi elle le regarde avec tant de stupeur.

— Alors ! Mademoiselle Hutin-Morel. Si on reprenait tout au départ ? Nicht wahr ? Vous avez beaucoup menti, mademoiselle. Comme vous dites en français : « Mensonge par omission. » Oui. Vous avez omis beaucoup de détails, mademoiselle. Je vais ré-ca-pi-tu-ler, dit-il en détachant les syllabes.

Et devant Juliette, ébahie, il étale les divers éléments d'une enquête très approfondie qui reconstitue, pièce par pièce, son parcours depuis la distribution des journaux jusqu'au voyage en Hollande ! Le tout entrecoupé de nombreuses questions auxquelles Juliette ne répond pas.

— Un petit détail nous manque, mademoiselle. Les noms de ceux qui vous ont aidée à passer soit par Mouscron, soit par Wattrelos, soit par Lannoy. Vous voyez ? Vous avez le choix ! Je vous donne...

Il consulte sa montre.

— Il est tard, déjà ! Je vous donne deux minutes. Excusez-moi.

En souriant il sort et va dans une autre pièce par la petite porte de droite.

Il en revient très vite, toujours souriant.

— Les deux minutes sont passées, mademoiselle, dit-il.

Il a enlevé son uniforme et pose son ceinturon sur le bureau.

— Alors ? Avez-vous réfléchi ?

Juliette se tait.

L'homme prend alors son revolver à la main, l'examine avec soin, et la vise comme pour l'effrayer.

— Mademoiselle Hutin-Morel, je vais manquer de patience. Si vous ne voulez pas parler... vous savez ce qui vous attend ? Imaginez que je tire, personne ne viendra à votre secours.

Ils s'affrontent tous les deux pendant de longues secondes. Juliette ne cille pas. L'officier non plus, tant il est sûr de lui.

— La guerre est une... terrible chose, mademoiselle. Elle autorise des actes impitoyables. Vous me comprenez ?

Juliette sent ses yeux tout à coup s'obscurcir. Elle retient ses larmes. L'officier sourit méchamment. S'il savait pourquoi Juliette s'empêche de pleurer à cet instant...

— Tentative de fuite, pour une future condamnée à mort, c'est vite réglé !

Il lui caresse le nez avec le revolver.

— On tire, et hop ! fini. Ce n'est pas amusant, mademoiselle Hutin-Morel, de mourir à vingt ans. Hein ?

Juliette n'écoute pas, n'entend pas ce que lui dit cet homme. Depuis qu'il est entré dans cette pièce, une idée atroce a germé dans sa tête. Une idée qui s'impose en elle de plus en plus.

— Si vous êtes sage, très sage, on peut effacer bien des choses, dit-il.

Pourquoi ces mots lui parviennent-ils ? Pourquoi cet homme tourne-t-il ainsi autour d'elle ? Pourquoi ce visage souriant près d'elle ? Pourquoi lui parle-t-il depuis si longtemps ? Pourquoi, rue de Turenne ?

Pourquoi, libre dans une demi-heure ? Pourquoi, vieille domestique, frère morts ? Pourquoi, ses parents morts ? Pourquoi sa mère ? Pourquoi « les rejoindre » ? Ça veut dire quoi « les rejoindre » ?

— Il fait chaud, dit Juliette.

— Je peux ouvrir.

Le visage de l'Allemand est à trente centimètres du visage de Juliette. Il sourit. C'est horrible. Et pourtant Juliette va céder à cette idée atroce qui a germé dans sa tête. Elle sent qu'elle va céder. Elle sent qu'elle va le faire. Elle veut sauver sa vie, Juliette. VIVRE ! VIVRE ! Oui. Elle va céder, Juliette. Si...

— Oui, ouvrez s'il vous plaît, dit-elle.

Et Juliette sourit. Lui rendant son sourire, l'officier pivote avec légèreté sur le tapis du salon, se dirige prestement vers la fenêtre en posant son revolver sur le bureau. Il ouvre la fenêtre. Soudain il se retourne avec une vitesse incroyable. Il a entendu un bruit. Juliette est en face de lui. A quatre mètres de lui. Avec le revolver dans la main !

Un dixième de seconde qui dure une éternité pour Juliette et pour lui. Il avance vers elle, l'œil stupide de surprise et de peur. Sa bouche s'est démesurément agrandie comme pour hurler un ordre. Sa tête soudain éclate ! C'est fini ! Juliette a tiré...

L'officier allemand s'effondre derrière le bureau.

Juliette se précipite, lui glisse le revolver dans la main. Puis, presque dans le même temps, elle jette son chapeau et son manteau par la fenêtre. Tous ses gestes sont précis, réfléchis, rapides, calculés depuis l'instant où l'homme est entré dans la pièce. Il y a un placard sur la gauche. Juliette y entre et le referme sur elle en enlevant la clé. A cet instant surgissent deux soldats allemands attirés par le bruit du revolver. Ils ne découvrent pas tout de suite leur capitaine. Derrière le bureau, l'officier émet une sorte de gargouillis étouffé, les yeux tournés vers la fenêtre. L'un des deux soldats semble comprendre. Il se précipite vers la fenêtre. Il se penche. Il appelle l'autre. Dans la pénombre, tous deux distinguent une forme sombre qui ressemble à un manteau. La jeune femme aurait-elle fui par la fenêtre ? Sans prendre la peine de la refermer, ils se ruent vers la porte en hurlant des ordres en allemand.

Juliette, dans son placard, les entend s'éloigner. Elle met doucement la clé dans la serrure pour sortir...

A cet instant, juste à cet instant, une explosion énorme retentit ! Des déflagrations effrayantes, un roulement continu semblent faire éclater les murs ! Comme si des milliers de canons faisaient exploser des milliers d'obus. Le grondement est hallucinant. La porte du placard s'est effondrée. Juliette miraculeusement indemne sent le sol trembler sous ses pieds. Elle entend le même bruit de verre qu'aux moments les plus affreux des bombardements. Mais cette pluie de pierres et de verre est cent fois plus forte qu'il y a un an et demi. Elle est morte de peur, Juliette. Elle tremble irrésistiblement de tous ses membres. Que se passe-t-il ? Que se passe-t-il ? Et pourtant, ELLE VIT ! Elle réalise tout à coup qu'ELLE VIT ! Elle réalise qu'il lui faut faire quelque chose ! Bouger ! Ne pas rester là en attendant la fin de ce cataclysme !

Elle se glisse par la porte que les Allemands ont ouverte. Elle descend l'escalier comme une folle. Dehors les explosions se succèdent. La voiture n'est plus qu'un amas de ferraille où se mêlent les restes des soldats et du chauffeur, déchiquetés. Juliette court dans la rue sans savoir où elle va. Le spectacle est hallucinant ! Les incendies se déchaînent ! Les maisons s'effondrent comme des jouets d'enfants ! La poussière, la pluie, le ciel rouge et les pierres, les morceaux de pierre qui semblent jaillir de la nuit. C'est l'enfer.

Et, dans cet enfer, Juliette court comme on peut courir pour échapper à la mort. Elle court, la peur au ventre, mais elle court vers la liberté...

20

— A quoi pensez-vous ?

La voix d'Albert Timmer ramène Juliette à la réalité. A l'évidence aussi : elle soupe à Rotterdam !

Elle soupe à Rotterdam, avec Albert Timmer !

Elle est VIVANTE, à Rotterdam, dans un restaurant, avec Albert Timmer...

— A quoi pensez-vous ?

Juliette ne lui répond pas tout de suite. Elle n'est arrivée que depuis quelques heures seulement. Elle a besoin de se reprendre, car elle vient de lui raconter tout ce qu'elle a vécu depuis quatre mois.

Elle lui a tout dit.

Tout, sauf un geste. Tout, sauf un acte.

Un geste qui ne cesse d'occuper sa pensée. Un acte qui l'obsède.

Elle lui a parlé de l'épouvantable catastrophe de Lille. Albert était au courant.

— Oui, je sais. Les Allemands avaient installé un dépôt de munitions dans les remparts de Lille. Aux Dix-Huit-Ponts. Tout a sauté ! On parle de centaines de milliers d'obus et de plus d'un million de tonnes de dynamite.

— C'était un attentat ?

— Les Allemands le croient...

Elle lui a parlé aussi d'Étienne. Du visage bouleversé d'Étienne. Étienne sans nouvelles d'elle depuis deux mois et qui l'a vue arriver dans la petite ferme de Lannoy après sa course folle dans les rues de Lille où se mêlaient les ambulances, les voitures de pompiers, celles des Allemands et la foule ! La foule des habitants sortis en pleine nuit ou penchés à leurs fenêtres malgré l'interdiction et le danger.

Elle lui a parlé aussi du pont Saint-Jean, à Gand, où Étienne l'a accompagnée.

— Comme l'eau est sale...

— Oui, mais le pont est si beau...

Elle lui a parlé du visage d'Étienne, quand ils ont su que par miracle un bateau partait pour la Hollande, une heure plus tard.

Elle lui a parlé de leurs adieux déchirants. Quand se reverraient-ils ?

— A la fin de la guerre...

Jamais elle n'oubliera le regard d'Étienne, pleurant comme elle mais qui semblait délivré !

Elle lui a parlé de Courtrai aussi où ils ont retrouvé le vieux Moerlebeke dans son auberge. Sa fille et lui ont été condamnés à dix jours de prison pour... tapage nocturne ! Et ils sont sortis de prison le 20 novembre alors qu'elle y était arrivée le 19 au soir ! A un jour près, elle n'était peut-être pas arrêtée... Elle lui a parlé aussi du bateau chargé de briques au milieu desquelles les marins lui ont fait un petit abri au nez des Allemands. Elle y a vécu accroupie, plus de vingt heures, dans la chaleur étouffante d'une cale proche de la salle des machines...

— A quoi pensez-vous ?

Albert regarde Juliette avec une tendresse infinie. Une Juliette dont le visage est encore marqué. Une Juliette qui porte encore un pansement : souvenir de sa fuite à travers les rues de Lille.

— A tant de choses, dit-elle...

C'est faux ! Et elle le sait. Elle ne pense qu'à une seule chose, Juliette. Elle ne pense qu'à un seul geste. Un geste accompli dans le petit salon coquet de la rue de la Plaine, à Lille. Un geste de haine où, en moins d'une seconde, tout en elle a basculé. C'est la seule image qui s'impose à elle, sans cesse. Parmi toutes celles qui viennent de défiler depuis qu'elle soupe en face d'Albert Timmer à Rotterdam...

Elle sait bien, Juliette, qu'elle a ressenti une sorte de joie sauvage en voyant le visage tordu par la surprise, la peur, la terreur de cet homme qu'elle a abattu. Fût-il un ennemi. Fût-il pour elle, à cette seconde, l'incarnation du mal, l'image de l'injustice, de la prison et de la mort, JULIETTE A TUÉ ! Juliette s'est délivrée en tuant !

Petite enfant chrétienne, vouée à Dieu, élevée dans le culte de la bonté, dans l'exigence de la morale simple : « Aimez-vous les uns les autres », Juliette a tué ! Malgré le : « Tu ne tueras point. » Malgré les Commandements, malgré les ordres de l'Église, Juliette a tué !

— Albert, il faut me trouver un prêtre, tout de suite. J'ai besoin de me confesser, dit-elle tout à coup.

Albert reçoit comme une gifle cette demande soudaine alors que depuis le début de la soirée, et malgré tous les dangers qu'elle vient d'encourir, Juliette semblait si sereine.

— Oui, bien sûr. Mais est-ce donc si urgent ?

Albert n'a pas besoin de réponse. Le visage bouleversé de Juliette parle pour elle. Ils se lèvent alors aussitôt et quittent rapidement le restaurant.

Ils marchent dans la nuit malgré l'humidité et le vent froid de janvier. Ils marchent...

Et Juliette se confie à Albert sur les quais glacés tout au long des canaux de Rotterdam.

Qui mieux qu'Albert peut comprendre ce qu'elle vit ? Il SAIT, Albert. Il a tué lui aussi, il y a sept ans ! C'était un accident, certes. Mais il a tué. Quelqu'un est mort à cause de lui. A cause d'un geste bête. Juliette, elle, au moins, avait ses raisons.

— Juliette, nous sommes, tous, les soldats d'une autre guerre. Une guerre qui a sa réalité. Vous auriez pu mourir en accompagnant ce Michel. Si vous étiez dans les tranchées de la Somme, vous ne verriez pas l'homme que vous tuez. Mais sans réfléchir et sans y penser vous le tueriez ! Vous avez tué comme un soldat, Juliette. Vous vous êtes protégée de la mort, légitimement, comme le soldat cherche à s'en protéger. Et vous aviez, vous, tant de raisons précises de haïr. Bien plus que le soldat qui tue dans la tranchée. Lui tue sans raison. Il obéit à un ordre. Il n'a pas de haine particulière, lui. La captivité est une humiliation, un abaissement, Juliette. On ne s'en délivre que par l'évasion ou par l'action. Votre geste n'est que la conséquence de ce qu'on vous a fait subir. Car vous avez le droit sacré de vivre, Juliette. Vous qui croyez en Dieu, vous qui pensez être dans sa main, pourquoi ne pas croire à sa protection ? Vous êtes là, bien vivante devant moi, pourquoi ne pas croire à son pardon ? Pourquoi ne pas attribuer à sa volonté suprême la coïncidence extraordinaire de cette explosion ? Des morts nouveaux permettant à d'autres, bien plus nombreux, de vivre. C'est peut-être ça la volonté de Dieu. Demain vous parlerez au prêtre, Juliette, je vous le promets. Mais pour ce soir, je voudrais que votre conscience s'apaise. Je voudrais que vous dormiez plus sereine. Demain il fera jour, Juliette. Nous reparlerons de tout cela, si vous le voulez bien.

Ils s'étaient arrêtés tous deux, juste à cet instant et comme par hasard, sous un réverbère. A sa lueur blafarde, Albert put voir dans le regard de Juliette une petite flamme qu'il prit alors pour de la gratitude...

21

Six jours ! Ils ont vécu six jours dans le charme de leurs retrouvailles.

Et soudain tout s'est précipité.

Le 19 janvier, en fin d'après-midi, deux des agents du réseau d'Albert Timmer ont été arrêtés à Baarle-Nassau ! La sécurité d'Albert et celle de Juliette sont compromises. Il leur faut se séparer...

Albert a des documents importants à transmettre : Juliette va partir pour l'Angleterre en remplacement d'un des agents arrêtés.

Albert, lui, veut s'assurer que la confiance des Allemands n'est pas définitivement perdue : il part pour Cologne.

Le 20, à dix heures du matin, dans la maison du Nieuwe Binnenweg où il a ses bureaux, Albert Timmer met ses affaires en ordre comme s'il ne devait plus jamais y revenir. Juliette, elle, s'occupe à cacher soigneusement dans le double fond d'une valise de toile la liste des ateliers de montage des sous-marins allemands à Zeebrugge et leurs emplacements pour y pénétrer sans faire surface.

Albert lui remet le sauf-conduit pour l'Angleterre.

— Avec cela vous pourrez entrer sans difficulté et immédiatement. Il est établi par mon ami le consul de France à Rotterdam.

— Il pourrait y avoir une difficulté ?

Albert hésite à lui en faire part.

— Oui et non. Les navires arrivant de Hollande sont parfois mis en quarantaine. Et on prend aussi, parfois, les passagers pour des Allemands ! Mais rassurez-vous, ajoute-t-il en souriant, cette fois le passeport est à votre nom !

Il a été décidé hier soir que Juliette partirait la première en train pour Hoek van Holland où, là, elle prendra le bateau. Mais entre la décision prise hier et la réalité du départ précipité de ce matin, il y a eu la nuit ! Et Juliette vacille.

Juliette quitte Rotterdam mais, surtout, Juliette quitte Albert ! Et cela, elle ne le supporte pas.

— Quand croyez-vous pouvoir me rejoindre ?

Albert reste un instant sans répondre. Il regarde Juliette, sans la voir, comme on tente parfois de deviner l'avenir à travers un visage. Il a un geste vague :

— Je ne sais pas. Non... vraiment, je ne sais pas. Vingt jours... un mois peut-être.

Il n'a pas voulu l'inquiéter. Il n'a pas voulu lui dire qu'il risquait d'être arrêté ! Ou d'être obligé, si tout va bien, d'attendre des renseignements de la plus haute importance sur quoi il travaille depuis deux mois : le plan de route de cent vingt sous-marins capables d'atteindre les côtes américaines et que les Allemands acheminent en Hollande par chemin de fer ! Leur destruction hâterait la fin de la guerre.

Albert se tait car l'émotion le gagne peu à peu, lui aussi. Tout en brûlant ses derniers papiers, il ressent, lui aussi, la brutalité de ce départ.

Ils avaient tant espéré gagner l'Angleterre ensemble.

Ils avaient tant espéré, l'un et l'autre, un peu de répit...

Ils se taisent et se réfugient dans le silence. Comme si le silence était leur meilleur allié. Mais le silence aussi a un sens. C'est un appel. Et Albert le sent qui préfère le rompre.

— S'il ne tenait qu'à moi... la guerre serait finie bien vite ! Mais tant que les individus croiront à la violence pour un avenir meilleur, les guerres continueront.

Et Albert lui dit cela avec une tendresse infinie.

— Avez-vous remarqué comme les êtres qui vont se séparer n'échangent que des banalités ? répond Juliette un peu agressive. Alors que...

Elle n'achève pas. Surprise elle-même de son audace. Ou de son ingénuité ? C'est Albert qui d'un coup abandonne ses tâches et reprend la phrase inachevée.

— Alors que ?

— Alors que...

Prise au piège qu'elle a elle-même tendu, Juliette ne cherche pas à s'en dégager.

— Alors qu'ils n'auraient qu'une envie... c'est d'être plus...

— Oui, dit très doucement Albert. Ils auraient très envie d'être bien plus... mais... ils ne le peuvent pas.

Et il y a dans le regard d'Albert une telle émotion que Juliette sans plus attendre se précipite brutalement dans ses bras.

— Oh ! Albert ! Albert !

Depuis six jours, sans le savoir, ou sans l'oser, ils n'attendent que cet instant.

Ils ne vivent depuis six jours, l'un et l'autre, que dans cette espérance-là.

Et si Albert Timmer, un Albert de trente-cinq ans qui a vécu bien des aventures, a éprouvé dès les premières minutes l'importance de leur rencontre, il a su attendre avec patience et avec respect que Juliette la ressente à son tour.

— Nous partons, Juliette. Il le faut ! Je dois partir. Vous aussi, dit-il.

Mais sa voix n'est pas très convaincante.

— Je sais, je sais, je sais ! Mais laissez-moi un instant vous respirer. Laissez-moi vivre une minute sur votre cœur. Laissez-moi l'entendre battre ! Je ne vous demande que cette minute-là, c'est bien peu.

— Juliette, Juliette, lui murmure à l'oreille Albert. Vous rappelez-vous ce que je vous ai dit, il y a trois mois, sur le quai d'Amsterdam ?

— Oui. Oh ! oui ! Que je vous avais fait vivre toute une vie en deux jours. Si vous saviez comme je me le rappelle.

— Que puis-je vous dire aujourd'hui ? Alors que nous venons d'en vivre six.

— Je ne sais pas. C'est sans importance, je suis si bien.

— Que je voudrais vous épouser dans l'heure ? Si le pouvoir m'en était donné ?

Juliette s'écarte d'Albert. Elle relève vers lui un visage ravissant, ravagé par les larmes.

— C'est vrai ? questionne-t-elle d'une petite voix enfantine. C'est vrai ? Vous... vous m'épouseriez ?

— Je vous le jure, Juliette. Si tel était votre souhait. Dans l'heure. Vous en doutez ?

— Oh ! non ! Albert ! Oh ! Albert... Je vais pouvoir partir sans larmes. Je vais être forte. Je vous le jure. Je ne vous importunerai plus de mes sanglots. Mais vous savez, dit-elle avec une gravité de petite fille consolée, je sais ce qui m'arrive.

— Oui, affirme Albert avec une gravité plus malicieuse, moi aussi. Vous ne supportez pas les départs...

— Non. C'est bête... Moi qui suis déjà tant partie !

Et ils éclatent de rire, tous les deux. Malgré tout.

En voiture, sur le chemin de la gare, Albert lui fait les recommandations ultimes.

— Vous avez bien retenu l'adresse des services français à Londres ?

— Oui, parfaitement : 6 Park Lane.

— Comme vous n'empruntez pas une ligne de bateau régulière, je ne sais pas exactement où vous débarquerez. J'ai préféré que vous preniez le train pour Hoek Van Holland, car les bateaux...

— ... n'en finissent pas de partir, dit-elle. Et vous ne l'auriez pas supporté !

— Non, répond-il en riant. J'aurais été trop tenté de partir avec vous.

A la gare, ils sont sur le quai tous les deux. Juliette n'est pas encore montée. Très tendrement il lui dit :

— Le trajet risque d'être long, très long... Mais...

Plongée dans le regard d'Albert, Juliette ne l'écoute pas. Et Albert a bien de la peine à confirmer les recommandations qu'il lui a déjà faites. Il les répète cependant un peu bêtement pour tenter de lutter contre le trouble qui l'envahit, irrésistible. Mais Juliette le regarde avec de tels yeux qu'Albert sent bien que pour lui c'est un combat perdu. Il le poursuit cependant avec la plus grande loyauté. Il parvient même à ajouter, le regard de plus en plus noyé dans celui de Juliette :

— Ne vous angoissez pas trop... si la traversée dure trois jours.

— Je ne m'angoisserai pas, je vous le jure...

— La... traversée... bafouille-t-il, est toujours... et volontairement, très... discrète. On arrive...

— Très discrète ?

— Oui. On arrive...

— Ah !

— Oui.

— On arrive ? interroge-t-elle avec un délicieux sourire.

— ... soit à Gravesend. Soit à Folkestone. Soit même à Hull, répond-il de la même manière.

— A Hull ?

— Oui. A Hull. Dans le nord de l'Angleterre.

— Maintenant que je sais que vous m'épouserez... je peux bien arriver n'importe où...

Jamais leur attitude ne pourrait laisser supposer que ces deux êtres égrènent ensemble les étapes d'un itinéraire aussi précis. Tant leurs yeux, leurs sourires, leurs bouches s'animent d'une façon singulière.

Depuis longtemps Juliette a traduit Gravesend par : « Je t'aime ». Hull par « Je t'attends ». Et le nord de l'Angleterre par un corps diaboliquement proche de celui d'Albert.

Un Albert qui renonce à lui parler des difficultés de la traversée quand on n'est pas en convois. Un Albert qui ne lui dira rien des sous-marins ou des mines qu'elle risque de rencontrer dès la sortie de l'estuaire de la Meuse. A quoi bon ? Juliette sait ce qu'est la guerre. Elle en a déjà tant éprouvé l'horreur.

— En voiture ! S'il vous plaît ! Le train va partir !

Pour beaucoup, ces mots-là ont un sens de rupture, dans toutes les langues.

Pour eux, c'est le signal de leur premier baiser. Ils s'unissent de toute leur volonté. De toute leur soif. Et ils sont beaux.

— En voiture, s'il vous plaît !

Folle de bonheur, rougissante d'amour et de confusion, Juliette monte avec grâce sur le marchepied du wagon, ouvre et referme la portière pour réapparaître à la fenêtre du compartiment.

Le train ne démarre pas encore. Et Albert monte à son tour sur le marchepied. Il en profite pour lui glisser à l'oreille et tout le long des lèvres les derniers mots, comme on dirait : « Je t'aimais depuis longtemps déjà mais je ne le savais pas. »

— Tu sais... j'ai survolé Lille le 12 octobre ! Je voulais savoir si, malgré le bombardement, la rue de Turenne était intacte. J'aurais tant aimé te voir... C'était vers midi...

Le train démarre.

Juliette, ivre de joie, lui crie :

— Oh ! mon amour ! J'y étais ! J'y étais ! Je courais vers le cimetière pour retrouver maman. Je n'ai pas vu l'avion mais...

Albert ne retient plus les larmes qui doucement coulent sur son visage. Il lève la main vers elle comme pour tenter de la retenir. Mais le train s'éloigne, s'éloigne, s'éloigne... Et Juliette hurle:

— J'ai rencontré un Timmer... qui n'était pas toi ! Mais il m'a sauvé la vie ! Comme tu me donnes la tienne...

Le reste se perd dans le bruit des roues.

L'image de Juliette est avalée par le nuage de fumée.

Albert reste seul sur le quai, regardant le vide.

Il remonte un peu le col de son pardessus comme s'il avait froid, tout à coup.

Juliette va mettre trois jours pour arriver à Hull. Une tempête horrible se déchaîne, en vue des côtes anglaises, l'empêchant d'aborder. De l'autre côté de la mer, les digues du Zuiderzee se rompent sous la force des eaux qui envahissent la Hollande.

A Londres, Juliette accomplit sa mission.

Albert, lui, rentre de Cologne ayant réorganisé son réseau, vingt jours plus tard. Il a en poche les renseignements attendus. Aussitôt, il s'embarque de nuit à Vlissingen vers l'Angleterre. Vers Juliette...

Atroce ironie du sort: quatre heures plus tard, son bateau est torpillé par un sous-marin allemand !

Il n'y a aucun survivant.

Albert et Juliette ne se reverront jamais...

Quand, à Londres, elle apprend cette tragédie, Juliette reste un mois murée dans sa détresse. Un mois, seule, prostrée.

Elle ne parle plus, elle ne voit plus personne, sa vie s'est arrêtée.

Après quoi elle décide de quitter l'Angleterre. L'action est sa seule sauvegarde, son seul salut.

En mars 1916, Juliette revient à Paris et entreprend de monter le magasin de tissus que son frère Michel devait créer en août 1914.

Mais le souvenir d'Albert ne s'effacera jamais.

Jamais, Juliette ne trahira la mémoire d'Albert.

Le 20 janvier 1916, ils s'étaient promis l'un à l'autre dans le petit bureau de Nieuwe Binnenweg à Rotterdam. Juliette restera toute sa vie fidèle à cette promesse.

Le 17 octobre 1918, la ville de Lille — sa ville — est libérée.

Le 20, Juliette trouve le moyen de s'y rendre.

Au milieu de la foule et de la joie indescriptible, les gens ne verront pas une jeune femme de vingt-quatre ans en vêtements de deuil. Il y en a tant !

Mais cette jeune femme elle-même ne voit pas la foule.

Elle regarde le ciel...

Faisant fi des ruines et du bonheur des autres, elle s'est réfugiée dans le ciel de sa ville où quelque part, un jour, un homme a défié la mort dans la seule espérance de la voir, elle, une seconde, en vie.

C'est ainsi que Juliette a retrouvé Albert...

Dans le ciel de Lille.

ÉPILOGUE

Un matin clair de mars 1919, cinq Hutin-Morel vont se retrouver au cimetière, sur la tombe de leurs morts. Ils sont accompagnés d'Étienne, de Louise, vieillis et amaigris, presque squelettiques, et de Grosse Jeanne.

Le capitaine Gaston Hutin-Morel, nouvellement démobilisé, et qui a gagné au feu ses trois galons.

Sa femme, Frida, que Juliette et Émilie ont accueillie avec une tendre affection.

Et un petit Franz de quatre ans et demi, aux cheveux blonds et aux yeux immenses, qu'Émilie et Juliette tiennent avec un grand bonheur par la main.

Le soir, c'est à son frère qui, jadis, lui avait raconté si tendrement Frida, que Juliette confiera son amour pour Albert.

... Et un jour... bien plus tard, à Bruxelles, Grosse Jeanne, toute petite vieille aux cheveux blancs, entendra encore parler longtemps de cet homme merveilleux qui s'appelait Albert Timmer...

22

— Deux ans déjà, lui dit Pierre Bichelay.

— Oui... deux ans, répondit la vieille dame.

Ils marchaient, tous les deux, par un très bel après-midi de février, ensoleillé mais froid, « sec et sain », comme elle venait de le définir de sa voix un peu cassée et de son rire à faire s'envoler les pigeons. Ils marchaient tous les deux avec plus de précautions qu'à l'ordinaire. Et ils étaient heureux.

— Je suis obligée d'aller au ralenti, petit Pierre, car avec la neige je n'entends plus le bruit habituel de mes pas de gazelle et ça me trouble.

Et en soupirant elle avait ajouté :

— Ah ! le vieux chimpanzé est âgé.

— Qu'est-ce que vous dites ?

La stupeur de Pierre Bichelay la fit éclater de rire. Il avait reçu le coup de plein fouet.

— Rien ! Je m'appelle parfois comme cela, dans l'intimité. Comme je vis seule, je me parle. Je me fais des grimaces... de vieux singe ! Et, vous voyez, ajouta-t-elle... je me cligne de l'œil dans votre direction.

Et à nouveau elle éclata de rire.

— Mais...

— Ne vous récriez pas, petit Pierre, dit-elle avec douceur. C'est cela aussi qui m'a touchée. Votre liberté, à mon égard. Votre naturel. C'est plus réconfortant que les silences de pitié des autres ou leur compassion toute faite. Vous au moins...

— Madame Lebert est trop bavarde.

— Mais si gentille. Non, non ! J'adore votre spontanéité, croyez-moi. D'ailleurs c'est vrai... J'ai l'air d'un vieux chimpanzé. Et j'adore les singes ! Je vous en supplie : ne changez rien. Vous voulez que je vous dise l'un de mes plus jolis souvenirs ? C'est quand il y a deux ans, je vous ai entendu crier — ici même, tiens ! au Champ-de-Mars — : « Madame, madame... j'ai fini ! »

— Oh ! oui... je me souviens... j'étais si ému.

— Je sais...

Elle s'arrêta et aussitôt lui mima la scène en agitant très haut les bras ou en mettant les poings sur la hanche.

— « Madame, madame ! J'ai fini ! » Moi : « Quoi ? — Votre livre ! Moi : Ah ? — Je suis bouleversé ! Moi : C'est trop ! — Non ! Votre livre ! Notre rencontre ! C'est un miracle ! Un enchantement... Je voudrais épouser Juliette ! » Vous vous rendez compte ? En plein Champ-de-Mars !

— Je me sentais recréé !

— Oh ! Comme si un livre avait un tel pouvoir !

— Je vous le jure ! Nos tête-à-tête y étaient aussi pour quelque chose, bien sûr, mais...

— Justement ! Vous auriez pu attendre que nous soyons tous les deux. Mais pas du tout ! Vous sembliez vouloir que le monde entier vous entende.

— N'en doutez pas, lui dit tendrement Bichelay.

— C'était merveilleux. Je ne sais pas si vous étouffiez sous mes mérites littéraires, mais vous sembliez si heureux ! C'était tout aussi flatteur. Et ça prouvait quand même votre passion pour mon vieux bouquin... l'auteur aussi était comblé !

— J'ai eu le sentiment immédiat, en vous lisant, de vous rencontrer à vingt ans ! C'était comme si j'accompagnais votre vie depuis son commencement. Vous m'aidiez tant à refaire les gestes de la vie...

Ombres solitaires, droits et cassés dans le soleil

pâle, ils marchaient le long des allées froides du Champ-de-Mars, sous les marronniers dépouillés, comme ils en avaient pris l'habitude une ou deux fois par semaine depuis deux ans déjà.

— Vivez longtemps, je vous en supplie ! Ne m'abandonnez pas, lui murmura Bichelay sourdement.

— Parlez-moi donc de votre Angleterre. Cela vaudra mieux que de me demander l'impossible, lui répliqua-t-elle doucement, sans répondre.

— De mon Angleterre ?

— Oui ! Cette dame qui vit à Londres et que... vous avez « rencontrée » il y a... trois mois.

— Mais je vous en ai déjà parlé.

— Jamais !

— Mais si ! Je vous ai même lu la lettre qu'elle m'avait envoyée, récemment.

— A moi ?

— Bien sûr.

— ... Mon petit Pierre, il ne faut jamais lire aux autres les lettres intimes que l'amour a dictées. Je vous blâme, répondit-elle avec mauvaise foi.

— Mais c'est à vous que je l'ai lue. Et vous n'êtes pas « les autres ».

Elle arrêta leur promenade et le considérant du regard, l'index pointé vers lui :

— Monsieur Bichelay, vous m'agacez ! Vous êtes un enjôleur ! Et moi je suis gâteuse. Oh ! que c'est démodé, ça !

— Quoi donc ? questionna Bichelay.

— Ce mot, « enjôleur ». C'est démodé mais j'adore ! dit-elle en riant.

— C'est moins imagé que « vous me squattez l'encéphale », mais c'est plus compréhensible ! fit Bichelay.

— Vous me quoi ?... interrogea-t-elle, éberluée.

— « Vous me squattez l'encéphale ! » Vous m'agacez, quoi !

— Hooo...

Et ils se mirent à hurler de rire tous les deux, faisant se retourner les promeneurs à cent mètres alentour.

La vieille dame glissa son bras sous celui de Bichelay et ils reprirent leur marche prudente.

— Alors ? que racontait cette lettre ? Je ne m'en souviens plus, dit-elle quand ils furent redevenus sérieux.

— Eh bien, en résumé, que j'aimais trop mon indépendance. Et pas assez celle des autres. Et que finalement, la solitude était ma meilleure amie.

— Et... elle a raison, vous croyez ?

— Je le crois, oui. Au fond, j'ai un destin à ma mesure. J'ai l'impression d'être né seul. Jamais je n'ai senti en moi le besoin de ce « on » ou de ce « nous » que tant d'êtres expriment avec délectation ou possessivité...

— D'amour aussi, petit Bichelay.

— Oui, bien sûr. D'amour aussi, admit-il.

— Sans regrets ?

— Oui. Honnêtement. « On » et « nous » ne m'appartiennent pas. Vous savez... je n'oublierai jamais Isabelle...

— Je sais. Alors, il n'y a toujours personne dans votre vie ?

— Pas vraiment.

— Ça veut dire quoi : pas vraiment ?

— Quelques robes y passent, mais je ne les retiens pas dans mes armoires.

— Hooo... ! petit Bichelay, c'est d'une atroce muflerie ce que vous dites là.

Son regard s'envola vers les arbres qu'elle ne voyait pas. Elle se prit à réfléchir un instant.

— Mais, au fond, si j'avais été un homme...

— Ce qu'à Dieu ne plaise... lui dit Bichelay.

— Eh bien... je ne sais pas !

— Vous auriez aimé être un homme ?

— Hé hé ! J'adore mon sexe, bien sûr, mais être un homme ne m'aurait pas déplu !

— Alors ? Si vous étiez un homme ?

— Eh bien... je crois que j'aurais été comme vous. Amoureux des robes, mais à condition d'en changer souvent !

Ils étaient presque parvenus au terme de leur promenade. Ils traversèrent avec précaution la place de l'École militaire. Les voitures s'arrêtaient devant eux et les laissaient passer comme s'ils avaient appartenu à quelque cortège royal.

— A votre bras, je ne sens plus ma détresse, dit-elle. Même dans la neige ! Comme si vous étiez enfin la réponse aux si nombreux « pourquoi » que je me suis posés quand j'ai perdu la vue.

— Je vous ferais volontiers le même aveu. Mais vous ne me croiriez pas, répondit Bichelay. Et pourtant, à vous, je suis sûr que j'aurais pu dire « on » ou « nous ». Je vous le jure.

— Parce que je ne vais plus durer longtemps ! répliqua-t-elle, impitoyable, en éclatant de rire. Mais tout de même...

Et sa voix se fit très douce, très émue.

— Si vous saviez la joie que vous me donnez en me parlant ainsi.

Ils étaient enfin arrivés devant le petit hôtel qu'elle habitait et déjà ils le regrettaient.

— Et si ce soir nous nous offrions une débauche ?

— Une débauche ? questionna Bichelay en souriant.

— Oui. Il fait froid. Je dois rentrer. Sinon Mohamed va me faire une scène. Mais je n'ai pas envie de vous quitter bêtement, comme cela... Surtout aujourd'hui. Et vous ?

— Moi non plus.

— Alors, je vous invite à dîner. ENTRE HOMMES ! dit-elle. Hein ? C'est samedi. Le jour où la télévision est idiote. Mohamed aime à sortir le samedi soir après le turbin... nous serons seuls. Huit heures. Ça vous va ?

— Avec joie... mais...

— Quoi ? Vous avez peur ?

— Non, fit-il en riant. C'est la surprise qui me fait dire « mais ». Je ne suis jamais venu chez vous...

— Eh bien... il faut bien qu'il y ait une première fois. Nous sommes fiancés depuis deux ans. Mais nous ne nous connaissons pas encore assez. Ce soir, je vous épouse ! O.K. ?

Et comme Bichelay ne répondait rien, la vieille dame, elle, ajouta :

— C'est la différence d'âge qui vous effraye ? Ne vous en faites pas, petit Bichelay, JE NE VOIS RIEN !

Mohamed était parti depuis longtemps déjà. Et depuis longtemps la vieille dame parlait d'elle. Elle semblait infatigable. Et pourtant...

— Comme vous savez être gaie, lui dit Bichelay. C'est merveilleux...

Elle le regarda de ce regard étrange dont la fixité le troublait parfois, lui donnant un instant le sentiment qu'elle le voyait.

— Comme tous ceux qui ont surmonté un destin difficile. Il faut que la vie soit menacée pour mieux en comprendre la beauté. Je hais le pessimisme. Je vis dans le noir et je hais la noirceur. Je ne le vois plus, mais je m'habille en blanc ! C'est si conventionnel, petit Bichelay, de haïr la vie. Comme de haïr les gens. Je me suis rendu compte, en traversant le monde au bras de Mohamed pour toutes mes conférences, à quel point les êtres attendent toujours quelque chose. Que je pouvais encore DONNER. Donner beaucoup. Au fond, je crois que je suis une solitaire qui aime les gens, c'est plutôt rare !

Et elle éclata de son rire sonore.

— Tenez... j'ai lu, il y a longtemps, très longtemps, le livre d'une dame aveugle. Et une phrase m'avait frappée, que je vais vous citer de mémoire : « Mon malheur n'a pas éteint tous les soleils que j'ai dans l'âme », écrivait-elle. Eh bien, petit Bichelay, vous m'avez accueillie comme si vous aperceviez mieux que les autres, à travers mes yeux morts, tous les soleils qui me restent encore dans l'âme, dit-elle. Et voilà...

Et Bichelay la regardait comme on regarde une image de la joie. Mais pourquoi éprouvait-il à ce point le sentiment de vivre une soirée particulière ? C'était comme un poids dans sa poitrine, tant il en ressentait la singularité.

— Un jour dans la rue, vous m'avez empêché de me mettre à vos pieds, vous rappelez-vous ? Il y a des minutes, comme celle-ci par exemple, où je voudrais m'agenouiller devant vous, lui dit-il avec une tendresse nouvelle, tant je vous aime...

— Eh bien faites-le ! Et restez-y ! Je vais en profiter pour vous raconter une histoire.

Elle reprit un peu de souffle comme pour mieux redonner vie aux souvenirs et se réinstalla plus profondément dans son fauteuil, Bichelay à ses pieds.

— Une de mes amies m'a confié un jour qu'elle avait aimé un musicien italien, rencontré à Venise, après la guerre, la seconde. Celle de 39. Ils n'étaient plus tout jeunes, ni l'un ni l'autre, mais ils ont vécu ensemble des moments d'exception. Trois années d'amour fou dans cette ville où chaque ruelle est une surprise. Ils habitaient un palais, bien sûr, où chacun avait sa chambre. Car mon amie était éprise de cette liberté-là...

La voix de la vieille dame se fit plus sourde. Il sembla même à Bichelay qu'elle tremblait un peu en continuant.

— Notez bien ce détail, car il a son importance, dit-elle. Un matin, à l'aube, elle a voulu le surprendre. Elle s'est glissée dans sa chambre. Elle avait envie d'être à lui. Elle avait envie d'être dans ses bras. Le soleil était déjà levé. Elle l'a aperçu à demi nu, inanimé, le bras gauche crispé et pendant désespérément vers le téléphone... comme pour un appel ultime... Il s'appelait Vittorio, petit Pierre. Et il était mort. Crise cardiaque foudroyante. Mon amie l'a compris aussitôt. Elle n'a rien dit. Elle s'est allongée près de lui. Elle s'est donné la mort, elle aussi. Mais elle s'y est mal prise. La mort n'a pas voulu d'elle.

La vieille dame s'arrêta soudain de parler, comme fatiguée, comme pour respecter par son silence le souvenir de cette amie.

— Et... qu'est-elle devenue ? murmura Bichelay, comme s'il avait déjà deviné la réponse...

La vieille dame se pencha vers lui.

— Elle est devenue aveugle, petit Pierre.

Sur le visage souriant de sa vieille dame Bichelay vit que des larmes brillaient dans ses yeux morts.

— Voilà pourquoi je suis solitaire. Et voilà aussi pourquoi le mot « on » ou le mot « nous » n'a plus jamais eu de signification pour moi. Vous comprenez ?

Bichelay lui prit la main. Une main blanche et douce, presque sans rides et il l'embrassa longuement, avec une tendresse infinie.

— Il faut se quitter maintenant, petit Pierre. Il en est temps, ajouta-t-elle. Grand temps.

Le lendemain matin, Bichelay l'appela au téléphone.

Elle lui avait un jour confié qu'elle adorait le téléphone.

— Là, au moins, je suis à égalité ! Je ne vois pas mon correspondant mais lui non plus !

Et elle avait éclaté de son rire de moulin à poivre.

Il n'eut pas de réponse. Le soir non plus.

Le lendemain, il ne la vit pas à la librairie.

— Mais elle est partie, lui dit la libraire. Hier matin. Le lendemain de votre dîner ensemble. Elle ne m'a pas dit où...

— Ah ! oui ! c'est vrai, je me souviens ! mentit Bichelay. Où avais-je donc la tête ?

En sortant, il se rappela une conversation lointaine avec sa vieille dame.

— Quand vous partez, il faut toujours me dire où vous êtes. Je veux le savoir, lui avait-il dit.

— Surtout pas, petit Pierre. Jamais. Il faut désormais penser que chaque fois que nous nous voyons, ce peut être pour la dernière fois...

Pierre Bichelay a compris.

Il ne la reverra jamais plus.

— Un matin, me dit Pierre Bichelay, j'ai reçu la visite de Mohamed. Il m'apportait une petite cassette enregistrée en provenance de Venise. C'était elle qui me parlait...

« Petit Bichelay, je ne voulais pas être une robe encombrante dans votre armoire. Alors je suis partie. J'ai senti que, pour moi, l'heure en était venue. Je suis partie rejoindre un homme que j'ai passionnément aimé. C'est un peu conventionnel de mourir à Venise. Je le sais. Mais après tout, puisqu'il ne s'agit que de mourir... autant que ce soit dans un bel endroit ! Et puis, j'ai une raison supplémentaire de m'y installer, pour l'éternité : VOUS. Je vous ai demandé un jour, dans la petite librairie de Madame Lebert, si vous aimiez Venise. Vous m'avez répondu que Venise vous fascinait. Vous rappelez-vous ?

« Quand vous viendrez à Venise, et on revient toujours à Venise, prenez un bateau pour l'île de San Michele et venez me rendre une petite visite. Ce n'est pas une obligation, mais pendant un certain temps cela me fera plaisir. Le temps que mon âme monte, entre les cyprès, rejoindre ces terres inconnues qu'on appelle le Ciel. Et ensuite vous retournerez vous plonger dans la beauté.

« Je vous ai aimé, petit Bichelay, Pierre solitaire, comme on aime à mon âge un enfant que l'on n'a pas eu : très fort ! Vous aussi, vous m'avez fait vivre toute une vie en deux ans.

« Vous voyez, j'ai quelques réminiscences de mon livre.

« Ah ! à propos... Juliette, c'est moi, bien sûr !
« J'en ai fait des choses, hein ?
« Si vous saviez mon petit Pierre comme je vous embrasse et comme je vous remercie, pour l'éternité... »

L'enregistrement s'arrêtait là.

Pierre Bichelay regarda Mohamed. Il s'aperçut que lui aussi pleurait.

— Tiens, dit-il à Bichelay. Ça aussi, c'est pour toi.

Et Mohamed lui remit un petit cahier : c'était le journal intime de la vieille dame.

Dedans elle y avait glissé, héritage ultime, un exemplaire jauni par le temps de *La Patience*... Comme le cadeau d'adieu d'une vieille dame redevenue pour toujours... JULIETTE.

Paris, 1990

3278

Composition Gresse B-Embourg
Achevé d'imprimer en Europe (France)
par Brodard et Taupin à la Flèche (Sarthe)
le 17 août 1992. 6963F-5
Dépôt légal août 1992. ISBN 2-277-23278-5

Éditions J'ai lu
27, rue Cassette, 75006 Paris
Diffusion France et étranger : Flammarion